聽說台灣

RENJIAN PUBLISHER

台灣小說2015

聽說台灣

呂正惠——策畫
藍建春——編選

總序　為何要出版這一套選集

呂正惠（人間出版社發行人）

一九九〇年代，我年富力強，但家庭經濟有些困窘（我必須為父親還債，而我太太並未就業），所以只要有賺外快的機會，我很少推辭。其中一項，就是參加文學獎的評審。當時的評審費還不算少，兩大報尤其高。因為這個原因，我閱讀了不少年輕作家的作品。又因為當時很多大學都舉辦校園文學獎，我在清華大學，長期負責這項工作，大學生的作品也看過一些。

根據我當時的印象，這些剛開始走上作家之路的年輕人，一般可以分為兩大類。第一類比較有寫作經驗，甚至跟某些著名家私底下學習過，他們比較熟悉當時文壇的流行模式，大都按照這些模式來寫作。模擬當然是學習寫作的必經過程，本來未可厚非。但如果一味的趕流行，變成千篇一律，讀起來也真是痛苦。這一類作品，除了明顯很傑出的之外，我通常都不會給高分。

我比較喜歡的作品是第二類。這一類大都來源於自己的生活，作者不很熟悉既有的文學套路，但他很想把自己在現實中的經歷與感受經過轉化書寫出來。這種作品也有很拙劣的，甚至文字都不好，當然要淘汰。另外一些，情真意切，雖然在文字和結構上略有缺點，我還是很喜歡。我往往把這種作品選入前幾名，希望他們最後能夠得獎。

決審會議的時候，我常發現我的看法和我打的分數跟別的評審差異極大，我喜歡的作品很少進入前三名，特別是成為首獎，而首獎作品，雖然就寫作形式來講比較完美，但我一點也不喜歡，還好我不是一個逞強爭勝的人，我的看法雖然很少反映在最後的結果上，我也不很在乎，反正評審費照拿。也因為如此，比較常在評審會見面的文壇朋友，都認為我是個怪人，至於他們是否覺得我的文學鑑賞力有問題，我就不知道了。

因為這樣的經驗，我就認為，台灣文壇無形中逼迫有志於寫作的年輕人都要往模仿的路上走，而且模仿的道路只有少數幾條，譬如一九九〇年代中期的所謂後現代小說，一九九〇年代末期至二〇〇〇年代初期的同性戀小說和酷兒小說。我覺得這是把初入文學之路的年輕人帶到死胡同，未來的發展很有限，按照他們選擇的路往前走，只會越走越窄，最後不斷的重覆，只好停筆。我個人認為，寫作應該從自己的生活出發，有感覺才寫，在寫作過程中逐漸掌握到遣詞造句和謀篇的技巧，這些技巧當然要植根於長期文學閱讀的累積。如果沒有這種累積，再有多大的寫作欲望，也不可能成為一個好作家。所以我認為的學習寫作的程序很簡單：從生活經驗出發，多讀，多寫；從中找出適合自己的寫作方式，最要避免的是按照流行模式一直寫下去，流行什麼就寫什麼，那一定會完蛋。我覺得台灣文壇一直鼓勵年輕人走後面這一條路，因此台灣文學的發展才會越來越艱難，最後很少人想讀。

四年多前，我在北京跟一位大陸朋友聊天。朋友閱讀興趣廣泛，剛讀過一批台灣新鄉土小說，他聽過別人談過這一種小說，想要知道新鄉土是什麼意思。他說，讀了這一批作品，他可以了解這些作家的心態，但從裡面看不到當代台灣的生活氣息。他認為新鄉土小說是按作家對台灣這塊土地的特定看法，去構設一個歷史世界，有相當的「人為」的成分。我覺得他的感覺很敏銳，但我反駁說，大陸的莫言、閻連科、甚至某種程度上的余華，雖然內容更廣泛一點，但他們的構思方式，不也是用一種歷史觀，去描述大陸過去幾十年的歷史嗎？他大致同意我的看法，不過他又說，大陸作家人數多，還有更多的人不按莫言等人的方式來寫作，他們作品中當代生活氣息相當強，讀者並不比莫言等人少（當時莫言尚未得到諾貝爾獎），你們台灣專門出版莫言這一類作家的作品，對大陸文壇的理解相當的片面，他這種看法我是同意的。

他問我，為什麼台灣的小說會這麼缺乏當代生活氣息。我就把我過去參與文學獎評審的經驗講給他聽，我說，台灣評論界會特別偏愛某幾種創作模式，這對新進作家形成無形的壓力，讓他們不知不覺的往這種方向走，以至於他們的創作常常不是從自己的生活經驗出發，只有這樣，他們的作品才有可能獲得青睞，因此，才會有你提出來的那種現象。

朋友突然說，雖然你的文學觀點在台灣不受重視，你還是可以想辦法編一些選集，經由這些選集，來讓台灣的創作者和讀者了解到，這也是一種文學作品，而且可能是更好的文學作品的起點。我說，你簡直在說風涼話，你知道這要花多少工夫，花多少錢，而效果卻微乎其微，我為什麼要做這種事情，我還有很多事情要做。我的朋友反唇相譏，你不是很有使命感嗎？難道你再為台灣文壇做一點事你都不情願嗎？如果這樣，台獨派不是更可以說，你一點都不關心台灣。我當然理解，他講這種話是要逼迫我去做這一件事。我以前那麼關心台灣，老是提出一些「諍言」，沒人理我，還有人罵，我只好走開，有誰要我再用這種方式去關心台灣呢？朋友看我氣得不想講話了，就轉換口氣說，你自己估量一下，有沒有可能按你的觀點來編年度文學選，就算你再為台灣再盡一分心意吧。

這一次談話給我留下深刻的印象，我一直沒有忘記，一直在想有沒有可能做這件事，要如何做，又不會太花我的時間，畢竟我還要做其他的事。我終於想起我以前指導的博士、現在在靜宜大學任教的藍建春，我約他談這件事。建春在靜宜大學一直教授台灣文學，他的文學觀點和我並不完全一樣，但也和台灣的主流觀點有相當差異，至少他對於作品好壞的判斷是相當具有獨立性的，很少受到別人的影響，如果他願意承擔編選工作，這一套選集一定會有特色，這樣就值得一做。

我們見了面，我談了我的構想，以及選錄作品的最基本原則（從生活經驗出發，要有當代生活氣息，不要太重視技巧與創新）。我問他，如果他同意我這些大原則，他願不願意承擔這一項工作；如果他願意，我會儘可能的尊重他的選擇，盡量不予更動，我相信他的眼光。建春同意了，而且說，他一個人負責選小說，另找一位他信任的學生一起選散文，我非常高興，這一件事終於可以進行了。

建春原計畫在今年二月底前把選目和作品交過來，但因為是第一次做這種工作，還是拖了一段時間，等到他交出全稿時，九歌的年度文學選剛出版不久。我立即買來九歌的兩本選集，和建春的選目核對，發現除了一篇散文外，其他選目竟然完全不同。我非常高興，這就證明兩邊各有各的選擇標準，這樣，對文學有興趣的讀者，至少可以讀到兩種選集，怎麼說都是一件好事。我再花了幾天時間，把建春所選的作品粗略的讀了一下，發現這些起碼都是不錯的小說或散文，建春顯然是很有眼光的。也許他可能會一時眼花，遺漏了某些更好的作品，但至少我們可以說，選進來的都沒選錯。我要特別感謝建春和他的合作者。

最後要說明的是，有極少數的小說，因為沒接到作者的同意函，只好割愛。讓我們困惑不解的是，約有三分之一的散文，作者一直沒有回信，不知道是我們連絡的方式出了問題，還是其他原因，總之是不能再等了。過去兩年內，我瀏覽所及，記得有兩篇好文章，徵得建春同意，也收了進來，放在散文卷最後面。其中一篇二〇一四年發表，另一篇寫於二〇一四至二〇一五，收入二〇一六作者自費出版的書中，與本選集的體例略有不合，但兩篇都是寫得很好，可以彌補散文選篇幅的不足，希望讀者能理解。

我們第一次嘗試這種工作，一定有很多不足之處，希望讀者多多指教。

二〇一六年七月二十二日

導言

藍建春（靜宜大學台灣文學系副教授）

一、二〇一五這一年的台灣小說

整體來看，二〇一五年的台灣小說，談不上大好，也不應該被視為大壞。換言之，過去一年的小說就在這兩極間擺盪。私以為並未出現驚天動地般的驚世之作，卻也並非全然乏善可陳。首先，早早在上個世紀已奠定寫作聲名的資深小說家，如鄭清文、李喬、張系國、沙究、蕭颯、平路、袁瓊瓊、林黛嫚、吳鈞堯、王幼華、蘇偉貞等，持續有小說創作，繼續積累其個人的豐富成績之外，也為年輕世代的小說家，示範一種可貴的續航力。或許只是隨機性的偶然，鄭清文的短篇〈重會〉與李喬的長篇《情世界：回到未來》，都運用了涉及歷史流動的性別遭遇，既是個別角色的年紀增長，亦是社會集體的歷史推移。相對於資深小說家的續航、領航性示範。幾乎已構成台灣小說創作隊伍核心的中青世代作家，更處在昂揚的年代，四處為其個人也為台灣小說開疆拓土。譬如甘耀明備受矚目的長篇《邦查女孩》，既是東海岸的山林生態、伐木產業的歷史故事，又是台灣多元族群的遭遇糾葛，而同時妝點著些微的奇幻色彩，令整個故事能出入、遊走在現實與虛幻、歷史與虛構之間；又或者陳雪融合推理、犯罪元素的嘗試性長篇之作《摩天大樓》，刻意將敘事視角多重化的處理方式。多多少少能從中觀察到，中青世代作家不以既有成績為滿足的寫作企圖、敘事雄心。

在台灣文化圖像的投射上，二〇一五年相繼推出的長篇小說，諸如王定國備受討論的《敵人的櫻花》，張國立取材自家族上一代故事的《戰爭之外》、郭強生深掘白先勇同志系譜的《斷代》、平路化用驚悚社會案件的《黑水》，以及張系國的全新科幻長篇《下沉的世界》，或者年輕新秀作家朱宥勳頗具奇想的棒球小說《暗影》等等，因而能夠為我們拼湊出一幅極為獨特的台灣社會精神風貌。

相較於長篇，短篇小說創作的成績顯然更為可觀。為弱勢者發聲的現實主義理念，仍然占據小說敘事領域的顯著位置，也持續有佳作問世。台北文學獎的得獎之作，蕭鈞毅〈記得我〉，以及袁瓊瓊〈以子之名〉、陳韋任〈代我問候南部太陽〉、呂政達〈息壤〉、許皓甯〈遊戲男孩〉等等，仍然是過去一年小說創作中的主力部隊。至若以個別族群、特定人物為關注對象的作品，亦不在少數。譬如達悟族夏曼．藍波安的〈安洛米恩之死〉之深化原漢之間的辯證關係；葉揚〈病假〉之於族群數量逐年快速累積中的中高齡失業者；白先勇〈Silent Night〉、鍾旻瑞〈泳池〉、陳柏煜〈角鴞〉之勾勒同志的成長、傷痕、交錯的情感記憶；馬華作家黃錦樹〈旅台僑生殺人事件〉、張貴興〈千愛〉，則有熱帶雨林與島嶼台灣之間的浮躁游移、曖昧牽連。數量更多的當屬男女情愛、人際糾葛一類作品，像是鍾文音〈老房子愛情老〉、郝譽翔〈十八歲的夏天〉、林黛嫚〈婚禮〉、朱容瑩〈平衡〉等作。諸如此類，不勝枚舉。

在傳統題材、常見敘事型態之外的，則是為數始終可觀的實驗性作品。從甚具彈性的一般性奇想之作，到充滿繁複敘事編織的篇章，所在多有。譬如蘇偉貞〈活口〉，即繼續貫徹其長久以來的獨特敘事，不論是稱其為獨白體，或者用其他詞彙指代，仍舊是大多數讀者難以親近、更遑論好好耐下心欣賞的特殊作品。黃錦樹、張貴興的敘事，雖未若蘇偉貞般，但其刻意構築的閱讀屏障、領略陷阱之複雜度，亦明顯可見。洪碩鴻〈壁上的臉〉、蔡素芬〈藍屋子〉、楊棣亞〈昨日工作室〉、川貝母〈萬花筒〉、〈小人物之旅〉，皆屬典型的奇想之作。但若論發想之詭異、極端，林志豪的科幻故事〈饗宴〉中，推想人類未來演化的吞噬融合，概為其中的佼佼者。這樣的作品，在絕大多數人眼中，大概只能歸類為荒誕不經。至於蕭信維的〈若蟲〉、羅苡珊的〈患者〉，皆化用了特殊的疾病罹患，鋪寫離奇故事，一則體表長滿蟲卵、一則失去嗅覺。但即使是張系國遙想崩潰後的呼回文明世界，氣化倉庫中的風乾人渣，其荒誕程度，恐怕還是稍遜人類吞噬演化的未來半籌。

在流行文學、大眾類型小說的寫作上，近幾年來，持續有中青各世代作家參與其間。即使遠遠未達登堂入室之境，至少也讓創作的動力持續航行。除了張系國、林志豪的科幻奇想外，資深作家黃海也迭有作品推出，譬如刻畫永生中的人性妒忌的〈鳳凰涅槃〉。武俠創作則持續藉由溫世仁武俠小說獎的火力，供給火力、燃料，諸燕陽〈後武林白兔記〉、乃賴〈四川潑婦〉等，整體成果雖亦有可觀之處，但終不若上一年度的力作，沈默長篇《在地獄》那麼精彩。相較起來，推理偵探的寫作，則維持著一定的進展，林斯諺、游善鈞、唐墨、既晴、水音符等年輕推理作家，不斷推出長短各類作品，終有機會在其他助力下，將台灣推理寫作推上新一波的高峰。

不論如何，整體來看，台灣小說在過去這一年裡頭的表現，即使無法讓人非常滿意，但到底還算能夠接受。平心而論，在文字虛浮的年代，在價值頭重腳輕的社會，種種需要厚植、深掘的工作，往往只會顯得寸步難行、甚至迂迴倒退。也因此，還有這麼些作家或者為數不在少數的文字工作者，願意耐住性子、忍住寂寞，為讀者、為自己、為台灣、或者為整個世界，講訴這些那些故事、編織這樣那樣的小說，至少至少，就差堪接受。當然，這話語中難免還是浸透著些許無奈之情。但往另一個角度想，如果還有那麼些空白、缺憾，這不也正是這個世代、下個世代的所有小說家，能夠發光發熱的美好舞台嗎？

二、十八般武藝、拼寫台灣

這本年度小說選，當然無法將整個年度的小說一網打盡，也不大有機會讓所有精彩的小說作品，通通都擺到一塊，供更多讀者欣賞。除了為文學歷史、文化動態留下一些些可能的線索之外，我們的編選工作，主要目標便在於透過年度小說，呈現台灣的特殊風貌。不論是在文化想像、思維偏好上，還是族群關係上。在這樣的設想下，我們總共選入了十三篇小說。

資深作家袁瓊瓊，自上個世紀〈自己的天空〉踏出文壇以來，二十一世紀至今，在《萬人情婦》、《恐怖情人》這兩部作品之後，持續其文學寫作的航行。此番選入年度選的〈以子之名〉，鋪陳的則是近幾年台灣社會一再出現、反覆上演的情節，總是圍繞著暴行犯罪者、受害者及其遺族之間不斷如漩渦般打轉、擴散的風波。很顯然的是，台灣社會目前仍無法化解這些漩渦。而漩渦的中心點無疑是一種死結。在相對冷峻的敘事風格中，袁瓊瓊藉由受害者之母的角度，推導了這齣無人能夠化解的沉重劇碼。兒子當初因情殺而殞命，但對於凶手，這位母親卻不像一般受害者的家屬那樣，以種種極端言詞詛咒、或施以肢體暴力相向，相反地，這位母親採取的手段，讓人深深覺得異乎尋常。自從凶手罪刑定讞後，母親便按月定時前往監獄探視，極有規律地探視過程中，她開始將自己兒子短暫一生的精彩故事，為凶手娓娓道來。在母親講述的過程中，凶手總是從頭到尾不發一語，也完全沒有任何回應。而受害者的母親更想澄清弄懂的根本疑惑則是，為什麼凶手會犯下這樁罪刑的原因。凶手當然連一丁點反應也沒給。穿插進行的另一組情節進展，則是母親透過民間習俗進行觀落陰，往生的兒子嘶吼著關於母親監獄探視的責難。讓人有點錯愕卻也不盡然不合情理發展的結果，凶手在最後以結束一己生命，為所有一切畫下句點。但畢竟這只是故事中的終局，故事外的現實漩渦，到底依舊存在。就我個人而言，這並不是一篇我深深喜愛的作品。但正是在這樣一篇企圖梳理罪刑與懲罰的漩渦課題中，台灣社會近幾年來，頻繁躁動的種種之於罪刑、暴力的回應場面，在一時之間卻是通通湧上了心頭、擠上了眉尖。公平正義地對待罪刑、暴力的方式，從而沉澱為台灣社會中始終缺席的身影。

黃錦樹的〈南方小鎮〉，乍看似是一篇不免讓人恍惚、迷離的小說。既關於華人移民族群及其文化、歷史的曲折軌跡，亦多少來自於作者長久以來形成的一種層層疊疊、歧異增生，而相對抗拒開門見山的寫作手法。但深入其間，卻頗能感受到作者對於移民族群或者族群遷徙，之於歷史文化之間的種種幽暗難解之處的追索與致意。三大段的故事，分別是大馬膠園、敘事者之祖母往生下葬，與及當年與故鄉之間的一段信件往返；敘事者探訪廈門鼓浪嶼所見所聞所想；以及最後再回到馬來半島，所歷經的一趟奇特的荒廢墓園之旅。祖母過世前十數年，開始與大陸故鄉親友展開聯繫，直到後來家鄉透露索要金錢之意圖、而同一時間自家也剛好因故搬遷，雙方遂從而再次中斷了聯繫。不識字的祖母，完全依靠當年還在中學念書的孫子。多年後，敘事者來到祖父母出生成長的故鄉，廈門、鼓浪嶼。信步走入博物館中參觀，恰好看到了一段當年抗戰時期，遠道從南洋返國參戰的青年，及其後歷經文革等等遭遇。更巧的是，還在島上重逢了自己少年時期的華文老師，早已在此成家、安居多年。離開前夕，不斷聯想及關於離鄉、返鄉的種種。最後一段，場景再次回到南洋島嶼、種植咖啡的山丘。昔日南洋大學歷史系的激進青年，為敘事者導覽了一座荒廢的墓園、從各墳的配置、一直到園中各個名人的生前事蹟，不免令敘事者慨嘆華人懷祖不過三代。最後來到了一處謎樣的墓地，上有隸書「明監國魯王墓」字樣，而忽然間，嚮導的老人突然消失，大雨也正好開始滂沱地降下。

廖鴻基的〈魷魚灘〉，從表面上看似是一篇趣味小品，但深入而言，則又引導讀者去探究到，台灣社會自上個世紀九十年代中葉以降、喊得震天響的社區營造工作，與近幾年來生態運動的某些詭異結合後的實況。每年春季時分，南島魷魚總會定期來到台灣後山的這座漁村，持續一個月左右的時光。具有趨光性的魷魚，不僅為漁村帶來捕撈的活力、也為漁村的夜間帶來七彩斑斕的光景。連續十數年之後，南島魷魚忽然間就不來了。儘管酬謝神靈上蒼的魷魚季魷魚裝踩灘活動還是照常舉行，熱熱鬧鬧的戲曲還是按時演出，但魷魚依舊不現蹤影。一年、兩年、三年，不斷讓整個漁村的人望穿秋水，也等不到魷魚前來。就在第二年開始，王村長突發奇想，一邊繼續等待魷魚回來的同時，集資向報刊媒體發布了大型活動廣告，宣告每年定期的魷魚季節活動，將以遠遠超出歷年規模的程度更熱烈地展開。在連續幾年的大力宣傳下，不僅國內光觀客慕名前來，連外國人士都會遠道來到台灣後山這個漁村，參與這場魷魚季盛會。

賴瑞卿的〈大師走了〉，亦以超脫現實又逼近真實的手法，刻劃台灣社會盲信、盲從的集體現象。故事中，大師往生的消息在近幾年內幾度謠傳開來，不僅社會不安，更害得眾多官員、相關出版社負責人，辭官的辭官、被告的被告，而這次，大師終於真正走了。與偉大領袖同樣患有隱疾、出恭有所困難的大師，精熟人文社會科學領域的所有知識範疇，尤其擅長群眾心理的掌握、分析、導引。曾經坐過黑牢、也曾經獲邀出任中央民意代表的大師，在各領域具有日積月累下來、不容任何人撼動的巨大權威感，多年來為這個社會中的各種黑白真相，積極介入釐清、干預分判。而如今，在這後大師時代，所有前來瞻仰大師最後儀容的各界人士，不免人人憂心忡忡著，今後整個社會的黑白、誰能來扮演這個分判的角色。嘲諷的苗頭既指向大師，同時也不放過深刻的共犯、塑造大師崇拜大師的集體群眾。

連明偉的〈鹹豬手〉，則指向這個社會日益不耐的另一個重點對象，司法審判。而通常引爆點，也大都集中在完全顛覆社會集體期待的判決上。黑心商品製造商，最後判決無罪；隨機殺人案，判決二十年徒刑等等。各式各樣的判決案例，都不斷地為社會添加恐龍法官式的想像。

這篇故事則選取了一則猥褻案件。三姑六婆橫行、盛行的典型小村落中，某日，秋蘭在人群擁擠的市場中正在挑揀婦女內衣，忽然身旁有不明男子，不僅朝著自己擠來，而且男子的手掌正在自己的胸部搓揉，時間長達十秒之久。在檢察官以猥褻罪起訴的過程中，秋蘭鎮日心驚膽跳，不論是婆婆的眼神、還是村中的謠言。終於，法院判決下來，法官因各項證據顯示，最主要是猥褻時間長度不符，從而宣判該男子猥褻事證不符、無罪釋放。至此，村中謠言更甚，秋蘭幾乎成了人人口中的妖精，而婆婆的猜疑已經瀕臨極限點。與此同時，由於該案件與判決的爭議性，逐漸演變為社會集體關注的重要新聞，不僅島內婦權團體群起抗議，甚至連國際媒體都開始關注起來。發展到最後，甚至有七十萬人走上街頭，只為了抗議秋蘭這場判決。於是，法院緊急安排開啟重審，而當時的承審法官也親自上門來向秋蘭道歉。就在法官捧花上門道歉之際，婆婆出馬代媳婦接受，忽然、既令人錯愕、又似合情理地，婆婆伸出了自身雞爪、撲向法官下體，並在口中倒數十秒。誇張、爆笑的結局，清楚表現了這篇作品的敘事風格。多少讓人不堪的也正在於，台灣人民對於法令規範、司法審判系統、罪行懲戒之間的鴻溝，始終無法消弭的憤懣、不平。以致到頭來，僅能酸一酸法官恐龍、或者像〈鹹豬手〉的婆婆那樣，採取這麼決絕的方式、表達衷情於萬一。

年紀應該不大的陳韋任，同時在大專院校擔任兼課教師。在現今的台灣社會中，還能一邊投入文字寫作的工作，其人之膽氣與抱負實足以獲得稱許。儘管〈代我問候南部太陽〉的完成度同樣並未逼近百分百，但其未來性或許仍有機會期待。在這篇作品中，陳韋任透過一位年輕的紀錄片工作者，從旁側寫了一戶南部地區的單親家庭之生活實況。在紀錄片與人性情感反應之間，或者說在紀錄片拍攝倫理與情感真誠反應之間，故事中的年輕人不斷自我壓抑、自我抗拒、甚至於自我懷疑，最終為擺脫這近乎讓人窒息的一切，中斷了拍攝工作、脫離紀錄片團隊而北返。因而能夠逐步凝聚出越益沉重的氛圍，與近乎讓人透不過氣的煩躁。而這一切都指向這種台灣社會邊緣存在的弱勢家庭，及其生命實景、生活實況。台灣社會近幾年來貧富兩極化的詭異發展，早已成為拆解不開的炸彈，只不知何時會引爆開來。小說作者並未刻意節制其情感流動、也並未賦予敘事角色以超脫超越的角度，來俯瞰這一切。對偏好敘事平衡冷靜的評論者而言，陳韋任也許在敘事情感的自我節制上，稍嫌不足，但正是這種自然流瀉的情感，讓小說的血肉獲得飽滿的機會、而生動了起來。即使年輕小說家還有許多漫漫長路可走，但到底堅持下去，終可看到些未來性。

曾經得過時報文學獎短篇小說獎的年輕女作家葉揚，或是在副刊編輯的邀約下，發表了這篇短篇〈病假〉。這篇作品一方面既顯示了小說家的敘事潛質，同時也為二〇一五年台灣社會的造景，繪製了其中一角的畫面。女作家揣摩的中年失業男子，在求全下也許不盡到位、也許仍有隔閡，但試圖為角色調繪情感色彩的誠意，倒是鮮明可見。一肩撐起一整個家庭生活重擔的保險公司業務副理，突然間從人事主管口中得知自身遭到資遣的消息。這消息當然十足具有震撼力，但可怪的是，中年男子的外在反應，卻完全遠離驚天動地、呼天搶地一類情狀。反而極為理性地繼續計算著自己帳戶中剩下的存款，與接著下來家中預計支出的各項開銷總數。在繼續喬裝若無其事、或者說自欺欺人的狀態扮演中，中年男子慢慢洩漏出內心世界，直到最後，在臨近入睡前與妻子的一幕簡短互動中，一切的偽裝、撐場通通都一舉崩潰。而原來，中年男子武裝背後的內在，竟是如斯脆弱。也許，就某些謹守非戲劇性現實原則的評論者來看，這樣的心理劇場，在作者這番安排下，不免過於匠氣了些，而顯示出些許的矯揉之態。但不論如何，終究無法掩蓋作品所閃現的某些未來之光。持續在文字工作的大海中航行下去，這位作者理當能夠為自己闖出一片天地。

恐怕也是在去年方才一舉成名的年輕新秀作家，黃瀚嶢，據稱從未在寫作領域中踏出過任何腳步。而〈搖樹〉一作，便讓他獲得了時報文學獎短篇首獎。儘管個人並未特別偏愛這樣的作品，但〈搖樹〉中所傳達的一整個青年世代的迷惘，或者近乎無力也無奈的追問、何以造成這麼多青年如斯迷惘的籲求，也不免讓人心為之動。台灣社會自九十年代越過經濟發展的高峰階段後，便逐漸出現一種詭異的局面。在經濟景氣循環過程中，整個社會尤其是執政當局，從頭到尾便毫不避諱地向經濟傾斜、或者直接向資方傾斜，以至於景氣也好、不景氣也罷，受雇傭者的勞動條件日益惡化。在整體大趨勢中，連工作經驗半點也談不上的青年族群，就這麼樣成為雙重夾擊的對象。在作品中，作者描繪的正是這種社會氛圍下的年輕人。而貫穿迷惘世代的核心意象，則恰恰來自於擔當一份近乎沒有任何未來性的助理角色，所從事的搖落森林樹木、以提供後續研究數據的工作。迷惘青年族群的命運遭遇，因而完全能夠對應到，原本棲止在樹上卻慘遭莫名搖落的昆蟲族群。

相較於〈搖樹〉，陳金聖在〈18補注〉中所提供的台灣社會青年族群的造型，顯然是另番風情。在結合相對殊異的敘事情調下，這篇小品格局的小說，自有其特殊風貌。台灣青少年，由於家庭因素、由於當局學貸政策，因此早早開啟工讀經驗的族群數量，便逐年攀升。故事中，敘事者便是這樣一位尚未年滿十八成年之前的十七歲少年。對於當代的青少年來講，這應該是個司空見慣的題材。但就像新聞頻道經常播報的事件般，每隔一段時日，總是會有夜間時分闖入便利商店行搶的新聞發生。作者取材自原本極具暴力性質、逆反社會秩序的犯罪事件，但在當事人亦即敘事者近距離貼身報導的視角下，由於略帶庄腳味與半帶刻意詼諧的風格下，形成一種不無詭異的景觀。既像兒童、少年冒險行動的無聊心理劇，自己嚇自己，又像極了自我抽離、靈魂出竅，轉身回望戲劇高潮之際，張力瞬間蒸發一般，了無重量與存在感。這是否是當下台灣青少年族群的內在構成樣態，或許也值得有心人一番推敲。

生理上或許仍舊抱持著青春狀態，但內在精神世界的衰敗，卻幾乎斑斑可查。這大概也正好是李牧耘〈暴民新聞〉的敘事情調。年紀輕輕的新秀作家，刻意選取了前一年度攻占立法院的重大新聞事件，作為故事推演的素材，但焦點卻並不放在、或者說集中在這場風波背後的政治衝突、意識形態角力。相對於此，透過社會運動者的過去、現在與未來，小說作者塑造了一種社運人物的多重精神狀態。容或夾雜些許嘲諷意味，但畢竟不是這篇作品的主要風格。在故事中，敘事者我，與老除同為社會運動的同志，前女友孫女如今則為老除的愛人同志，正投入攻占立法院、抗議「姓餐具的」某位立委所引發的重大爭議當中。而敘事者接受雜誌社主編的安排，奉命前往進行現場採訪。相對於單純發展中的社運抗議軸線，則更多的是穿插、點綴的人物心理劇場。從中流淌而出的種種陰鬱感、無奈與無力感，就像連續下了半個月的春雨一樣，讓人都能打從心裡感受到濃濃的霉味。但可看性恰好也在於這種巨大的反差。社運者的衝撞意志之於熱情燃燒的理想抱負，與現實屋簷下的妥協、委屈、不甘、不堪之種種，全然找不到共同的立足點。台灣社會是否集體過度地向亢進、亢奮發展，即使遍邀專家為之把脈，終究也只能各說各話。但到底，這樣的現象由來已久。日積月累下，逐漸也形成一種相對特殊的台灣景觀。運動議題、目標，雖有其參差之處、高下之別，但每逢事件勃發之際的集體亢奮，卻是基本的實況。

談到年輕人對於台灣社會的想像，就值得順勢介紹倪哲偉這篇以棒球為題材的〈吐絲〉，所據以出發的鬼島想像。究竟是誰、在什麼時候，最先最早發出鬼島浩歎，恐怕已經無法考證。但可以確定的是，這種特殊的鬼島想像，與戰後曾經蔚為奇觀的留學、移民風潮，雖在外觀型態上相似，但內在的演變理路，應該存在著根本的差異。由於社會對於青年族群的不友善，也由於青年族群對於現實不友善狀態的一種根深蒂固的認知，於是乎，台灣社會中種種好的、壞的、不關好壞的中性的百般現象，在鬼島派的見解中，通通都會轉化成一種折騰人、謀害人、虐待人從內到外的無上罪惡。換言之，鬼島族群、從而也是相當大比例的一部分青年族群，視鬼島為畏途。而逃亡、留學、移民，則非鬼島人士所能所願採取的拯救手段。在這樣的集體想像中，〈吐絲〉這篇作品進一步想像了鬼島大混亂的未來發展，以及大混亂之後，青年族群的未來棲止。但這些只是〈吐絲〉的敘事背景，更值得一提的是，作者對於棒球題材的演繹、發揮，處處顯露訴説故事的無窮潛力。這大概也是我個人目前所見的台灣棒球故事中，頗值得好好欣賞的作品之一。

近幾年來，關於台灣社會中的少數族群，很少能夠像同志族群般，相對受到社會比較友善的對待。這當然是好事，也不應該設限了我們自己繼續地予以關注、持續地抱持探知的動力。

但由於這個族群本身的屬性使然，圍繞著這個族群內部的故事、及其族群心理的流動過程，與諸種種細膩的、瑣碎的、斷片式的內容情節，則到底需要從內部的世界進行想像。陳柏煜的〈角鴞〉，便試圖為我們再次提供這個世界的消息，特別是這個世界中的相對獨特的情感流動狀態。在蘭嶼部落進行踏查的隊伍中，敘事者、布朗、阿鐵等人，在當地嚮導張大哥的帶領下，企圖尋找角鴞的蹤跡。夜間活動的角鴞，對於光照本身就與生俱來地存在著莫名的恐懼。因此，當來自各地的遊客，基於各種刺激、冒險的快感，恣意以大量且眾多的光源四處亂照之際，角鴞往往只能因而無由且無奈地被驚醒。這樣的情狀，正如敘事者自言，就像極了自己與布朗之間的一段情感。同行中的阿鐵則是昔日的愛人同志。故事便在這樣的交錯、連結中展開。

李芙萓〈影子情人〉，或許是這次年度小說選中，相對著重於雕琢故事性的少數幾篇之一。透過保全公司派駐在高級社區大樓的管理單位中工作的大樓保全，與社區中富豪包養的女子之間，所曾經碰撞而出的情感火花之始末，構築出整個故事的主幹。在原本羅曼史具有階級跨越、自我身分解放吸引誘惑力的題材中，作者顯然並不以此為滿足。透過其心理揣摩、推敲，年紀輕輕的女作家，企圖呈現的是這位已有家室、卻終究耐不住羅曼史典型戲劇性誘惑，甘當情人的情人，最後又在偷情真相爆發後，再次回返到保全的身分。種種刺激、愉悅、歉疚、卑微，通通都凝結為即將幕落之際，富豪口中無情的那句看門狗的咒罵。

原本預計編選近十八篇的這部年度選集，由於諸多因素，而不得不略有更動、增刪，以至於最終，我們只選入了十三篇的作品。正如同人生之現實一般，總是不免參差著許多大大小小的曲折、縫隙、破裂之處。想及此，即使無法完全盡如人意，也就罷了。因此，不論是作者對於個人作品的安排、版權的意願，或者其他一時難解的因素，我們都清楚認知到背後連結的脈絡。但無論如何，我們都還是抱持著堅定的宗旨，這部選集之所為，仍舊是為了持續讓台灣文藝成果、文化實況，能夠有更多人看見。

目錄

以子之名

袁瓊瓊

祖籍四川眉山，一九五〇年出生於台灣新竹，專業作家及電視電影舞台劇編劇。一九八二年赴美參加愛荷華國際寫作班。最初以筆名「朱陵」寫現代詩，繼以散文和小說知名。曾獲中外文學散文獎、聯合報小說獎、聯合報徵文散文首獎、時報文學獎首獎。已出版著作涵蓋小說、散文、隨筆及採訪等共計二十八種。短篇小說《自己的天空》入選「百年千書」華文經典電子書計畫。

有三十年以上編劇經驗，戲劇作品散見台灣與中國大陸。曾入圍金馬獎最佳編劇提名。

最新作品《五月一號》（周格泰導演）二〇一五年上映。

READMOO 電子書專頁：https://readmoo.com/search/publisher/41

臉書：https://www.facebook.com/jade.yuan.14

一

她給鬧鐘設定五點，早班車是六點四十。她不希望錯過。不過她醒來的時候還不到五點。屋子裡全黑，一隙微光也沒有。她平躺著，猜測現在是幾點。她跟鬧鐘玩的遊戲，似乎鬧鐘有能力改變它的答案。

她估量是三點。出於習慣性，她總是在三點前後醒來，不知道為什麼。無論睡得多晚，她總會在三點醒來。睡前定鬧鐘的時候，她就知道自己會更早起來。不過她還是定了鬧鐘。這一類的事她現在時常做，明知道無用，但還是去做。靠這一些無意義的動作支撐自己，否則她覺得自己活不下去。

每天都很疲憊。

鬧鐘放在床頭几上，她抓過來看。果然，三點。又贏了鬧鐘一次。她坐起來，並不馬上起床。以前兒子總說他賴床是因為要讓靈魂拼湊完整：「起來得太快，三魂七魄說不定會留了幾條在床上。」

這是他說的話。他是個有趣的孩子。她本來以為是他編的，可能看那些日本漫畫看到。後來她在書上讀到這樣一段：「所謂的『三魂七魄』其實是中國道教對於人的靈魂的一種說法。人的精神可以稱之為魂魄，其魄有七，一魄天沖，二魄靈慧，三魄為氣，四魄為力，五魄中樞，六魄為精，七魄為英。」

她看著就開始哭。想到自己的兒子多麼的聰明。他還不滿二十歲，知道得這樣多。她哭了又哭。一邊哭一邊唸這段字句。有種冥冥之感，就像兒子在跟她說話。多麼聰明的孩子。她把那段話唸了又唸。每次唸都哭。

她在床上坐很久。「讓自己的靈魂完整」。不過她是不相信的。她只是照著做，假裝那是真的。時間還早，所以她到兒子房間去坐著。她不關他的房間門。雖則他人在的時候總喜歡關起來。她有事找他就敲門。青春期的孩子總有些不想讓大人撞見的事。另外他還交了女朋友。她能諒解。事實上，許多時候她並不敲門，並不想進去。她只是站在門口，聽著門後頭的聲音。

現在這扇門從來不關，她讓它維持這種樣子。她從自己房間出來，就可以走到兒子房間去，好像昔日。從自己房間走過去的時候，她有種迷離之感，依然帶著模糊的渴望，覺得兒子還在，跟過去一樣。但當然他不在。他在的時候門總是關著。而現在，她總是把門開著。門敞開著，在等待主人回來。

房間她也沒動。還是他離開時的樣子。被褥亂堆在床上。那時候是夏天，房間裝冷氣，所以他蓋被子睡。他喜歡把被褥夾在腿間睡覺，起床之後，被褥捲成筒狀，中段扁下來，那是他放腿的地方。

她坐在兒子書桌前。他的電腦沒關，跟過去一樣。保護程式流暢的在上面牽彩色管子，非常忙碌，一根又一根牽過去，沒完沒了。無數的管子。她從來不動它。有時看著那些粗而圓的線條，在螢幕上著急的延伸，沒命的往前拉，跑去了不知道什麼地方，總覺得像似什麼話語。像要跟她說什麼。但是，當然不是的。

他的iPhone也在，當初就是靠這個找到他的。拿回來之後她放在他桌上，很隨意的，不規整的亂扔在桌上，就像他過去那樣。進門後把口袋裡掏空，所有東西都扔在桌上。然後兩手伸開，躺在床上。有時候他就這樣睡去了。臉偏著。睡著的時候就很像個小孩，雖然他已經十幾歲了。

她坐下來抽菸。她原本不抽菸。不知道多少次，進兒子房間的時候，聞到燥猛的菸味。她就說：「不要抽菸。」兒子就說我沒有。笑嘻嘻的，一副明擺著說謊的神情，明明白白的謊騙她，而又知道她一定接受。

有時候菸盒就放在桌上，她會指著，兒子就說：「那只是空盒。」他說：「不信你打開來看。」她從來沒有打開來看。主要是萬一看到裡頭有菸她不知道該怎麼辦。她不希望他抽菸，是因為相信抽菸的人會得癌症，會死。她不希望他死。就這樣。她只是希望他活著，在她身邊。或許不聽話，說謊，講各種奇怪和荒唐的藉口跟她要錢花。她都不介意。

後來她時常到他房間裡去坐著。不做什麼，就只是浸泡在房間裡的氣息裡。一切都還在。他換下隨手搭在躺椅上的牛仔褲，一隻袖子沒拉出來的套頭衫；後背包掛在床沿，夾腳拖鞋甩在牆角：一前一後呈丁字，就像有個隱形的人穿著它，背對房間站著，或許低頭打量角落裡的什麼。

這是沒有主人的房間，卻有種活生生的氣氛。比她自己的房間更有生氣。書架上斜插的書，三角立櫃的格子裡塞著沒完成的模型；遊戲搖桿，磁碟片，隨意散置。這些物事跟他一樣不安分，要奔赴某處。它們同時在等待，同時也在準備，似乎比之她更有信念：某個時刻，兒子會進門來，把未完成的完成，把錯置的放回該放的地方。

她幾乎不曾仔細打量這間屋子，只是習慣性的掃兩眼。她只是坐在這裡發呆。屋子裡所有一切，似乎還在進行中，物事噪雜著喊叫，一點也不悲哀。它們就像孩子，喊叫是要讓人知道自己存在。她喜歡那種感覺。往往坐著坐著逐漸覺得昏沉起來，近乎安寧和幸福。很久之後她才發現那包菸，一直放在桌上，她從未注意。菸草已經發霉了，但是過去沒抽過她不知道。她拿出菸來抽，感覺喉頭像被菜瓜布抹過。非僅粗礪，還有種帶著酸腐氣息的，厚重的辣味，她嗆到了。

那是長久以來第一次她感覺到某種刺激。比刀割還要清晰劇烈。後來她就開始抽菸，每次都希望回到第一次的感覺去。

當然不可能，從來沒有再經歷過。

她靜靜的抽完一根菸，一邊思考這次要帶什麼東西去看他。

二

第一次看到他是在電視上。她在百貨公司的美食廣場工作。戴著黃色塑膠手套，推著套了黑色垃圾袋的推車一桌一桌去收那些碗盤，將剩餘的食物倒在推車旁的塑膠桶內。這裡的規劃非常怪異，根據店家的性質有長和寬的桌子，有圓桌子，有C字形桌子，有包廂座。通路非常窄，她推著車子在既非直線又非曲線的桌與桌間行走，沒有人看她。所有人都在自顧自談話或者看電視，美食廣場裡到處都是電視，鎖定新聞台。老闆收了錢。並不是這一台特別能吸引收視。電視一律是液晶大螢幕，各種角度掛著，無論坐哪個位置都能看到節目。

她看到兒子的臉出現在螢幕上，主播稱呼他「陳×雄」。還另外有一個名字叫「林×美」。陳×雄的臉不太像兒子。她認出來是因為那是他身分證上照片。「林×美」的臉孔打了馬賽克，她插腰站著，穿著泳裝，身體往前傾倒奶。林×美未成年，所以打馬賽克。她兒子也未成年，不過因為已經死了，臉孔就全部露出來。

她是不看電視的。她忙著工作。她推著推車在美食廣場緩慢的來去。聽著主播嗓子時高時低，聲音破碎，講述少年陳×雄和林×美。那音節一次又一次從她耳膜裡穿過。她兒子的不完全的名字，無數次，從四面八方襲來，所有人都看著電視，一邊把食物放進嘴裡。她什麼也不看，忙著收空碗盤，免洗筷，收垃圾，空水杯，吸管。阿霞過來喊她。兩個人都穿著公司制服，灰色鑲藍條的背心，黃色防水布圍裙從胸前垂到膝蓋。戴著白色罩頭帽，白口罩。套著塑膠手套。

阿霞沒有推她的車子，她直接走過來。喊：「秋月！秋月。」

秋月把臉別過去。阿霞說：「啊你都沒有看電視？」秋月說：「那有什麼好看！」阿霞扯著她身子轉到面對電視，她說：「緊看！緊看！」那從四面八方撲過來的「陳×雄」的聲音配了畫面呈現在她面前。她兒子的臉，登記照被放大，有點模糊，那照片其實不像他。照片是修過的，白的地方特別白，黑的地方特別黑。

那不像他，可是秋月知道那是他。她看過那身分證。她看著站在自己面前，幾乎和自己像是雙生子，一模一樣的阿霞。有種奇怪的想法，想跟阿霞換一下位子。她們那麼相像，連高矮都差不多，一樣留著灰中夾白的短髮。她覺得跟阿霞換一下位子，那麼她就會變成阿霞，阿霞就會變成她，那麼那個失去兒子的人便不是自己。

阿霞的臉整個遮住，只露出眼睛。跟她一樣。只有一雙眼睛的時候，看不出表情。阿霞看著秋月。捉住她的臂膀，瞪著她，倒像是在逼迫她注視。

她看了阿霞一眼，又轉回到電視上。電視上這時說：「嫌犯鄭某在逃，尚未捕獲。」他的臉出現在電視上，四面八方都是。同樣的，跟她兒子的一樣，某種登記照，可能是學生證上或是紀念冊裡翻拍下來的。他看上去年紀很小，穿著制服，口袋上方繡著名字和學號。他瞪著面前，每一個人。從四面八方。

主播說警方正在聯繫他家人。勸他自首歸案。畫面轉成一段影片，記者拿麥克風尖聲詢問：「你覺得他是怎樣的人呢？」回答的人滿臉笑容看著記者：「沒想到他會做這種事。」另一張臉：「他很有禮貌。見人都會打招呼。」又是另一張臉：「他老師說他很優秀。」又另一張，面色沉重，搖著頭：「時常露著肚皮，穿著超短裙，我就知道會出事。」她花了幾秒明白了是在說那個林×美。沒有關於她兒子。沒有人來採訪她。記者尖聲說：「現在我們來到了嫌犯鄭某的家。」一扇鐵門，跟她自己的家很像。生鏽的鐵柵欄，白色漆脱落。後頭是另一扇門。記者手指按著門鈴，什麼也聽不見。沒有聲音。記者高聲喊：「有人在家嗎？有人在家嗎？」

她推著車子離開。阿霞沒有跟來。終於脫離了她，被遺棄在後面。兩個人這樣相像，但是不能替換。失去兒子的並沒有變成別人。而且她也依舊推著她的推車，她沒法加快速度，那桶食物的餘瀝殘渣會灑出來。她把車子推回了工作間，換了新的垃圾袋，換了空的塑膠桶，因為不知道該怎麼辦，她就又把推車推出來。繼續一桌一桌收拾。美食廣場很大，她沒有碰到阿霞。也許是阿霞避開她。她在桌與椅之間艱難前進。新聞台一直在放這個新聞，播了又播：陳×雄林×美嫌犯鄭某，終結於「有人在家嗎？」之後重來。她不抬頭，人們吃著食物，談話，呆瞪著電視機。廣大的空間裡充滿聲音，溫度，充滿氣味，食物飲料人的汗味香水味。廣大的世界，好像什麼也沒有少。她忙到下班時間。之後回家。

回到家之後，她看到兒子房間門開著。她沒有過去。那房間黑黑的，已經是晚上。平時門會關著，從門縫底下透出光來。但是這時候開著。屋子黑洞洞，像似有人站在模糊的黑暗中。她覺得非常悲傷。但是哭不出來，像作夢一樣。

阿霞帶了領班來看她。給了她一包錢，裝在信封裡。說是大家捐的，叫她在家休息一陣子，不用來上班。不過第二天她還是去上班，第三天第四天都是。她沒有事做。領班也沒怎樣。她推著推車在客人與食物之間崎嶇前進。下班之後回家來。坐在黑暗中。她不開電視。電視她看夠了。

她坐在黑暗中，一些聲音回來。想起她聽過那女孩的聲音。現在知道她叫林×美。她從來沒看過她。兒子偷偷把她帶回來。以為她睡著了。兩個人的腳步磨擦著走廊地板，輕巧的，橫過從客廳到兒子臥房的長路。她豎著耳朵聽。不是窺伺，只是她習慣了要等兒子回到家才能睡著。她傾聽著從門鎖轉動到大門闔上的細微聲響。聽到兒子踏踏踏橫過客廳，在房間裡，清口袋，零錢鑰匙手機，一些零碎物事匡啷傾倒在桌上，他脫鞋，甩在屋裡隨便哪個角落。之後他關門。

相較於他自己回家時充滿了聲響。他帶女孩回家的時候悄沒聲息。但是她習慣了從一切細微的響動裡尋覓他返家的細節。她能聽到，就算是在空氣中的移動，就算最幽隱的腳底從地面抬起再落下。她都知道。她只是不說。她也不跟兒子談這件事，因為不知道如何說。她默默存錢，準備那女孩如果懷孕可能有些麻煩需要解決。兒子門關上的時候，她站在門口，有時會聽到輕微的笑聲，細碎的，片段的。音樂響起的時候，她知道他們在做什麼。她只是默默回到房間去，對於家裡或許不久會有添丁之事感到輕微的憂慮。

她從來沒見到那個女孩。除了知道兒子帶她回家。不知道她有個男友。不知道她要跟男友分手，不知道兒子答應去替女友談判，而後替女友擋了一刀。之後嫌犯和林×美逃逸。兒子坐在西門町的路燈下死亡，插著耳機，聽著張惠妹。被發現的時候，iPhone的電只剩6%。

他用手機聽歌，沒有打給她。沒有打給任何人。他只是坐在地上聽歌。她就是想不通這件事。之後她也沒見過林×美。兒子消失之後她也消失。兩個人好了沒有多久。就像她是一個使者，把兒子引到嫌犯面前去，讓他為了她而死。一個死一個入獄。而引發這一切的理由泡沫一般散逸了。

三

阿鄭沒有判死刑，算是過失殺人。他在台北關。她每個月去台北看他一次。每次要去她都坐第一班車。在前一天定好鬧鐘。不過她每次都會提早起床。她會坐在兒子房間裡抽一根菸。為了要每個月固定日子去看他，她請領班把自己的休假日排在同一天。大家都願意配合她。沒有人問她是去哪裡。她並不說。

每次從台北回來，她會睡一整天，非常疲憊。她不知道阿鄭怎樣。她從不問。問了他大概也不會回答。阿鄭與她兒子完全不一樣。他不說話。他年紀比較大。這究竟是一種世故的選擇還是他的本性。她不知道。她其實不認識他。

人家說死了尪要三年才能恢復元氣，死了兒子要十年。她不知道是不是。她的十年還沒過完。

日子空白而寂靜。她依舊在美食廣場收餐具。午餐時坐在角落吃一碗碗粿配浮水魚羹。一邊看同事們聊天打鬧。阿霞時常被她男人打，在休息室裡哭。有時候就講述她和男人的性事。她們的生活裡就這些而已。有時被打，有時被幹。總是少不了男人。她沒有男人。兒子是三十多歲才生下來的。她以為老公會像自己一樣疼惜。但是那男人就像沒有兒子一樣，要來就來，要走便走。兒子上國中的時候他騎摩托車出去。再也沒有回來。摩托車也沒有回來。分期付款又付了兩年才還完。

她生活裡就兒子而已。他越長越像他父親。跟那男人一樣，抽菸，喝酒，小小年紀帶女孩子回家。但是他每天都會回來。兒子和丈夫還是不一樣的。兒子會偷偷的抽菸偷偷的喝酒偷偷的帶女人回家。大概是因為年紀還小。有一天這些事他會明白的在她面前做。她永遠不知道。

阿霞勸她去觀落陰。帶她到宮廟去。她和許多人一起坐著，眼睛上綁著紅布條。法師搖著鈴領導大家，跟去旅遊相似。她什麼也沒看到。周圍有人尖叫，有人哭泣，有人昏厥。她什麼都沒看到。

她猜想兒子不想來見她，跟他父親一樣無情。走了就走了。

有次在美食廣場撿到一張名片，上面寫「通靈人楊秀姑」。她把名片放了很久。

第一次去看阿鄭回來，她很激動，就找出了那張名片。

楊秀姑看不出年紀。留直直長髮，垂在臉兩旁。瘦削的女人。她穿麻紗長裙，不像是通靈人。她跟秋月解釋她可以代觀，替她看前世今生。又可以去元辰宮查兒子的命書，問清楚為什麼他會死。

秋月覺得自己不太會說。她每天都睡不著覺。很深很深的什麼在拉扯她的心，好像要從胸腔一直拉到腳底。偶而睡去又一下子就醒來。清醒的時候她覺得心痛，巨大的什麼坐在她的胸口。她只是不會說。她覺得腦袋裡思緒紛雜，然而始終存在的，最清晰的，就只是那句話：

「為什麼！為什麼！」

為什麼你要殺我的兒子，你甚至不認識他！

後來她整天想這件事情，想到失神。她想見嫌犯鄭某。想要當面問問他。她猜想自己是痛恨這個凶手的，應該這樣。大家都這樣。這個人殺了你的兒子。但是那好像不重要，重要的是他那裡有答案。他扼殺了兒子的性命，似乎在冥冥中，他知道更多的事情。

她花很多時間進行這件事，去找議員，去找律師，去找牧師。有人說那個牧師可以進監獄探訪。在進行這件事的時候，她開始能夠吃和睡。那支撐她一天一天過下去，支撐她坐在兒子房間不再哭泣。她邊抽著菸邊猜想鄭某會給她怎樣的答案。

快要半年，鄭某才答應見她。通知下來的時候，她在兒子房間待了很久。看著電腦螢幕上彩色管線牽出長方形與正方形。大的變小，粗的變細，那是廣大的世界，邊緣之外還有邊緣。管線流利的伸展出去，到螢幕之外的遠方。她覺得頭昏。

她在探訪區見到阿鄭。他跟電視上看到的完全不同。他才二十出頭，不過看上去比這年紀更大。他很胖。臉孔像麻糬，不透明的白。五官聚攏在臉中間。

她看著他，心跳很厲害，幾乎像看到親人。是這個人結束了她兒子的生命。兒子最後看的人是他。在生命最後一刻，兩個人同心，兒子知道自己要死了，而阿鄭知道是自己奪走一條性命，殺人者與被害者，以一條性命的拉扯為連結，在兒子的生命逐漸逸失之時，阿鄭逃跑了。帶著兒子可能被拯救的希望逃跑了。越跑越遠，就像電腦螢幕上急促伸展的管線，兒子的命如同編織物，線頭在凶手身上，而殺人者選擇逃跑。拉著線頭奔離，生命一圈一圈離去，形體解散，到最後一無所有。

她問阿鄭：「你為什麼沒有救他？你可以救他，把他送去醫院。」

這樣我就依然有個兒子，而你不會被關在這裡面。

她邊說邊淚流滿面。阿鄭不回答，兩手抱在胸前，低眉垂目，像佛。

會面時間很短。就算他難以忍受，時間很快過去。之後他會回牢房，吃得胖胖的。她第一次感受這巨大的落差，刀割一般無法忍受。但是她不會說，她說不出來。她甚至無法聲嘶力竭

的兒子，曾經是幼兒，後來逐漸長大，長大到可以因為一個女孩被人殺死。

她給他看兒子和「林×美」在手機裡的自拍，快樂的男孩和女孩，相擁著，對鏡頭微笑，接吻，俏皮的伸舌頭。她不喜歡那個女孩，但是兒子也在照片裡，她不能刪掉。她最愛的和最厭惡的連在一起。她沒有辦法。

手機壓在隔板的網格上。她故意把親吻的那一張讓他看最久。阿鄭似乎眉角或眼睛抽動了一下下。也許眼睛濕潤了，或許，她看不出來。她已經習慣了他沒有反應。因之不再觀察他，只演著自己的獨角戲。

她放張惠妹給他聽。在隔板這一頭，輕微但是頻率高亢的聲音在小隔間中播送，不容忽視的耳語，像從另一個空間傳來，細聲，絲帛似的調高。她告訴阿鄭，兒子一直在放這首歌。放到他死，甚至他死了張惠妹還在唱。陪著他直到他的身體冰冷。生命消逝了，但是電池比人活的更久。在他被發現的時候，軀體被抱上救護車的時候，耳機的冰冷與肉體的冰冷同步，張惠妹陪著他，往那沒有知覺的耳膜放送無效的震動，唱了又唱。

阿鄭雙手抱胸坐著，面無表情，眼皮抬也不抬。

她和「兒子」談論這一段。兒子拍著大腿，好似非常開心，身體顫動，兩指尖夾著的菸，菸頭被震下來，紅紅的帶著黑，落在秀姑的裙子上。秀姑迅即回神，從通靈的狀態裡抽身。她的白色長裙燃出了一個洞，邊沿還在緩慢的擴大。秀姑跳起來。她衝到浴室裡去滅火。

秋月抽著菸等她。過一會，秀姑從浴室出來，她的裙子濕淋淋，比應該的更濕，整個下擺拖垂，地面上先是隱隱的滑亮的水光，逐漸匯成小小的水潭。秀姑站在浴室門口，用空洞的聲音說：「不要去了。不要去看他了。」

她臉上沒有表情，那也不是她的聲音。是男人的聲音，是那個秀姑附身之後的兒子的聲音。寬而平。那聲音說：「不要去了。」

那是上個月的事。她來秀姑這裡這樣多次，第一次感覺周圍肅冷，有些什麼在緩慢的凍結。身上汗毛豎起來。

四

她填好探監表格之後送進小窗口。那個辦事的人看著。上面有她的名字，阿鄭的名字。這個人認識她。她以為他認識她。有一次他對她講，知道她是被害人的母親。他說：你真是菩薩心腸。

他說沒有人來探望阿鄭，他自己的父母都不來。從他被關之後，只有她一個人來看他，給他帶吃的帶用的。只有她一個人來。這個人說：「你真是菩薩心腸。」他說：「令人感動。」她不知道他為什麼說這些，她來這樣多次，他只有這一次跟她講話。他時常跟其他的探監人聊天，好像很熟。但是她不知道如何回答，所以她一言不發。拿了會客號碼離開。

辦事員看著她的申請單。好一會才抬起頭來說：「他走了。」秋月問：「走了？是轉監了嗎？」辦事員直直盯著她，又說：「他不在了。他父母領回去了。」

秋月背後排著隊，她身後的那女人拍拍她，秋月轉頭。那女人說：「死去了。」她點著頭，似乎自己已經表達得很明白：「不在了，死去了。」

她帶兒子的套頭衫給阿鄭。特地送去洗。因為放了這樣久，已經發霉了，在背部起了白色斑點。應該扔掉，但是她不想扔。她送去給阿鄭。阿鄭會明白那是兒子的衣服。阿鄭比較胖，穿不下的，可是他會明白。

她在窗口送東西進去時，裡面的人並沒有告訴她阿鄭已經不在。他們只是收下，開了收據給她。

她沒有去討回衣服。她離開。揹著的背包沒有因為少了那件衣服而輕鬆。她覺得揹不動。她走到監獄外。

這監獄外觀像學校。圍牆外種植大王椰子。一株一株矗立。天很熱。這些樹不能遮擋什麼。她大概是中暑，她覺得反胃。想吐。

她蹲在牆邊。整個世界白花花的。亮得炫眼。阿鄭是自殺的。為什麼現在才死？也許他再也不能忍受了。

她不知道那是不是跟她有關。她並不想他死。她只是希望他懺悔。她只是希望可以看到阿鄭流下一滴淚，或者對她說：「對不起。」說：「我不是故意的。」大家不是都這樣做嗎？他只要說：「對不起，我不是故意的。」她每個月趕早班車過來，跟他講兒子的故事，不過是想得到這句話。

可能她想要的更多。她來證明兒子比阿鄭更值得活著。她來跟阿鄭講死者的故事。如果不是你奪去了他的生命，他有光明的前途。他有未來。不像你，一個殺人者。會殺人的總是會殺人。如果不是關在監獄裡，你遲早會再去殺其他人。

她告訴阿鄭許多事。在兒子屋子裡坐著時想到的事情。他的父親拋棄他。可憐的孩子，父親和摩托車都沒有回來。雖然這樣可憐，但是你不夠資格奪走他的性命。她自己在美食廣場辛苦工作，存錢。準備等兒子服完兵役回來給他做生意。他可以開早餐店，或者到大賣場打工。他可以穿著便利商店的制服，在櫃台後收找零錢。他可以去唱ＫＴＶ，可以去西門町跳街舞。可以交女朋友，然後結婚生孩子，可以留鬍鬚，中年以後長出啤酒肚來。這一切戛然而止，因為你把刀鋒刺進他胸口。

她直到現在也沒有問出來。到底阿鄭為什麼要殺他。為什麼不送他去醫院。如果他返來，從他逃跑的路線返來，扶起兒子，送進醫院。那麼她還有一個兒子。阿鄭自己也不會死。

為什麼自殺呢？

她蹲在牆邊吐，有酸水冒出來，從胃裡，以及不知名的深處。

在二十多年前，她也曾經這樣吐過。她懷孕了，每天固定的晨吐。酸水從胃裡上升，可能是被胎兒推擠著，從肚子裡上升到喉嚨。她對著水槽嘔吐，丈夫那時睡在臥室裡，要一直睡到下午。她不想吵醒他，盡量抑低聲音。

那是一切的開始。從晨間嘔吐，到兩個人死亡。

原載二〇一五年一月《聯合文學》第三六三期

南方小鎮*

黃錦樹

一九六七年於馬來西亞柔佛州，一九八六年到台灣留學。台大中文系畢業，淡江中文所碩士，清華大學中文博士。現為國立暨南大學中文系專任教授。著有小說集《夢與豬與黎明》（九歌，一九九四）、《烏暗暝》（九歌，一九九七）、《刻背》（麥田，二〇〇一）、《土與火》（麥田，二〇〇五）、《南洋人民共和國備忘錄》（聯經，二〇一三）、《猶見扶餘》（麥田，二〇一四）、《魚》（印刻，二〇一五）。論文集《馬華文學與中國性》（元尊，一九九八）、《謊言或真理的技藝》（麥田，二〇〇三）、《文與魂與體》（麥田，二〇〇六）、《華文小文學的馬來西亞個案》（麥田，二〇一五）。隨筆《注釋南方》（有人，二〇一五）、《火笑了》（麥田，二〇一六）。編有《一水天涯：馬華當代小說選》（九歌，一九九八）、《打個比方》（上海文藝出版社，二〇〇六）；與張錦忠合編《別再提起：馬華當代小說選（1997~2003）》（麥田，二〇〇四）與《故事總要開始：馬華當代小說選（2004~2012）》（寶瓶，二〇一三），與張錦忠、莊華興合編《回到馬來亞：華馬小說七十年》（吉隆坡：大將出版社，二〇〇八）、《我們留臺那些年》（吉隆坡：有人出版社，二〇一四）等。

歸土

你忍受著最大的痛苦
讓白刀子
把你的皮肉割開
用你潔白的乳汁哺養著馬來亞——杜紅〈樹膠〉

雙穴的壙位，另一邊挖開了，潮濕的黃土堆積成土丘，像果瓤。棺木擺進陰濕的土穴裡，仵作囑咐你的兄弟幫忙看看有沒有擺正，兩側土壁挖了數個方型的孔，裡頭各有一盞油燈。然後大群兒女內外孫曾孫絡繹繞著墓穴，象徵式的輪流各朝棺木上擲一把泥土。

埋，葬。

皆散去，次晨唯子女復來。

墓碑上有父母各自的黑白大頭照，亡者，兩側寫著祖籍地福建　南安，但只有父方的祖

* 經作者修訂部分辭句，與原載《聯合報》版本略有不同。

籍。顯考妣，名姓，卒年，香爐。一干兒女媳輪流上香，燒紙錢，擲筊，呼喚逝者魂兮歸來享用朝食。擲出信筊後，祭拜者即聚而分食。燒肉，油雞，魚，炒麵，炒米粉。蒼蠅紛飛，晨風微涼。

水燒開了，沖一壺熱咖啡。濃郁的咖啡香飄過一座座土饅頭。如果死後有靈魂，如果靈魂猶不忍與死去的身體分離，如果靈魂還留在那荒野，勢必會微微顫動而深深吸一口氣的吧。

你信步去看看父母前後左右的鄰居，陌生的名字，但也許父母知道他們生前的綽號，畢竟都長期生活在同一小鎮，廣東大埔，廣東梅縣，海南文昌，福建福州，福建安溪，廣東陸河，廣東潮州……必要時，用華語也可以溝通吧。

那一帶都是一般平民的墳塋，占地小，前後左右都緊挨著，沒有留下任何通道。想看他人的墓，都得從窄小的排溝緣上走過，腳踩進對方的皇天或后土裡。

有一個墓墓碑上是個小女孩的照片，河口／陸河，姓葉，名字旁寫著「××弟妹立」。最奇怪的是，並立著另一個碑，同樣的祖籍，寫了同樣的姓，照片空著，名字空著，卒年欄只有◇年◇月◇日，推測應該是死者的兄弟姐妹。小哥說，也許是立誓將來往生時陪伴她吧。再往左，赫然有一對老夫婦的墓，彩色照片，同樣的祖籍、男的姓葉，與許便是女孩的父親。死於庚戌之年的女兒和死於乙酉之年的父親，隔了三十五年。老父親下葬時，那女兒的屍骨多半已化為泥土。昔年立誓來日入土相伴的兄姐，都已是中年人，多半各有配偶孩子，不太可能實踐當年的承諾。自己的孩子說不定也比當年早夭的妹妹大得多了。

附近有個墓，碑被砸過，照片祖籍和姓都被砸掉了。還有個墓被徹底剷平。哥哥說，上次來時看到那墳被人用挖土機挖開，棺材屍體都被拖出來，不知道有什麼深仇大恨。仇家找上門，死了就再也逃不掉了。

稍遠處另一區，墳地都大得多，一個要抵上平民區五六個，還蓋了小廟似的屋宇，門面貼著華麗的馬賽克。別墅區。但遠不如你在台灣看到的豪門巨室誇張，占地大到像操場。而且凡是視野好的山頭都有舊墓，恬不知恥的占著，庇護自家風水。

埋葬了母親，順道去看祖父母已顯得陳舊的墳，墓園處處長著草，還好有人還記得位置。幼年時曾多次隨父母到這掃墓，祖父在他的墓裡孤獨的躺了三十年。那些墓上的字，清明掃墓時重新用黃漆描過，「顯考貽盤黃公／妣穩娘柯氏之墳墓」。墓左翼小字寫著皇天，右側是后土。

埋葬了兩代割膠人（母親常自稱：咱割膠人）。

這座位於鎮郊的墳場原來也是一片連綿的膠林，墳場的周邊一直也是。但附近的膠林好些都翻種成油棕了，已經不容易見到一整片完整的膠林。橡膠樹至少還有個樹的樣子，油棕像一紮紮巨型的草。一個時代又快過去了。

你記得漸漸老去的阿嬤常說，想回故鄉看看。

有好些年，唐山還有伊的晚輩寄信來，從其他宗親手上轉過來，轉了好幾手，信封都皺都微微的起毛了。字寫得整整齊齊的，藍線條信紙，橫寫，信裡說了好些長輩過世的訊息，你用半生熟的閩南語唸出，你看到祖母聽信時表情凝重。信中說數十年來阿公很想念年紀輕輕就隨夫遠嫁南洋的妹妹，常常提起的，但歷經日本人侵略、戰亂、逃難，當年寄回家的批信都失落，可能也都燒掉了，沒能留下地址。建國後有很多年沒辦法和外國人聯絡，就那樣過了幾十年。那些年裡，只要有南洋的鄉親返鄉，只要一有機會，甚至會託新加坡那裡的宗親幫忙查探。信裡說，「只探知您一家落腳州府多年，其他的就不知道了。好不容易遇到有人返鄉探親，問到一點確切的消息，但老一輩的都過世了。」還填充了許多四平八穩的客套話。

祖母說那是伊的姪孫輩，伊離開時他還未出生。伊喃喃感嘆，嘴唇不自禁的顫動。「原來兄嫂都已過身多年，我自己也阿呢老了，大哥很疼我，唔甘我嫁南洋千里遠咧。」

你看到伊眼角潮濕，濕意沿著皺紋漫開。

伊坐在窗邊的藤椅上，解開髻，鬆開長而鬈而稀疏的灰白的髮，就著衣櫥的鏡子，持篦使勁梳開。伊不識字，要你幫伊回信，寫幾句話，報個平安，但沒有具體的指示。你提到祖父在你出生前就過世了（既然他們和其他南洋的親戚有聯繫，多半早就知道了），你從沒見過他，更不可能聽他說什麼唐山故鄉的事。關於他的故事，只有零碎的轉述，但你寫不了幾行字。你突然想起對方也是祖父的晚輩，一定也沒見過年輕就下南洋的你的祖父，況且他還是祖母那邊的親戚，遠得不能再遠了。兩封之後，其實就沒什麼話說了，只好隨便寫些什麼，純粹為了保持聯繫。

很快的，收信人也從「姑婆」變成表弟。

膠林裡的父母親過著苦日子，沒必要多說，自己學校裡的事，瑣瑣碎碎的，其實也沒什麼好寫的。但那些空白任其空著，好像對不起那幾張印著紅毛丹榴槤山竹的郵票。祖母過得節儉，但那郵票錢卻捨得花。掏一把盾仔（零錢），伊會要你到批關（郵局）幫忙買一些屎帖（stamp）。每回伊叫你幫忙找東西你沒找著，伊也會嗔道——死囝仔，目睭貼屎帖（眼睛貼了郵票）？

而把那空白填滿，需要一些故事，有的沒有的，小小的故事。但你常覺得找不到東西寫，覺得那比學校的作文還難寫，於是經常拖延回信的時間。起了疑心的祖母會催促：批寄了沒？

你記得有一回，被問得實在煩，就把好不容易剛寫完的作文抄在信紙上，抄了滿滿兩頁紙。具體的細節你忘了。但那作文為了塞滿老師要求的頁數，你寫了大量的細節。如今你只記得寫的是那次學校假期，因久旱，沼澤地帶水都變得很淺，你們——有時和哥哥，有時是獨自一人——幾乎天天拎著桶子和畚箕往沼澤地跑。水變淺之後魚就容易抓了，即便是有一兩斤重的鱧魚，有時也手到擒來，更別說是那些小魚、蝦子、烏龜。但只消踩踏了一會，水就變得太過混濁，靠眼睛做不了事。你最記得你們得把手伸進黏滯的爛泥裡撈，有時會摸到枯枝或殘根，刺刺硬硬的，但木頭不會動。但如果摸到魚，魚一定會掙扎，手必得跟著牠動的方向追捕。如果是土虱，稍不小心就會被牠鰭畔的刺戳傷，但那滑滑的魚身的觸感並不難辨識。鱧魚反應靈敏，一碰著，就擺頭、彈動腰身，稍不注意，一竄就逃走了。最刺激的是捉鱔魚，長條型滑溜溜的，一時間很難判斷是魚還是蛇，於是抓著了也是先把牠拋離濁水，好確定那是不是蛇。

你甚至寫說，你們一直希望摸到神祕的龍魚。你們相信，那雨林深處一定有大的、不可思議的東西。像龍魚那樣的珍稀事物。其實抓到色彩豔麗的鬥魚就很開心了。

你當然不記得對方緊接著的回信究竟寫什麼了。大概是些文筆活潑、敘事生動之類空泛的讚美，你根本懶得細看。但你也記得你那時的華文老師（因頭不成比例的大，被你們私下以各種方言謔稱為大頭吔——他常掏出一疊美麗女孩的照片給你們傳看，說那些是他留學台灣時的女友）對那篇作文的評價其實並不高，遠不如班上那幾乎懂得花俏比喻的女生。評語無非是「平淺」、「平直」之類的，也許因為全然不會用比喻，不懂得任何文章技巧。但從小生活於小鎮大街旁店屋裡家道殷實的他對你描述的那生活本身很感興趣，此後多次問你說，能不能找個機會讓他也去那爛泥混水裡也摸摸魚。

唐山表哥最後的來信你也還記得。

信中最重要的一段說，歷經多次政治動亂，老宅已相當破落。家裡人商議要把它翻新成磚房，之後就可以考慮為兒子娶媳婦了。但積蓄還不夠，尚欠人民幣十幾千云云。

展信時，祖母在廚房忙碌。蹲坐矮凳上，削著紅蘿蔔——那菜市場撿回來的紅蘿蔔，爛得只剩下頭那小截還可以吃。

地上水漬未乾，前一日夜來大雨，淹過了水，凌晨方把黃泥掃盡，洗刷一遍。

灶裡兩根柴燒著，鍋口冒出一圈層疊的泡泡，你聞到陣陣飯香。

門敞開處，飄來雞屎味。

牆是由長短不一的木板拼湊而成的，多處牆腳都有大老鼠可自在進出的破洞。

庭前，水退後地上兀自泥濘。你的腳踏車仍以鐵絲繫在晒衣桿上，鍊子和腳踏上掛著糾成一團的塑膠袋和破布，它們猶維持著水流的動勢。

腳踏車右側的把手蝕了一截，騎車時你的左手只能往裡，握著它剩餘的部分。

那些信都收在神檯下的抽屜裡，以火柴、線香、竹柄蠟燭壓著。

其後再有信來，你連拆都不拆了。祖母也少問起故鄉來信，但時不時心血來潮會說伊想返鄉看看。伊的父母過世時伊人在南洋，多半想回去掃個墓吧。

不久來了場大水，匆匆搬家時連神檯連同香爐、慈眉善目笑臉常開的大伯公都沒來得及帶走。你們搬離那裡後，就再也沒收到唐山的來信。

祖母返鄉的心願又說了幾年，父母依然住在膠林裡。二哥每年都換新車，每年年末例行到泰國嫖妓多日，人也越吃越肥。努力在婆羅洲拓展事業的大哥來信說，「近日賺進第一桶金，打算再生個孩子。」

不知哪一年開始，伊不再提起返鄉的事，一直到過世。

南洋

再會吧，南洋！
你不見屍橫著長白山，
血流著黑龍江？
這是中華民族的存亡！——田漢〈再會吧，南洋〉

祖父母的故鄉有的是千年古廟，見證過多少生滅。

你想，也許應該為他們到廟裡上個香。

你先是造訪鰲的遺址，他的名字是個華麗的紀念碑。你祖父的同代人，也是一個最遙遠的對照。他是華僑裡的巨人，一度是世界樹膠大王，他家生產的輪子和鞋子，曾經賣到非洲和南極。其後毅然返鄉（還真是個窮鄉啊）興學，在中國最危急的年代不斷募款捐錢，不惜危及自己在南洋的產業，那不可一世的橡膠王國。也一再號召華僑子弟返鄉抗日，譬如南僑機工。你看到那洋樓式氣派的中學、大學，也走訪了他的墓園，一個臨海的紀念碑。望海，浪起時，有股難言的悲涼之感。大潮時，低矮的部分多半會浸泡在水裡吧。令你納悶的是，一向重視風水的中國人，怎會選擇一個會泡水的墓址呢？廈大位址選得多好啊，背靠南普陀寺，面向鼓浪嶼，簡直是風水寶地。討厭廈大的憤世者曾寫道：「前面是鼓浪嶼的濤聲，不遠處後山點點是南普陀寺的燈光。」

你曾在資料讀到，文革時陳的墓園被紅衛兵砸毀，屍體還被拖出來，曝晒了好一段日子。

然而在離大陸最近的這座蛋型的島，你一度找不到訂好的旅舍，一遍一遍的經過它，但就是看不到，它彷佛置身於其他房舍的褶縫裡。每一條路，每個巷弄都不對。你拖著行李，沿著斜坡上上下下，走了一趟又一趟。小巷旁有個年輕人在賣花生麻糬，爐火烤紅了他帶著痘疤的臉。走到盡頭，那裡有幾家水果攤。竟然有人賣山竹與紅毛丹，紅毛丹的枝梗都被拔除了，一顆顆毛絨絨的看起來不太真實，你忍不住拿起來摸一摸。婦人向你力薦，說是南洋進口的。你想起月前你在赤道故鄉還吃了好幾公斤。更新鮮，也更便宜。

路旁有大娘用長繩拴了一隻黑雞和一隻白鴨，在等待被買去宰殺前，牠們除了鳴叫就是大便。另一側木板胡亂拼搭的一個小閣樓，沿著鑄鐵螺旋梯子踅上去，有一家學生風格的咖啡店搖搖欲墜，播放著嘶啞的反越戰的英語老歌。長臉長髮女孩為你煮了一大杯熱呼呼的咖啡。壁報上便條紙浮貼著稚氣的學生留言，沒有別的客人。臨街的窗，初秋輕風微涼，風中有股微焦的花生味。絡繹的年輕人上下斜坡，如此接近，又如此陌生。那地方讓你想起淡水。

你走進冷清的博物館，迎面而來的是數艘轎車大小的三桅帆船模型，隨即拉開歷史長廊——船艙裡密密挨著的顆顆不是香瓜波羅而是豬仔的頭。藍色的是海，白色魚鱗弧是浪。衣衫襤褸的華工塑像露出胸骨，頭繫毛巾，表情呆滯，或站或蹲或坐，有的啣著長菸桿，衣褲均如破布。十數棵沒有樹冠、垂著稀疏綠塑膠葉的橡膠樹，背景漆成夜色，五六個土色塑膠男女頭戴著燈，分散在不同的樹頭，彎腰割膠；壁畫採礦船，戴著斗笠彎腰淘洗錫米的琉瑯女。⋯⋯挑擔的小販，各式小吃的圖片，錫罐、水壺、磅秤⋯⋯店鋪、商號，婚喪喜慶的畫面，一整個柱面的僑批——父親大人膝下，母親大人膝下，□□吾兒⋯⋯裝幀簡素的出版品，各式證件——歷史匆匆走過，日軍南侵，國家獨立……你發現馬共竟然被缺席了，直接被跳過去。雖然博物館門口高牆上有三顆浮雕的紅星。

好幾個名人的塑像或站或坐在各自的位子上發呆。拐個彎，一道窄窄的長廊，牆上寫著斗大的「華僑機工」字樣。牆的盡頭是一台電視，播放著紀錄片。黑白的畫面，一個青年女子在高亢的朗誦著昨日之聲：

家是我所戀的，
雙親和弟妹是我所愛的，
但破碎的祖國，
更是我所懷念熱愛的！
……

彩色畫面。一位滿臉老人斑的老先生以你熟悉的方言口音的華語緩緩的訴說著，六七十年前改名換姓偷偷報名北上到滇緬邊境協助輸送物資的往事，那是抗戰時瀕臨絕境的中國最後的運補線。老人說，離別時，碼頭歡送的群眾人山人海，喊著口號、唱著抗戰歌曲，高高拋起帽子，讓他們油然生起「壯士一去兮不復返」的豪情。他此生未曾再經歷那般激動人心的離別，他在那裡掉了一塊骨頭，以致廢掉一隻手。另一個老人說，他返鄉後被英殖民政府懷疑是馬共，經常受內政治官員騷擾——經常被請去「喝咖啡」。但更多人死了埋在那裡，很少人會記得他們。旁白的聲音說，超過三千二百南洋華僑子弟，戰後只有三分之一返鄉。三分之一死在那裡，都只不過二十多歲。三分之一留在中國，戰後物資短缺，有的流落街頭淪為流浪漢，最終餓死街頭。留在中國安家落戶的那些人，文革時都被打成「敵奸」，個人檔案上都有斗大的「敵偽檔案」標記，被整肅得很慘，他們的孩子一整代也被犧牲掉，不能上大學，不能入黨，沒有好工作。因為是祖國的敵人。

不知牆的哪邊重複播放著〈告別南洋〉，青年男女的合唱，大概是舊時代的錄音，背景有沙沙的雜音，還可以感受到擴音器聲嘶力竭的金屬抖顫：

再會吧，南洋！
你海波綠，海雲長，
你是我們第二的故鄉。

旅舍電視裡播著紀錄片，那重返昔日滇緬戰場的退休老將軍你認得的，他有著兩片招牌的海苔眉，他說：「我九十六歲了，回來看看昔日陣亡的弟兄。」他突然提起南僑機工。「你們一定很奇怪，為什麼會去招募南洋的司機來幫忙運輸？那時中國車子少，會開車的人跟今天會開飛機的人一樣，並不多，那時南洋比較進步嘛……」

僑鄉

鼓浪嶼四周海茫茫
海水鼓起波浪
鼓浪嶼遙對著台灣島
台灣是我家鄉——〈鼓浪嶼之波〉

一座極小的島。人比掉落地上的糖果上的螞蟻那樣多。

……清晨的陽光，拂照著長長的青石板路，石頭表面有不規則的鱗紋，側背著書包，水手服，女孩輕快的腳步走過，臉上有笑意。揚起藍色的裙角，及肩的黑髮，叮叮咚咚的琴聲如沉重的水滴落銀盤。白鞋踏上洋樓斑駁的台階，小鹿般躍起，沒入洋樓寬大的五腳基，那陰涼的迴廊。

幾片巴掌大的落葉被風拖曳著、時而掀翻，打了幾個跟斗。

伊穿過長廊、中庭，畫面裡的少女轉而變成中年女子，成熟的風韻裡有充分的自信。一小女孩自屋裡跑了出來，似乎叫喚著媽媽。中年女子豐腴的臉龐，笑容裡有一種為人母的滿足。背後是高大的洋樓，紅磚像重疊的句子，斜陽金光打那表面輕輕抹過像一陣金風。那是部反覆播放的宣傳影片，年輕女人歡快的歌聲響徹船艙，歌聲中盡是陽光、地名、花與希望，呼喚台灣。船裡擠滿了人，有孩子在啼哭，渡輪兩側濺起陣陣浪花。

山頭上洋樓別墅林立，從高處往下望，層層疊疊紅牆灰瓦，但近看，好些其實都已荒廢傾圮了。骨架雖仍完好，但門窗都破成大洞，屋瓦亦多處崩落，有的屋頂甚至長著芒草和小樹。但從那些骨架，那庭院，仍可遙想昔日之輝煌。有的整理了做觀光之用，然而永遠失去了家居之感，太新。那些「家人」都離開了，留下的仍是個空殼。仍有人住的，即便門開著，也拒絕讓人闖入。昔日的僑鄉，衣錦還鄉者在家鄉蓋的豪宅，都難免有幾分鋪張炫耀。

季風來時，浪濤陣陣如戰鼓。許多都是名人的故居。

但更多人選擇安家落戶，只勉強在那裡擁有唯一的一間房子。無力返鄉，也無意返鄉。

不知哪裡樓頭飄來女人哀怨的歌聲——好像就在耳殼邊上，字字急促如刻字：

一隻火船起新煙，下晡四點備開船。
……
眠床闊闊是好翻身，我君一去到番爿。
一暝袂睏個看天窗，目屎流落眠床枋。

你走進一處行人較少的巷弄，兩旁的圍牆都高於人。有一棵高大的芒果樹，樹蔭下紅牆灰瓦，你聞到熟悉的咖啡香。南洋咖啡館，陶匾掛在牆柱上，八字鬍似的隸書寫就，尺許長，字的兩端鐫了棵椰子樹。你內心微微觸動，腳就踅了進去。幾張桌子，沒幾個客人，生意冷清。

你挑了個朝外的位子坐下，點了杯「羔丕烏」。果然是家鄉的沖泡方式，正待問，有人拍拍你的肩膀。一張大臉出現在你眼前。一個不成比例的大頭，咧嘴笑時，眼睛被擠壓成三角形，有蛇的微芒。啊，原來是他，「老師你怎麼在這裡？」你不禁失聲問道。是那位當年多次想隨你去涸澤摸魚的華文老師，家裡在鎮上有多間店面，小兒子，叛逆，偏偏跑去台灣念中文系，可能曾經懷抱過什麼隱祕的文學夢，父兄也拿他沒辦法。你中學畢業後就再沒見過他，但他竟沒什麼變，只好像頭變得更大了，也許因為下半身更其縮小了。輾轉聽說他與這裡那裡的學校高層處得不愉快，早辭了教職，換了幾個工作都很不順利，老是和老闆槓上。最後不得不到中國去投靠他在那裡擴展家族企業的哥哥，據說也不是很得意，連你們都知道他很愛抱怨。

他也兩鬢灰白，膚色黑，眼角皺紋密布。談到生意上的事，他就猛搖頭，「一言難盡。」但他也坦承，那幾年的「賣身」賺得這棟老房子（「還好登陸得早，」他臉上不自禁有幾分得意。「現在是買不起了。」）和一個很能幹的妻子。只見他粗豪的吼一聲，一個方臉大耳壯實的女人快步走來，「這是賤內。唐山姑娘。」唐山姑娘是以閩南語說出。他笑笑的抓著女人的肩膀說，婦人一臉憨厚，連聲問好。他說孩子都上大學了，他也退休了，開個小咖啡館自娛，沒客人時就自己看看書，寫寫文章。他慨嘆說，流浪中國那幾年，最想念家鄉的咖啡味，他家那排店最後一家是賣咖啡粉的，每次一炒咖啡，整條街都是咖啡香，從街尾流過來。說話時，他的手掌誇張的從你眼前徐徐劃過，模仿香氣的軌跡。

「來塊糕點吧？我老婆親手做的，我帶她回柔佛找師傅學的。鄉愁啊。」然後他自得其樂的哈哈大笑。

你看到櫃檯上，赫然是紅的綠的，灑了椰絲、榨香草蘭的汁製成的娘惹糕，和你一見就流口水的熱騰騰的咖哩餃。

千年古廟沒有想像中大，也看不出如記載的那般古老，樹看來也不過數十歲。歷經劫難，一再重修，一再更新，也許只有幾尊佛像，一對佛塔是舊的。但即使是仿照做舊的你也看不出來。

從清冷的千年古剎出來，你散步在樹老蔭重的老街，走到十字路口。踅進一條街，低矮的雙層樓房，木構的二樓灰色瓦，老舊的木窗敞開，伸出竹竿掛著褻衣。賣菜的、賣肉的、賣小吃的、理髮的、打鐵的，賣飲料的、賣衣服的、專治雞眼的……那氣味，那些衰老的臉孔、神情，盈耳的鄉音都如此熟悉。難怪那些北方人會說，你們的故鄉像極了他們的南方小鎮。先輩離鄉時，有意無意的，一點一滴把他鄉建造成記憶中的樣子。

你想起祖母的穿戴，自有記憶以來，就是那襲深藍唐衫，挽髻。那樣的身影在伊的原鄉隨處可見，都老成了同一個樣子。

你想起祖母有一回心血來潮講的故事。那些過番的男人，有的是留下一家大小，自己南下做苦工，大部分男人半年幾個月的，會用僑批捎些錢回唐山。但也有從來沒寄錢回家的，辛苦掙的錢賭掉了，或吃鴉片、玩女人花掉了。家裡人等不到錢餓死、賣小孩的也有。有的新婚沒幾個月，就把妻子留在家鄉照顧父母，自己走了，那些女人多半肚子裡懷著孩子。請人寫信來回一趟要好幾個月，有的幾年會回一趟故鄉，有的賺到錢，就在南洋另娶老婆，生一堆小孩，就再也不回去了。唐山的女人就一輩子守寡，等著等到死。伊算是幸運的，隨夫南下。苦是苦，但一輩子沒有分開過，還能親自給他送終。

那些唐山來的信件都不知道哪裡去了。你不記得那些名字，更沒抄下那地址。也不知道祖母過世時是否有人通知伊唐山的親人。多半沒有。沒有人會注意這些芝麻小事。對方也不會在意吧。生生死死，死死生生，不過是歷史的塵沙。

無名之輩，不會被記載於書冊。如果不是到墓前，你也不知道伊和祖父名字的確切寫法。平日問起，伊有點害羞，笑笑的說Kua yün，你們都以為是「蛞蚓」，好似是蛞蝓和蚯蚓合在一起的省稱。

然後你到另一座島。曾經風聲鶴唳的島，地表下盡是田鼠坑道。秋意濃，夜來風涼。古老的聚落，小巷深弄，青石板路，那些還鄉的人蓋的房子都有相似的考究，縱然還沒到洋樓豪宅的規模。紅磚牆，飛檐角，門面特別講究。主屋屋頂有陽台，別緻的樽形石欄杆，拱形山頭上有泥塑天使、孟加里、鳳凰、飛馬、波羅、花草等；門楣上金色大字匾額：「紫雲衍派」、「濟陽衍派」等，大門兩側有對聯，聯側則是極盡華麗之能事的，以藍色為主調的馬賽克拼貼，多為幾何狀的花草，萬花筒似的。在你凝望時，那菱形方形圓形的多色套疊，好像兀自在旋轉。似曾相識。

入夜，有一扇陳舊的木門為你打開，一婦人笑笑的走出來。並不認識，但那張臉並不陌生。親族裡的中年婦人也依稀是那副模樣。嬸嬸、姑姑、阿姨、甚至老姐。她好像在等待你歸來，而不只是到來。親切的問道：「吃飽未？」

窄小的中庭，一側擺了花盆，馬格麗特，虎頭蘭。雙扇的木門，外側是銅環，裡側是木栓。一盞黯淡的小燈，木床，木百葉窗，天花板也都是圓滾滾的原木。興許是南洋運來的。小小的三合院，不大的天井裡擺著松柏盆栽。幽暗的正廳裡，牆上有許多墨寫的儒家的治家格言之類的陳腔濫調，高處掛著十多幅比真人略小的男女暮年半身畫像，微光裡臉色灰暗。應該是這房子往昔歷代的主人。婦人說，這房子原本荒廢了，她承租下來整理了做民宿，東西都是原來的，努力讓客人有一種家的感覺。

你想起你在台灣鄉下買的房子，是由被好賭吸毒、被地下錢莊追債的敗家子手上取得的。據他嫂嫂說，那是他母親用一輩子在山上採茶的積蓄蓋的，房子蓋好前老人就病逝了。而他母親過世不到五年，房子就被賤賣掉了。

清理垃圾時，你們發現樓上公嬤廳有張破舊的電視櫃。打開一看，裡頭赫然有兩幀巨幅遺照，也就是一般的父親母親的樣子。那神情，拍照的瞬間好像就有心理準備這是要做遺照用的，直視著你，好像你是他們的孩子。

你走過遺跡、老宅、氣派的洋樓、依然氣派的洋樓的殘骸、坑道、紀念館，看到許多陳舊的黑白全家福，離鄉返鄉的故事，發跡的故事、失蹤的故事，聽了女人怨訴的褒歌，一生的等待；此生未曾見過過番父親的女兒，恨一個名字。棄的故事。

離開前那一夜月光清朗，周遭廢棄的房子都只剩少許牆，白蟻吃剩的梁，月光直照在昔日廳堂欣欣向榮的雜木上，暗處蟋蟀鳴叫。

睡眠的深處有雨聲。好像下了一夜的雨。但也許雨只下在夢裡，在南方的樹林深處，下在夢的最深處，那裡有蛙鳴，有花香。

故鄉

月兒高掛在天上，
光明照耀四方，
在這靜靜的深夜裡，
記起了我的故鄉。——〈思鄉曲〉

南方，古陸塊的盡頭，小島，咖啡山。

老人有點面熟，好像在哪裡見過。一隻眼濁白很可能已經看不到東西，但卻戴著鏡片很厚的眼鏡，揹著塑膠水壺，手提長柄鐮刀。他的華語的口音有濃重的閩南方言腔，有些詞彙還堅持用閩南語發音，有時還會突然哼起七字的閩南古歌。但聲音像隔了道牆似的有點濁，歌詞聽不太真確。老人住得靠近那裡，破落的房宅，在這蕞爾小島上竟然還能以鐵籬笆圍起一小片土地，屋前竟種了棵榴槤和波羅蜜，樹結著纍纍拳頭大的刺果。他家離那裡有一小段長滿茅草的路。

在那近旁祕密的孵育龍魚的朋友在電話裡說，他知道那墳場不為人知的祕密，他答應送他一條他買不起一直要他打折賣他的金龍魚仔，他才答應帶你走一趟，但你得答應保守祕密。這位養魚的朋友，常告訴你一個驚恐的訊息：這座島上的回收淨化水，不知道為什麼魚卵孵出來的都是母魚，沒有公的。喝多了這島上男人的卵孵可能會縮小到比花生米還小。

老友熱切的聲音好似也來自牆的另一邊。他說，別看他那樣，可是南洋大學歷史系讀過幾年書的老左，年輕時很激進，吃過不少苦頭。那地方他最熟了，他退休後想用這座墳場的資料寫一部大小說，不知道被什麼卡住了，好像一直沒什麼進度。

老人微微跛著腳，手持長棍引路。就是這，都快全部剷除掉了。要開路，要蓋大樓，死人不能和活人爭地啊。爭也爭不過。這裡很多蛇，他說。因為有很多青蛙，有專家調查過，說至少有一百多種。

他說以前他進去考察都要帶把鐮刀，穿雨鞋，但很多地方還是到不了的，像座深芭。墓園入口的雜草灌木看得出已清除過一段時間了，都已重新在抽芽了。頂芽，或側芽，有的甚至重新長出了綠意。但大樹還是大樹，大到不能再大的那種感覺，好像從恐龍時代以來就在那兒了，但它們的年輪，頂多也就是這墓園的年歲。枝幹都和相鄰的樹糾纏交錯，彷彿彼此都是對方的牆。粗壯的樹身，樹皮黑而潮，苔蘚、蜈蚣蕨和各色的攀緣植物都長住在樹皮上，死去挨著樹皮就地化為養分，新芽從屍骸旁冒生，反覆不知道繁衍了多少代了。巨大的鳥巢蕨彷彿真的就有鳥在其上棲止，樹冠層層的葉子篩走日照，陰暗的綠意中有水的氣息。你心裡想，這地方就算有原生種島民也不奇怪。

樹上有猴子探看，松鼠過枝。小徑清出來了，有點泥濘，但不算難走。零星的遊客，興許是在尋覓已被遺忘的祖先的丘墓。

連那頭老獅子外婆家族的墓群也是在這林子深處找到。

要剷除的新聞出來後，方陸陸續續有人來關切。之前很少人會來這裡，清明節也只有最外面那些墳有的有子孫來拜，清除雜草。那裡的(墓)比較新。

掛籐有的被砍除了，就像那些從墓的裂縫裡長出的雜樹和芒草。但即便是墓石上，也著滿青苔。

而清晰可以辨識的墓，其實都是經過一番整理的，遮蔽的雜木都被劈除了。於是在大樹之間，東一個西一個，數十座散落於光斑樹影間，遠看確實像一隻隻巨龜，揹著綠草，有的還躲在灌木後頭；有時偌大一整片地表墳起，高低起伏的圍壠確立分界線，那是有錢人的墓了。有的是沿著斜坡起伏，緊挨著。那是平民的聚落了。此前，除少數例外，那些墳幾乎都被雜草灌木覆沒，即便是豪門大戶占地寬廣。樹和草的種子飄落、野藤伸過來，一年半載就掩沒了。有的能看到一小截墓碑頭，或者有錢人家的石獸、孟加里兵翁仲。年深日久，就像一片尋常的雨林。這裡開埠前應該也就是一片大芭。

南國的小島，海峽的盡頭。因此數百年來一直是最繁華的唐人小鎮。所以墓地最廣大、最古老。因為它有名，風水好，很多有錢有勢的人死了都想埋在這裡。老人沙沙的說著。聽說那些年，甚至有人想從棉蘭、馬六甲大老遠把屍體運過來這裡埋。以前有些有錢人屍體還要裝在最不易朽的木頭做的棺材裡，特地用船載回唐山，落葉歸根嘛。

你想像有一艘船布置成靈堂，巨大的棺材擺在船艙，一路搖啊搖的，搖到唐山都變成一鍋濃湯了。

英國佬早就算到了，唐人那樣喜歡土葬，如果墓地一直擴大下去，很快整座島都要讓給死人了。一九六三年左右，葬滿了，就不再有新墳，新的死人就搬到石◇崗去，那裡只能埋二十年，期滿了就要撿骨挖走。

這裡為什麼荒廢成這樣？

一個聲音問。

你也知道的，他說，唐人拜祖先很少超過三代的（聲音像來自地下電台的廣播）。阿公的爸媽會去拜的就很少了，更別說是阿公的阿公阿嬤。沒見過面，就像是陌生人了。如果有鬼，也是陌生鬼了。我們這裡的華人，很多人連自己阿公的名字都不知道的。再上一代更是什麼都不知道。五代以上一定忘光光，除非是同一家族的全部埋在一起，後人拜的時候順便拜一下。你有看過嗎？非常有錢的人乾脆弄個祠堂，裡面密密麻麻的擺著神主牌，但那些名字誰會記得？就算你家有族譜，那些名字也都只是些陌生的名字而已。只有名人的名字像名字。關公的名字所有華人都知道。

華人都是這樣的，不斷向前看，把過去忘掉。一代一代忘下去，永遠只記得三四代，久沒人拜，就長了樹長了草，只知道那裡是墳場，可是沒有人在意誰埋在那裡。死太久了就好像從來不曾活過。他的聲音像舊時代的錄音，夾帶老舊機械的嘶嘶沙沙聲。有的單詞還會脫落，像泡過水的書頁。

甘蜜世代，胡椒世代，咖啡世代，橡膠世代，可可，油棕。

老人似乎有很深的感慨。詳細介紹那些有來頭的墓，名字載於史冊的大官、曾經稱雄一方的富商，及他們的姬妾，訴說尚在世的後裔是哪些人。「史學家比他們清楚。有的大老闆看到報導還叫家裡人來尋根一下，有的根本沒反應，太久遠以前死去的家人就像是別人家的死人。」時而翻開書，指著裡頭的記載；跟著他緩慢的步伐，你們走到墳場深處。「別人家的死人就跟死狗一樣了。」

你細看墓碑上的重新上了紅漆的祖籍。泉州安溪。泉州南安。泉州同安。泉州廈門。廣東梅縣。廣東潮州。廣東大埔。廣東雷州。金門。台灣台中州……熟悉不熟悉的姓，一個個陌生的名字。大群天地會會眾的名字。

走到人跡罕至處，走到林子深處。路越來越小，以致幾乎沒有路，只餘身體勉強擠出來的路跡。幾天沒人走，就幾乎恢復成原來的樣子了。像獸徑。這林裡野豬、四腳蛇、猴子、鳥都很多的，只差沒有老虎。他說。

但老先生似乎連那些草木都認得，輕輕一撥就看到路徑，只是常需要彎腰，甚至降到用四隻腳的高度，幾乎是用爬的，因為有粗大至極如巨蟒的藤橫過。

也不知道走了多久，衣褲都濕得黏在膚表上。你聽到自己的喘息聲，越來越看不到天空，看不到雲，沒有風。走了大半輩子久似的，感覺走過海峽，走到過去，走進馬來半島原始森林的深處。唯一的差別是隨處有墓，雖然有的被亂草整個的覆住了，但有的還能勉強擠出一個小角落，它們就像界碑，像里程碑。你甚至多次看到了挨著樹頭長著一圈的豬籠草，深絳色短而胖的杯子，水滿溢，漂浮著蟲屍，蜜蜂、大大小小的螞蟻。野芋寬大的葉子，蛞蝓吸附在腋處。

繞過一小座土坡，劈開長草，就到了。

一座綴滿馬賽克的閩南式房子，山頭巨大，龍鳳蘭雲浮雕，匾額門聯一應俱全，希臘式立柱，門前蹲了兩隻石獅，石獅旁站了兩個泥塑錫克兵。雖然都長滿黑霉，大半棟房子均被蔓藤雜草包覆，灰瓦屋頂也長滿了草，但房子仍舊是房子，總是比墳墓挑高。

——住家？

老先生搖搖頭。

他說他原也以為是住家，仔細看看就知道不是了。大門已被白蟻吃剩下一小半截，跨過絆腳的攀藤，輕易就推開它。只見大廳正中央是個男女主人的泥塑像，坐在泥塑的椅子上，好似仍在閒話家常。地板上是沉積的爛泥，疙疙瘩瘩的蚯蚓糞便。撥開長草繞到屋後，只見高高墳起的墓龜，墓前有道門板大小的碑，碑上寫著墓主的祖籍、名姓、生卒年。

他指給你看，東一間、西一間，有的竟還是雙層的，但陽台上是一片樹林。有的平房整棟被榕樹牢牢的纏著了，巨大的根把整面牆的磚石扭曲，黏接處鬆脫了。或硬生生坐在它上頭，瓦片都被捲入根鬚裡。雖然樹多草雜，仔細看，簡直就是個古村落嘛。好幾排的房子，五腳基洋房，百葉木窗，兩排房子間留有路——當然也都長滿了樹。整體來看，幾乎就是個典型的唐人小鎮了。

甚至還有間小廟，大伯公笑嘻嘻的端坐在裡頭。頭頂上吸附著好幾隻南洋大蝸牛，身上亮晶晶的是乾掉的蝸牛涎，額頭、嘴角、基座旁一條條蜷曲堆疊的是蝸牛糞。

再走一小段路，一棵綁著紅腰帶的巨樹下，你看到不遠處有數人圍坐地上，身量比一般人略矮小些，好似在商量什麼事情，但比劃的手姿勢僵固，沒有在動。走近一點看，是塑像，難怪臉和身體都黑了，頭戴帽子，前沿有三顆不是很分明的凸起的長著黑霉的五角星，頭頂白白的沉澱飛濺到臉頰大概是鳥糞。你仔細看那些臉孔，都是熟悉的，書上看過的，都是歷史上的名人了。有一人眼光向下，看著什麼。你順著他的目光望去，地上有一口湧泉，兀自冒著水，水中隱隱張著魚嘴，嘴旁有兩根短鬚。這時你注意到它們的背後黑幢幢的，竟是個褐色鱗狀的巨大土饅頭，有碑。那碑上汙血紅的隸書讓你嚇了一跳：明監國魯王墓。更令人心悸的是，你又看到墓後露出一張多毛而色彩鮮豔的臉在張望，像是舞獅的頭，張嘴帶著幾分笑意。但腦中有個聲音告訴你，那應是隻年紀很大的老虎，牠身上的條紋淩亂，齒牙殘缺，眼神非常憂傷，一隻眼睛好像瞎了。

你聞到股濃郁的花香，蜜蜂無聲而忙碌。只見牠背後有幾棵樹，枝幹上密密麻麻的開著＊字型的小白花，那不是咖啡樹是什麼？

你猛回頭，帶你來的老先生竟然消失得無影無蹤。

一輛嚴重鏽損的小貨車半埋在土裡，從重重纏繞的爬藤下伸出半個堅挺的頭來。車頭燈、窗玻璃當然都沒了。但你竟然看到一個嶄新的橡膠輪胎胎紋深刻，擱在鏽紅的引擎蓋上，黑得發亮，胎側極其清晰的浮雕著一個名字：陳嘉庚。沒錯，你在某紀念館看過這輪胎，有燈光打在上頭。你心念一動，怎麼它也在這裡？

然後好大粒的雨就嘩的突然從樹葉上這裡那裡滾落下來，四野迷茫，一會，就什麼都看不清楚了。

好像從雨水與泥土的撞擊裡，水花在你耳畔濺出一些字句：

棄置勿復道，努力加餐飯。

原載二〇一五年九月二至四日《聯合報》副刊

魷魚灘

廖鴻基

一九五七年生，花蓮人。曾從事漁撈及海上鯨豚調查，規劃賞鯨活動，創黑潮海洋文教基金會任創會董事長，隨遠洋漁船及貨櫃船遠航等。作品：《討海人》、《鯨生鯨世》、《漂流監獄》、《來自深海》、《尋找一座島嶼》、《山海小城》、《海洋遊俠》、《台11線藍色太平洋》、《漂島》、《台灣島巡禮》（編著）、《腳跡船痕》、《海天浮沉》、《後山鯨書》、《南方以南》、《飛魚百合》、《漏網新魚》、《回到沿海》、《划向大海》（編著）、《大島小島》、《海童》等。曾獲時報文學獎、吳濁流文學獎、台北文學獎、賴和文學獎、巫永福文學獎、九歌年度散文獎等。

島嶼東南角為岬灣海岸，兩座鼻岬護著之間凹灣一泓小小海灣。這泓灣裡難得一灣淺灘白沙，因為灘淺，水色反映，從高處俯瞰海灣，彷彿山臂圍抱半圓一疋靛藍絨布邊浮著安靜一段鵝黃緞帶。

平日紋紋漣漪輕推擁岸，偶爾季節風起，作弄灣裡的風浪也只是灣外耗盡大半動能懶懶擠進來的餘波碎湧。這時節，灣裡不過水色深轉了些，平日整座灣的沉靜風貌因而轉為幾分內斂深沉。

灣底有個小漁村，兩座山岬呼擁，群山合抱，村子形勢坐北朝南，倚山望海。隔著重重山嶺，村子外頭未鋪柏油的泥沙產業道路，彎彎拐拐，往外繞山盤旋幾圈才算離開村子。

外頭人車若要進來村子，盤盤繞繞也不甚方便。

村子安安靜靜，彷若天涯海角，遺世獨立，早些時候也沒什麼特別條件吸引人值得盤山越嶺彎繞而來。如此隔開城鎮市囂，清風淡泊的小漁村，幾代下來，耐不住寂苦耐不住清寒想走的早就走了。村子裡曾經僅剩數十戶人家，過著依山傍海離世索居的看海日子。

這樣的村子至今依舊存在，自然有它存在的理由。

灣凹雖淺，漁村雖小，不曉得什麼緣由，每年開春後，有一群南島魷魚，前後約個把月期間，成群結隊來到村子灣裡的淺水灘滯留。

除了村裡這些孩童沒事來灘上釣魷魚，慢慢地，村裡海灣南島魷魚大咬的漁汛，很快傳開了，很快就吸引了許多外村甚至外島的專業釣客，搭船搭車，不辭舟車勞頓，前來村子的灘灣上垂釣。

這季節，專業釣客釣魚拉魚的渴望，拋鉤甩竿，不過才一下下，就被灣裡綿綿上鉤的南島魷魚給滿足了。

釣客們很快就裝滿了帶來的四十公升保冷大漁箱。既然跨海且盤山越嶺來到這偏遠小灘，即使漁箱裝滿了，他們還是一聲聲吆喝，繼續釣，繼續拉。

渴望被滿足了後多餘的就是貪婪了，貪婪也飽滿後，開始糟蹋。

裝不下帶不走的南島魷魚，最後，隨手都拋棄在灘上。

漁季初期，還看到幾隻野貓過來撿著吃。

到了漁季中期，吃飽吃膩了吧，或者更新鮮的南島魷魚到處是，村裡的野貓對釣客拋棄在灘上的魷魚，看都懶得看一眼，剩下就是逐腥逐臭營營嚷嚷的蒼蠅留在灘上轟轟鬧鬧。

就這樣，天天扔一堆在灘上，任其腐敗長蟲。

小漁村小海灣每年就依賴這一季繁榮，藉這一季維生。

漁忙過後，村民們為了表示感謝老天賜予，感謝也祈望南島魷魚年年來到他們海灣。海神誕辰過後的第三天傍晚，村民們男女老少，分別穿上自家以碎花布縫製的魷魚裝，列隊從東岬角沿著海灣淺灘，踏著浪緣水花，一路走到西岬角。

沿途嗩吶鑼鼓前導，一列形形色色各種色彩胖瘦高矮不等的魷魚隊伍，漕漕踩著水花，漫漫慢慢的，走過村子前這段白沙海灘。

這是村子傳承多年的魷魚季魷魚裝踩灘活動。

誰料到，不過才十數年光景，也沒人知道什麼原因，這年開春後，南島魷魚不再前來，不再整群擁進村子前的海灣逗留。

空等的第一年，漁販卡車還是天天來，只是空等了一季。

釣客們揹著一袋袋精良的釣具前來，空甩了幾天竿，漁箱子仍然空空蕩蕩。

村民們的燈火誘網還是裝置在各自的舟舨上，結果等了一季備而無用。

村裡的野貓不時喵嗚幾聲露出憂愁表情。

那年海神誕辰過後，確定魷魚歉收，確定是空等了一季。

但王村長還是宣布，魷魚季魷魚裝踩灘活動，照常舉行。

不僅如此，他還重金禮聘城裡著名的金光戲團來到村子裡，就在魷魚灘海邊搭起面海戲台，卿卿鏘鏘，熱鬧無比地接連演了三天三夜的戲。

王村長認為，往年祭典活動不夠熱鬧、不夠誠心，南島魷魚才失信不來。

不是迷信而已，王村長也重金邀請島嶼大學魚類專家許博士，好幾趟來到村子灣緣，診視南島魷魚不來的原因。

許博士後來的研究報告中提到：原因可能是灣頭海流受聖嬰現象影響而轉向，也有可能是季節風受南極大震盪週期影響風向改變，另外，也有可能是這群南島魷魚選了另個條件較好的海灣繁衍。

說起來許多可能，仔細探究，南島魷魚不來的原因仍然撲朔迷離充滿各種可能。

大家一起等，大概是唯一的對策。

沒想到，第二年仍然空等了一季。

空等的第二年，王村長進一步在城裡各主要報社買了南島魷魚祭活動廣告，並透過島嶼電台強力放送，強力宣傳。村裡大街小巷如選戰酣熱，處處插滿宣傳旗幟。

這年，儘管南島魷魚依舊沒來，但宣傳奏效，一群一群遊客為了參與魷魚祭活動而來到村子裡。

活動主辦單位發給遊客們由村公所統一裁製色彩豔麗的尼龍魷魚套裝，有了這群遊客參與，魷魚裝踩灘活動遊行隊伍陣容擴大，轟轟烈烈熱熱鬧鬧地進行該年的魷魚祭踩灘活動。

而第三年，南島魷魚仍然失信。

如何想到，有心栽花花不開，無心插柳柳成蔭，南島魷魚祭活動的傳統特色加上幾年來的大力宣傳行銷，活動竟然愈辦愈盛大。

這年，南島魷魚不再來的第六年，魷魚灘上的魷魚裝踩灘活動已成為全島，甚至成為外島知名的魚祭慶典活動。

不僅如此，竟也吸引了不少國外遊客不遠千里，搭飛機、搭船、搭車，長途跋涉前來參加小島小村一年一度的南島魷魚祭活動。

每年這季節，至少吸引數萬名遊客前來參加南島魷魚祭活動。

這村子有史以來不曾如此人氣匯聚如此熱鬧。

從魚季活動到魚祭活動，大概這村子的命底吧，熱鬧仍然，只是從過去的南島魷魚轉成如今的觀光人潮。擠擠湧進村子的大群大群南島魷魚，變成擠擠擁進村裡的大群大群遊客。

以前的熱鬧萬點漁火螢光灣裡交織，如今灣域一片幽靜黝暗，燈火熱鬧全落在村里巷弄和灘頭。

傍晚時分，好不熱鬧，遊客們吃過大街小巷到處都有的進口魷魚各種料理後，紛紛穿上村里大巷小弄大店小鋪四處買得到的魷魚迷彩套裝。

重頭戲來了，排場威盛的鼓號樂隊前導，軍禮服筆挺的儀隊緊接在後一路拋槍轉槍，灘頭數盞強力探照燈照亮整座海灣宛如白晝，來自島內和海外遊客所組成的偽南島魷魚隊伍，浩浩蕩蕩，搭配灘頭數座高塔廣播器輪流放送節奏鮮明強烈的雷鬼音樂，一起轟出踩出魷魚灘上花花擾擾一團團模糊不清的激昂水花。

媒體紛紛製作特別節目，報導漁村此一熱鬧非凡的南島魷魚祭祭典活動。

王村長受訪時侃侃而談，關於活動緣由，活動意義，活動目標等等。

一時談開了興，王村長似乎一時忽略了必要些許節制，訪談最後，一時說溜了嘴，王村長說：「南島魷魚回不回來，其實，已經沒那麼重要了。」

原載二〇一五年四月二十九日《聯合報》副刊

大師走了

賴瑞卿

台灣嘉義人，國立政治大學政治系、東亞研究所畢業，曾擔任報紙、雜誌和電視台的編輯與記者。對人懷有普遍的善意、對世界抱有純真的好奇、對命運有無奈的敬畏、對文學有學習的熱誠。作品散見《聯合報》和《中國時報》等副刊，偶在香港的報刊雜誌發表政論。

雖然經歷過幾次死亡的傳聞，其中有兩次說他被暗殺，有四次說他病逝，全都繪聲繪影，最後卻證實都是謠言，但這次在電視上播出的新聞，情況有些不同，消息是由他美麗的夫人，身著墨色長衫，罩著黑色面紗親自在電視上宣布的，身旁還站著為他診治的國立醫院的院長，神情哀戚、眼眶泛紅。

大師往生的消息發布後，大家並沒有預期的悲慟，反而暗裡鬆了一口氣，這樣說並非人們冷血的期盼他早日上路，而是這個國家籠罩在他死亡的陰影下，已經太久了，媒體揣測他安危的分析報導，也太多了，種種壓力已經瀕臨人們忍受的極限，所以他的死訊反而讓大家的憂心化解了，不再懸空飄盪，但隨即意識到這個偉大的思想家、哲學家的逝世，對國家將是多麼重大的損失，就又陷入悵然若失的遺憾裡，心情低落下來。事實上，之前的幾次傳聞被澄清後，兩位文化部的高級官員、一位衛生部門的次長，都因為疏於查證引咎辭職；六家報紙、十二家雜誌社、十五家電視台也因為散布謠言被大師控告，數十件相關的民刑事訴訟，在檢察署與地方法院、地方法院與高等法院、高等法院與最高法院之間，來回折騰好多年。每次出庭，當工友將摞成山的資料推出來堆放在法官身邊時，旁聽的民眾無不驚叫連連，這些資料的某些觀點或論證，常常引起人熱烈的討論，推敲其間的細節，媒體也在顯著的版面、重要的時段詳細的報導，可是日子久了，也和其他新聞的命運一樣，逐漸萎縮，像泥沙漸漸被水溶解，慢慢從大家的記憶裡消失，如今它又像滿月的潮水漲上來了。

第一次傳說他死亡是七年前，據說是泌尿系統的毛病：攝護腺和膀胱功能失調，每晚為頻尿所苦，一天晚上，因為用力過猛，竟昏厥在馬桶上；第二次是四年前，在大啖魚翅後，引發猛爆性肝炎，住院二十多天，面黃肌瘦的走了；最近一次是去年，因為複雜的版權糾紛，起因是大師在國家正義黨的推舉下，出任共和國參議員，這個榮耀對於作品是一種加持，適用合約中影響力加乘的條款，版稅自動提高10%，哪知卻被出版社剛上任的經理引用報酬率遞減的條文，予以回絕，理由是參議員的形象對人格是一種傷害，對作家是一種侮辱，大師受到嚴重的羞辱，怒火攻心的結果引起血栓，據說由於死相不雅，家屬為了維護形象，遲遲不敢公布訊息，林林總總的流言尚不包括一次為了植牙，失蹤了好一陣子，正當人們忐忑不安、議論紛紛的時刻，他卻神采奕奕的出現在螢幕上，晶瑩的磁牙在鎂光燈的照射下，閃閃發亮，人們這才恍然大悟。儘管謠言如此猖狂，大師始終維持淡定，沒有改變生活習慣，總與人們保持一種若即若離的距離。

精研賀佛爾理論的大師，對於群眾心理有深刻的了解，知道不能遠離群眾，否則會被遺忘，也不宜過分親近，不然就喪失神祕感，失去權威性。他年輕時，筆耕不輟，著作豐富，也主持重要的節目，像太陽到處散發著光芒，上了年紀後，體力有些不支，才逐漸從螢幕上退隱，但每當大家對他的印象開始模糊，就有某些有趣的新聞突然出現，而這些又和他著作的一些章節有某種關聯：譬如一幅唐伯虎的畫作，到底是真是假；例如巴頓將軍到底是抽雪茄，還是紙菸？偉大的領袖在橫渡金沙江時，到底用竹排，還是皮筏，在紛紛擾擾的報導中，他總在適當的時候挺身而出，引經據典直指問題核心，並且在他的著作中找到佐證，有人抨擊它是刻意的安排，但大師總能旁徵博引的駁斥，因而此種中傷從不曾減損他的光芒。

作為一個偉大的思想家，大師對於人文科學是無所不知的，他博覽群書，經常從先哲著作的字裡行間，悟出深奧的道理，雖然生長在海島的共和國，先祖卻來自文化悠久的歷史大國，這使大師在觀察事物時，有一種與生俱來的宏觀傾向，在剖析事理時，有一種高瞻遠矚的敏銳，不知有意還是巧合，大師和歷史大國的偉大領袖都罹患同樣的隱疾，兩位偉人晨起出恭時，總是遇到困難，領袖在革命內戰時期，只要順利出恭，群眾就雀躍歡呼，奔相走告，大師在處理這個問題上，卻更富哲理，把它引導到形而上的境界，他說：出恭的困難，在於吸收太多深奧的知識，一時難以消化，思想家和常人不同，普通人每天只接受有限的、膚淺的知識，消化當然順暢。一個閱讀《查拉圖斯特拉如是說》的人當然要比閱讀《四十歲以前必須做的三件事》的人，在消化上需要更多的時間，所以出恭困難是偉大的象徵，大師的創見造成很多人的自卑，人們重新省視腸胃的機能，發現原來排泄順暢是平庸無能的象徵，由於憂慮自己的平凡，有些人出恭就遭遇到困難，從而沾沾自喜以為具備偉人的特質，和大師達到同樣的境界，卻不知它是一種假性的便祕。對於社會大眾的困擾，大師深感不安，特別針對此問題，撰寫一篇論文〈論消化與文化的因果關聯：其本質、現象與突變〉，發表在國際知名的醫學雜誌《Pathology Quarterly》上，最後又補充許多相關的文章，集結成一本科普書籍：《消化：你不能不知道的事》，總共銷了一百萬冊。

不過，這些都已成為歷史，大師此刻躺在上好楠木製成的棺木裡，褥墊是金黃色亮閃閃的高級綢布，上頭罩著一片透明玻璃，他雙手交叉在腹前，躺在國家紀念館的大廳，這是對國家有卓越貢獻者的殊榮，前來瞻仰的民眾，從大廳的棺木旁邊排起，一直延伸到街上，蜿蜒四、五公里。棺木內的他，一如往昔，穿著黑白分明的衣褲，外面是純白的夾克，內裡是一件圓領的黑襯衫，配著一條黑色褲子，仍然理著平頭，雙頰有點浮腫，鼻梁上架著招牌墨鏡，據說生前為乾眼症所苦，早就囑咐歸天時，一定要戴上墨鏡。

粉絲們忍著酷暑，耐心排隊等候進入大廳，瞻仰遺容，大家都神情哀傷、眼眶含著淚水，不由自己的想到大師黑白分明的一生，還有他著名的理論「黑白辯證法」。他常說：「為人處事要黑白分明，黑就是黑，白就是白，不容混淆，不過判定黑白需要智慧，有些黑的，其實是白的，有些白的，其實是黑的。」儘管大師一再闡釋，許多人還是無法理解黑白的分別，但最後都接受大師的指引，把它交給智者判斷。大師經常開示大眾，不認識黑白，沒關係，要緊的是承認自己的無知，無知就是有知，孔子不就說：知之為知之，不知為不知，是知也。

大師常說：即使像他這麼好學不倦的人，有時候也會混淆了黑白，何況一般大眾，它的界定像佛理一樣，必須終生鑽研，有時黑到極致，就變成白的，有時白到最高點，就變成黑的，並非一成不變。年輕時由於批判政府，大師曾坐過幾年牢，這種正義的黑牢賦予他道德的高度，讓他不管面對各種抨擊，即使處於劣勢，只要適時提起這些經歷，就使對方氣餒，重而反敗為勝。中年以後，他每天為報刊撰寫專欄，夜裡則出現螢幕上，為電視台主持節目。偶爾，還為人們提供法律諮詢，最有名的例子是為首富的私生子追索遺產的訴訟案，案子在地院和高院接連敗訴，最後找上了大師，終於反敗為勝，私生子贏得兩百億的遺產，這就是有名的「鷹勾鼻訟案」，由於私生子和首富都有明顯的鷹勾鼻，大師在庭上提出一百五十張兩人正面和側面的照片，還列舉有鷹勾鼻特徵的十四位國際名流，從匿名照片中，旁聽的民眾和法官輕易的從這個特徵中，指認出父子、母子、父女、母女和兄弟姊妹的關係，事實勝於雄辯，私生子獲得遺產，大師也奠定他在法界的權威。

排隊等候進場的人群中，突然傳出竊竊私語的話聲，有些人正在談論這個案子，雖然事隔多年，大家還是津津樂道，大師美麗的遺孀蒙著黑色面紗，站在角落向排隊的群眾微微頷首，令人想起他遠在國外的子女，這個莊嚴的場合竟然不見蹤影，人們左顧右盼，窸窸窣窣的議論起來。大師一生自詡風流，身邊常有絕色的女子圍繞，他結過四次婚，兩次仳離，一次喪偶，前後四位夫人只帶給他一對兒女，女兒在英國留學就業，兒子則在德國發展，他們都聰明伶俐，而且儀表出眾，大家都還記得金童玉女當年的模樣，雖然不能回國奔喪，但各自發表一篇文章，追悼敬愛的父親。兩篇祭文文情並茂，讀者無不深受感動，教育部決定將它們列為教材，人們甚至覺得未能親臨哀悼，反能突顯祭文的張力，讚歎大師的兒女像乃父一樣睿智，不過一些別有用心的雜誌卻說，這對兒女私下寫一封信給繼母，表示：大師在他們居住的國家有不同的評價，多年來，他們不敢承認是大師的後代，擔心引起當地社會的誤解，希望往後也能維持這樣的隱私，這對於他們在當地管理和發展大師的遺產，是一種必要，希望後媽諒解他們的處境，只要發表父親生前擬妥的祭文即可。

真相到底如何？黑白要怎麼分辨？只有大師知道，可惜他已不能言語，瞻仰遺容的隊伍緩緩的蠕動，哀樂和鼓聲不時響起，這是歷史的一刻，剛打過玻尿酸的歌壇天后、才與建築業大亨簽完分手協議的名模、兩小時前才被交保的參議員、有包青天稱譽的知名檢察官、在電視台剛錄完影的政論名家、補習班連鎖集團的老闆、寺廟公會的理事長、商業同業公會的主席、律師公會的代表、作家協會理事長都排在隊伍當中，平時伶牙俐嘴的他們，此刻無不一臉肅然，安靜的站著，大家都來見證歷史的時刻，悄悄迎接沒有大師的時代，今後再沒有人為社會判定黑白，社會到底會變好，還是變壞，誰也不知道，咚的一聲，鼓又敲了一下，人群向前移了一步。

原載二〇一五年四月一日《聯合報》副刊

鹹豬手

連明偉

一九八三年生，畢業於暨南大學中文系、東華大學創英所。曾獲聯合文學小說新人獎中篇小說首獎、台積電文學賞、中國時報文學獎、林榮三文學獎短篇小說獎等。著有中篇小說集《番茄街游擊戰》。

全台灣有七十萬人同時撫摸自己的左側乳房。

「你摸你的奶仔創啥?」

「電視講的啊！試看覓有反應無?」秋蘭丈夫放下擱在胸膛上的手。

「規日就知影看電視，看你的死人骨頭——」秋蘭搶走電視遙控，按掉電源，將遙控啪一聲摔在桌面。

幾天前，秋蘭在屋後用竹竿晒衣時，隔壁春嫂也抱來一堆濕漉漉衣服。春嫂說話喜歡加油添醋，如同自己虛胖的身材。夏日閒暇下午，春嫂總穿短袖寬褲，拿竹扇，一步一搖走進鄰居屋簷底下，重複渲染街頭巷尾的八卦。秋蘭被春嫂說過閒話，但是兩家子住在隔壁，當鄰居的基本禮貌還是要有。秋蘭剛嫁來時，人生地不熟，春嫂熱心地同她說話，帶她認識李太和張嬸，帶她熟悉村子環境。後來秋蘭被傳吝嗇，說買洋蔥還要求送蔥，買蘿蔔還要求大蒜。婆婆告訴秋蘭，說這裡是小村莊，要她注意點。秋蘭暗自揣測，所有的流言都可能是春嫂刻意渲染。

婆婆對秋蘭好。

婆婆是舊時代的人，沒架子，外表看起來凶，笑起來卻像土地公婆婆，只求秋蘭趕快生個金孫給她抱。婆婆吃過苦，年輕嫁過來，洞房當天沒有落紅，公公不高興，心想這女的竟然不乾不淨。這可苦了婆婆，她出嫁時可的的確確沒讓查埔碰過。不知從哪傳出謠言，說婆婆每個早上去溪邊洗衣，順道跟查埔幽會。這對婆婆可是天大的打擊，只不過跟種蓮霧的多聊幾句罷了——有了孩子，公公才穩下心。婆婆命不好，孩子一歲死了，鄰居又開始說她無才無德，還好婆婆努力做人，隔年生下秋蘭丈夫，這才平息謠言。

這些事情逐漸讓婆婆成為一位強悍的女性。

秋蘭人好心細，年輕漂亮，喜歡同街坊聊天，並不會主動散布八卦。

賣魚的張嬸說春嫂可憐啊。

秋蘭不知春嫂哪裡可憐，很疑惑。春嫂老公比她年輕，中年還一臉俊俏。春嫂自從生了孩子發福後，老公便在外面找女人，偶爾上酒家，丟下兒子女兒在家不管——聽說一個月沒回來幾天，這春嫂守了活寡，能不可憐？我看他們三、四年沒同過床嘍！秋蘭聽了覺得誇大，春嫂老公她見過，在台北工作，一禮拜回來兩、三天，倒是不曾見過有客人來訪。

「聽講明仔早起九點到十點，大賣場有佇清倉大特賣，攏是賣奶帕仔。欲去看覓無，一件五十，買一送一喔。」春嫂說。

「遮爾俗。」

「我、張嬸佮李太講好欲做伙去，欲去無？四個人較好搶到位。」

秋蘭答應了下來。

村子裡的閒話特別多，特別怪，也特別逗趣，秋蘭不知道自己也處在八卦漩渦中，死的可以講成活的，活的可以講成死的，要死不活的就更有想像空間。秋蘭也喜歡聽八卦當飯後消遣，將聊八卦當作舌頭與嘴唇的運動，想像力的勃發。她聽過春嫂罵張嬸不夠厚道，罵李太小鼻子小眼睛，也曾聽聞張嬸和李太罵春嫂是頭肥豬，不愛運動，難怪老公要出去找酒家女。她默默聽著流言蜚語，你一言我一句，你扯東我扯西，如同電視上的政治口水戰，沒有交集，卻極富娛樂性。

印象最深刻的，就是李太再婚事件。

一天，春嫂說李太要再婚，鉅細靡遺述說哪幾個夜晚幾點幾分，一輛黑轎車載李太回家，說男的是某家公司的科技大老闆，身家上千萬，有好幾棟透天厝，可惜，是個七十幾歲瘸腿老先生。隔天，張嬸興匆匆跑來，也說李太要再婚，對象不是什麼公司大老闆，而是死人。張嬸瞪大眼珠說這可不得了，李太大概是窮怕了，想改運，竟然想嫁牌位。秋蘭不知道誰說的是真的，想親自問問李太，怕尷尬，又怕被人說八婆。再隔天，換成李太跑來，滿臉歡喜說有喜了。秋蘭不動聲色問什麼有喜了。李太說，我家那隻貴賓狗終於找到血統純正的狗可以交配了。

搞了半天，原來只是一件狗事。

這種事情特別多，誰捐給媽祖的錢少了，哪裡來的醫生長得俊俏，春嫂罵李太，張嬸笑春嫂，閒話有褒有貶有真有假，到底不太影響日子，日常生活總是需要調劑。

清晨，秋蘭和其他三位太太不約而同起了大早，開瓦斯，煮稀飯，準備脆瓜、花生與肉鬆。秋蘭年紀輕，怎麼打扮都好看。春嫂、張嬸、李太沒那麼容易，尤其是春嫂，巴不得身上的肉多減幾斤。春嫂在鏡前照了許久，衣料緊裹肥肉後才覺得滿意，開始化妝。三人塗口紅，撲粉底，只有秋蘭隨性素臉出門。

四人不忘撐傘遮陽，熱氣逼人，沒走幾步就滿身汗，提醒彼此的妝都花了，笑對方看起來是個大花臉，笑對方人老愛作怪。抵達賣場時是八點半，門前已經聚集一群上了年紀的查某。

「九點才開始。」

「較等仔五十分，咱四人手牽手。」

「春嫂啊，你行頭前，你較勇健。」

「無問題，恁綴我後壁，手牽手掠予好。」春嫂拍著肥厚胸脯。

秋蘭個子小沒優勢，排到最後一位。

「開門啊！」張嬸忽然叫出聲。

婦人們彼此推擠，店面瞬間火爆，春嫂腳步飛快鑽進人群前端。擠啊。衝啊。頂啊。管它三七二十一。秋蘭左手握住包包，往人群頂撞，衝進窄門後賣場瞬間變得寬敞，箭步跑到內衣攤架前。原先在內衣攤一側的服務小姐已經被推到外圍。張嬸、李太、春嫂不知何時連成小型圍牆，盡力守護眼前的奶罩準備大口饕食。眼睛亮如箭鏃，雙手往奶罩內找尺寸，尋到，也不管手肘是否撞到旁人，直往懷裡袋子塞，緊緊密密扎扎實實地塞。秋蘭想要鑽進人群，兩手用力撥開前方肥肉，肩膀竄進窄縫搶得了小小的位置。秋蘭一手搆到內衣，不分尺寸便往懷裡拽。抓了一件，不夠踏實，伸手再抓——然而，她卻覺得胸前被某種東西包住。秋蘭沒有多加理會，沒想到那東西竟然兀自蠕動了起來。秋蘭尖叫出聲，但搶奪胸罩的聲音實在太大，沒人注意到。秋蘭放下內衣，緊緊抓住那雙手。

「色狼——」秋蘭不知叫了幾聲才有人發現。

警察把色狼帶進警局做筆錄。

色狼承認不小心碰到秋蘭的胸部，強調只是不小心擺上去，並沒有刻意亂抓，而且時間短，不超過十秒。秋蘭一件內衣都沒有買到，胸部反而無緣無故被摸了，覺得又生氣又丟臉，不該貪小便宜去賣場搶奶罩的，一想到色狼的手曾經放在她的胸部上亂抓就渾身不對勁，脖子癢胸部癢尻川也癢，彷彿全身都起了疹子。

色狼以強制猥褻罪被起訴，經過法官開庭審判後竟以無罪釋放，這樣的判決立即引起許多反彈聲音。

地方法院的發言人說：「男子並沒有用類似強暴、恐嚇或催眠術等方式迷惑女子，也無進行惡意的摸乳行為。」

春嫂說：「外表看去斯文斯文，親像有讀過冊，無想到會做出這款代誌。」

地檢署檢查官說：「行為人觸摸被害人胸部接近十秒，有明顯抓捏動作，已經構成強制猥褻行為，這點十分明確。基於此立場，本署將會持續上訴。」

婦女團體發言人說：「這實在是很離譜的審判結果，簡直讓台灣的全體女性蒙羞。犯罪意圖明明非常明顯，怎麼會判無罪而當庭釋放？」

張嬸說：「夭壽喔，你毋知秋蘭轉去哭偌久，這種人上好掠去關，莫佇外口害人。」

「出現啊——」

「啥？」秋蘭受了驚。

「你啦，電視看較老，本人較媠。」

「電視攏是烏白講。」

婆婆忽然走來，捧一鍋剛祭神的肉燥，冷冷覷視秋蘭。

「阿母的面色足歹看。」秋蘭有些畏懼。

「一定是聽到鄰居講有的無的。」

「阿母毋知佇灶跤無閒啥？」

婆婆坐在一張小木凳上挑菜，抬頭望一眼秋蘭，再把頭埋進菜堆。之前，婆媳在廚房總是嘰嘰嘎嘎說不停，一定要將街坊鄰居都說過一輪才罷休。秋蘭拿一袋四季豆，掇一張椅子坐在婆婆面前。婆婆見她靠來，又白上她一眼。

「是毋是有代誌無共我講？」婆婆丟下手裡的菜，直望秋蘭。

秋蘭的冷汗從額間冒了出來。

「我毋是青盲，電視攏是你的新聞。」

「我想講這種代誌莫予人知影較好。」

「阿春講到喙角攏是沫——這馬外口講的話足歹聽，講你袂見笑。」

「誰講的？」秋蘭的臉色瞬間蒼白了起來。

「張嬸講你就是彼日的衫穿傷少，李太講你抹粉傷厚，春嫂講你欲勾引查埔人——家己愛檢點，有站節。」

都是謊話，都是流言，都是胡說八道，秋蘭想要辯白卻說不出任何話，覺得受了委屈，有股衝動想要向街坊鄰居好好理論一番，可是她知道吵架沒用。以前，她以為那些只是閒話，沒什麼好在意，她從來就不知道閒話竟然會帶來如此大的傷害，甚至影響生活。

秋蘭忍著激動，自顧揀菜洗菜，轉開爐火，熱油在鍋子上啵啵跳動，下蒜頭，下辣椒，下菜，下鹽巴，鏟菜的力道比往常大，愈想愈氣，又不願意哭，這明明不是她的錯，一定不能哭，這樣子實在太軟弱。

婆婆挑完菜，鍋子咚一聲丟進水槽，轉身走回客廳。

鹽用罄，秋蘭想叫丈夫去買卻不想開口，賭了氣，拿了錢自行出門。春嫂、張嬸、李太等人圍在屋簷下聊天，一見秋蘭卻瞬間閉嘴，打著尷尬的招呼。秋蘭沒插嘴，也沒力氣理論——暗自思索自己也要在村裡造謠報復。一進小店，電視重複播放新聞，秋蘭見到自己在警局前閃躲的面孔，麥克風一一堵向她緘默的嘴。秋蘭急忙竄進貨物間，拿了罐食用鹽。

老闆娘揮了揮手，壓低聲音呼喚。

秋蘭身子側前。

「我共你講，你莫聽隔壁講的痟話，攏是食飽無代誌做。」

秋蘭點點頭，她被這件事情搞得無比疲倦。

「查埔人攏這款，咱查某愛好好保護家己。偷偷共你講，春嫂的翁外口還毋是仝款，已經有囡仔。」

不知為何，秋蘭突然可憐起春嫂。

「聽講伊翁足久無轉來。」

「我也幾若工無看到伊翁——」

老闆娘又胡亂說了廟公和李太的八卦。

秋蘭拿著鹽，匆匆告別老闆娘。

街道上，幾位囡仔用紅磚碎塊畫地面，畫完格子，大家就往框內猛踩。經過春嫂家前時，人都已經各自散去準備晚餐，秋蘭從鐵門內看到春嫂臃腫發福的身形，心中覺得十分生氣。秋蘭在心底罵她活該，卻同情她的遭遇。秋蘭流了汗，全身肌膚黏著衣服很不舒服，她繼續炒菜，心中滿是抱怨，不知該如何抒發——每個人真的都只會出一張嘴啊。

「現在記者正在台大醫院替全民做一項實驗，在記者面前的是專業的血壓計，不僅可以隨著情緒起伏而測出血壓變化，還可以測出一個人是處於何種狀態，是興奮、生氣還是衝動。現在，記者的左手已經在專業的血壓計中，經過測量，收縮壓是120mmHg，舒張壓是76mmHg，屬於正常狀態。接下來，如觀眾所見，記者將空下的右手往自己的乳房緩慢抓捏，不快不慢，十秒鐘，觀眾們可以看見測量的儀表上已經不同剛才，屬於興奮狀態。現在，記者請台大醫院的護士替我們做另一項實驗，當別人的手抓住自己的乳房時，到底會呈現什麼反應？（護士沒有露臉，白淨的衣裳出現於螢幕，手套內的一雙手溫柔抓捏記者胸部）一秒鐘、兩秒鐘、三秒鐘……隨著乳房的刺激，收縮壓從一百二十漲到一百六十二，舒張壓從七十二漲到九十五。八秒鐘、九秒鐘、十秒鐘。血壓明顯上升，記者的心跳加快，喘氣的速度也更快了。現在請全國觀眾伸出自己的右手手掌抓抓自己的左邊乳房，不出十秒，必定會有反應。」

全台灣有將近七十萬人走上街頭，抗議秋蘭的案子。

七十萬人同時用右手抓住左側乳房表示抗議。有人高喊，一個揉搓該抓去坐牢，第二個揉搓該絕子絕孫，第三個揉搓下輩子該當畜牲。之所以引起如此大的抗議示威，肇因社會上出現太多十秒抓的色情狂，不僅抓乳房還抓下體。全國女性群情激憤，將審理此案的法官稱做冷感法官，並建議冷感法官進醫院檢查是否為性冷感。

隨著新聞火熱，門外圍聚眾多記者爭相採訪。

秋蘭沒見過這麼大的陣仗，有些呆了，日日夜夜將自己鎖在房間。

婆婆拿一根長掃把在螢幕前揮來揮去。

「你閣踏一步，我就拍斷你的跤。」婆婆大聲罵著。

秋蘭東躲西躲，不知如何是好，也不知如何在鄰居面前抬起頭。秋蘭丈夫倒是看得開，還跟換帖兄弟調侃說就是老婆的奶子大，才會惹那麼多人注意。

秋蘭整天躲在房間哭，眼睛腫了，身子消瘦不少。

「以後你攏莫出門。」婆婆生氣地說。

秋蘭全身緊緊密密包裹起來，戴毛帽、大眼鏡甚至圍毛巾，想回娘家避風頭，可是一出大門，記者便團團圍攏上來。

村人見不到秋蘭，也就想念起秋蘭。有人說，秋蘭早就回娘家避風頭去了，有人說，前幾天半夜三點還聽見秋蘭在哭，有人說秋蘭瘦得不成人形，成了非洲難民。春嫂、張嬸和李太知道自己愛說八卦，沒想到耍嘴皮子竟然會給秋蘭帶來如此大的傷害。一天，春嫂煮了四神湯，張嬸煮了烏骨雞，李太則去賣場買了新的奶罩要給秋蘭，三人約好一起到秋蘭家拜訪。婆婆原本想將她們同記者鎖在門外，看見她們帶著食物，誠意十足，也就不忍拒絕。她們坐在客廳，同婆婆尷尬說話，說現在的新聞節日比村裡的八卦傳言厲害，還有SNG和長鏡頭偷拍什麼的。她們得出奇怪的結論，八卦其實比八點檔連續劇還要有想像力。春嫂敲了房門，秋蘭說什麼就是不肯出來。

這事竟然鬧上國際新聞，真是好事不出門，壞事傳千里。誇張的是，同一件壞事還會有不同版本，能無性生殖，能落葉生根，配上不同的配樂、節奏、剪輯與不同語言，連坐飛碟的外星人都能看見。案件重判，還給秋蘭公道，在群眾與社會壓力下，冷感法官親自登門道歉。秋蘭的家一時門庭若市，濱海公路擠滿採訪車，四周矗立賣鹹酥雞、烤香腸、冰淇淋、大腸包小腸、彈珠台、甘草芭樂和刮刮樂攤販，該來的人來了，不該來的人也都來了，一村子男男女女老老少少，里長、鎮長、縣長和一堆拿著麥克風搶新聞的記者。里長歡歡喜喜掛上紅布條，貞節牌坊般豎立客廳牆上，對著民眾大大方方揉搓胸膛，唸著布條上的標語：「請還給乳房乾淨的十秒。」張嬸、李太、春嫂擠身其中，他們半個多月沒見過秋蘭，聽婆婆說秋蘭整天都在房間哭，以淚洗面，瘦得沒有了乳房與尻川，這樣子怎麼生孩子呢？婆婆知道媳婦不是活該，而是被害人，不禁可憐起媳婦，好言軟語說查某人不要整天哭，要堅強，說電視上都在講什麼女性主義。婆婆也氣，氣得晚上睡不著，受不了整天新聞都在報導摸乳事件，受不了鄰居看著她暗暗竊笑，說要去找冷感法官理論，給法官好好上一課。

秋蘭不看電視，不出房門，整天窩在房間，怕一出去就會被眼睛強暴。丈夫要她想開點，說不是什麼大不了的事，還故意開低級玩笑，說秋蘭說不定會因為這件事情而成為炙手可熱的大明星，夫妻倆還可以一起拍片酬上萬的三級片，比種田跑船好賺多了。秋蘭瞪著老公，她不了解為什麼丈夫可以把這件事情當作笑料處理。

晚上，秋蘭老公依舊抱著她上床。

「來，這擺只有我摸。」丈夫說。

「袂見笑。」秋蘭用手撥開丈夫的鹹豬手。

秋蘭一直不願出面，躲在房間，拿著衛生紙塞住耳朵。

冷感法官捧一大束芬芳香水百合，對著螢幕再次鞠躬道歉。

秋蘭丈夫勉為其難收下紅包，在螢幕前發表高見，先談鄉里發展，再談勞工權利，最後再說整個社會都因為迷戀一對乳房而徹底生病了。

婆婆氣勢十足，挺直背脊，雙手交叉胸前，狠狠瞪視冷感法官。

秋蘭不肯出來，記者們便要冷感法官將花束獻給同為女性代表的婆婆，說這樣子拍起來比較好看，也比較有美感。一堆大大小小的鏡頭旋渦般在婆婆身邊圍繞起來，人群推搡，都怕錯過精彩好畫面。街坊鄰居男女老少齊聚客廳，有的吃著瓜子有的抽菸，一臉邪淫與歡騰共處的笑意，孩子奔跑推擠。婆婆覺得有些呼吸困難，內心深處不斷竄出惡狠狠的怒意，人潮擁著她，擠著她，熱氣汗臭團團簇簇漚著，最後面前自動出現一只鏡頭般小洞，人群不懷好意將冷感法官推了上去。

西裝筆挺的冷感法官嚴肅獻上花束，婆婆的右手突然堅定地往前襲擊，在所有螢幕的見證下狠狠抓住法官下體。冷感法官以陰柔之音在喉頭嘔了一聲，倒抽一口氣，眼睛嘴巴張得渾圓。

婆婆十足果敢喊著一秒鐘、兩秒鐘、三秒鐘……。

原載二〇一五年四月六至七日《中國時報》人間副刊

代我問候南部太陽

陳韋任

筆名保溫冰，現為媒體人，執筆多個報章雜誌電影專欄。曾獲梁實秋文學獎散文首獎、聯合報文學獎、宗教文學獎、九歌現代少兒文學獎……數十項文學獎。著有《紐約老鼠》、《灰姑娘變身日記》、《嗑瓜聲，飛過我們家》、《這是誰的聲音!?》、《趨光歲月》、《怪咖影評：保溫冰犀利告白按讚100》。

一、鼾聲

佑新衝向我，小小腦袋瓜，往我褲襠一撞，不輕不重。他人小志氣大，順手環住我的大腿，打算將腿整條掖走。

悶住聲，我餘光感受佑新像隻攻擊性不強的無尾熊，依附在我身上。我盡可能仰高下巴，不釋出一丁點情緒。素色掛鐘兀自數算我能撐多久，廚房太暗，我甚至不確定掛鐘是橘色、橘黃，還是銘黃。

今天待在屋內，算算有四小時了。

熱。

江爸爸的熱鼾，幽幽穿越客廳，一起一伏，按壓著隱形的幫浦，支撐廚房靜默的、緩緩膨脹的存在。這四方空間，每天回到這裡，卻不因天熱而覺得它大過昨天、前天，猶若黑夜令它縮回原形。如果它變了形，我進門也該會跌倒才對。找一處，好好立定站好，當兵站哨也才幾年前的事，這固然難不倒我，但一個位子站久，聽覺、視覺總不知不覺擴大，敏銳起來……

五歲的佑新是哥哥（除非他說謊），但我專注搜尋佑明的聲音，他看起來三歲，或更小，一個沒踩好，都可能消失於淩亂屋內的某個兔洞。

這裡是嘉義縣東石。小時候，來東石作客，暫住姑姑家，東石鄉立圖書館旁邊那幢被我們喚作鬼屋的日式建築，早被推土機送回天上它原本的家。

放眼所及，省道是一條車來車往的徑。運輸包括時光在內的所有事物。

悄無聲息來到這裡，神祕是紀錄片工作者的最大優勢。

當人們逐漸搞懂我們來歷，禮遇就層層疊高，貴族似的。久之不心虛也難。

這幢格局簡陋的旅宿，孤單望著省道，人們路過，也憐憫望投視它……

一牆之隔，或許我們這些拍片的，更需要這類眼神。

還是起了身，躡手躡腳，我循著菸味在後陽台找到余導。是個塵蟎氾濫的地方，伸手隨處可留字，余導卻挺悠然自得，我想起賀照緹導演拍《蟑螂X檔案》，身穿漁夫裝潛入地下水道，那畫面……

「那些小孩，真的還可以？」

繼吃飽後，他再度確認。這確認，飽嗝般可有可無。

「還可以」指什麼？答了也不會有人當真。對拍攝紀錄片來說，模稜兩可的肯定句，有助我們傻傻往渾沌的霧裡衝去撞去。反正繞得出來，成品也出來了。

所以，余導給了我方法。

對他來說，我這種菜鳥，泡過一遍，下回就很好用了。

「我今天去街角那間雜貨店買菸，那個阿月嫂你知道嗎？」

「滿頭白髮那個？知道。」我點點頭。

「她跟我說，江爸爸他，是好人。」

好人？

「然後呢？」我吸吸齒縫。

「沒了啊！」余導也一副莫名，「所以我跟你說，人生地不熟，一般村民對外都心懷敵意，你進進出出低調點，不要讓他們有機會對抗我們。」

「喔，知道了。」我也不確定這樣回答對不對。

這個視角望出去，稱不上夜景，我們不是拍劇情片，愈是寥落，愈有發揮空間，我們的日子不比星光閃爍那一掛，稍微吃頓好的，良心就譴責得可以。

我體內八成也具備這種性格，一個禮拜下來，對江家那幾個孩子，仍難揮去一分愧疚。

「攝影師就要盡本分完成各式高難度動作。」以前教授說過。吊鋼絲、攀雲梯，有回站在行進的車頂，腿軟想著：「撐下去，就出師了。」但並沒有。於是我退而求其次，學點「純粹的、美學的」余導是這麼形容的。前置期每天進江家沒有所謂杯子，瓷碗倒蓋成一個小山坡，我每天看著一隻隻小手，攀岩般拿上拿下。

我不為所動，摔破幾個，我愈是不動如山。

為此，我避視佑明手指上的OK繃，歪七扭八。哥哥的心意。

唧著碗緣，嘴唇所抵，是孩子扒飯長大的位置，我就這樣無聲無息的站著，諦聽屋外那些我小時候或許曾發出過的聲音，跳格子、跳繩，聽得出他們不受鄰居歡迎，渾身髒臭，隨地便溺，這些耳語，會跟著他們長大、長高。

這些枯燥午後，屋子成了大人國，我左顧右盼，伺機觀察，哪一個角落堪可攻破——我是說，可以將窄仄的廚房，挖成一座大旅館。

紗窗右下角，有條尼龍斷裂，似一小截孤單泡麵。

發現它之後，我每每壓抑將之挖大的想法。我清楚，隨著燠熱室溫慢慢推移，這想法，很快會演化成一種炸裂此處的欲望。

幾小時過去。我忍不住伸手去摸，尼龍網彷彿受太陽過度烘晒，乾，又硬。以手指戳弄，不刻意，卻也越戳越大。

童話裡的愛麗絲，可以從這裡逃出去。

但佑新佑明不行。

當然也可以有誰，從這個洞，塞點什麼進來。

沒有人會懷疑這是我弄的。

我台北來的。

這樣一個簡陋、髒亂、充塞酒味的家，出現什麼破洞都不奇怪，壁面龜裂更是遲早。

一如佑新長大後上雜貨店被誣賴偷東西，也不會有人幫他說話。

越摸越大。

洞在長大。

我看著分針走來，又離開。走來，又離開。

直到佑新走進廚房，我才將手從洞孔移開。

他朝我的位置掃視一遍，匆匆一刻，我判斷不出自己的存在，對他的而言，有多透明。

他打開冰箱。拿出一罐可樂，兩隻小手使勁抱捧，嘗試打開。

「啊……」

他看了我一眼，考慮了些什麼。

幾天前，他曾將可樂往我一遞，說：「幫我開。」

我頭一側，盯住窗戶第三根鐵條。不再給他說這句話的機會。

果然，佑新這次不說了，他跑過來，用力踹了我腳踝。

嘶。

我忍住痛，看著洞。

佑新的瞪視，彷彿化做一枚痛，棲息於腳踝。

他小小的腦袋，惱出火來。匡一聲，碳酸水狂吻廚房天花板，他狂叫一聲類似啊或呀的字，跑掉了。

半小時後，江爸爸走來開冰箱，睨了我一眼：「不休息一下？」

我搖搖頭。穿透樹叢的縫隙看這隻獸。好似我當下無言以對的處境，也是他的錯。

余導沒禁止我和江爸說話，但一整天下來，要我擠出隻字片語回應這無所事事的酒鬼，也難。

拉環清脆咚了一下，這位父親，無視地面戰敗的可樂罐。

隱隱然，那些氣泡，慢慢流失氣息，不再呼吸。

四、阿月嫂

這天晚上，跟佳蒨臉訊，聊著聊著，被「教授怎麼可以這樣?!」這句話弄得心浮氣躁起來。

臉書上幾行字，表達不了憤怒。

這就是女生的慣用語，他怎麼可以這樣?!嬌嗔一下，別人就會來替你解決問題似的。住台北，那就更方便了。身分高出一截，遠在東石的男友都義務當她受氣筒似的。

她沒天沒日地準備碩士論文，生活全部專注力，凝縮在一塊十七吋的筆電螢幕上，而我又專司這塊螢幕裡的某一功能，就像你尿急開門衝入一間隨便什麼店，會準準地朝某個方向走過，再開一扇門，第二扇門比較小，但當你走向它時，它就是那麼不知死活地由小變大。再大，再變大。

咚咚……咚咚……

電腦呼叫我。

我負氣地一把用力闔上。

呼叫。甚至不是呼喚。

窮鄉僻壤，揹著一台碩重的蘋果筆電上大街，一副自以為高級、擔心被偷被搶的樣子。

這就是東石最大的一條街。夜了，看起來不像它名喚的樣子。

拍紀錄片大概是全天下最奇怪的工作。你工作的地方，往往是別人不想公開的處所，你的任務叫機動，你的工作成品叫不知道能否順利完成。在東石這裡拍紀錄片，更怪，繞來繞去，隨時可以回到自己工作的地方。

街角商行還亮著，我慢步走去彷彿穿越時空。

阿月嫂一眼撞到我，就說：「喔，是你啊？」

我不確定自己何時跟她打過照面，只能尷尬禮貌地笑笑。

她滿頭銀髮像夜裡某種發光體。

「聽說你們來這邊拍片。」

我點點頭：「我要一包七星濃菸。」

「什麼時候要演？」她問得不友善，像我拍了她家馬桶卡垢似的。

「多少錢？」我放了六十塊在櫃檯，含稅應該不出這價錢。

「小江以前來我這邊看過店。」她一指將十塊錢滑回來給我。

「江爸爸。」

「十幾年前了，他那時候等當兵，我先生剛好住院。」

我腦海倏忽閃過兩人視覺年齡砍半後的臉。

那時候，我又是幾歲……

姑姑嫁來過東石，要是我開口問阿月嫂，恐怕她都聽過姑姑的名字。

下意識告訴自己，再怎樣，都要好好守住自己幼時來過這裡的祕密。我與東石的牽扯，就只容得下一小段，不能再多了。

「小江以前很乖的。看店看那麼久，每塊錢都結得清清楚楚。」

我回應不了什麼。

簡單點頭，借了火。走出店外。

「我說真的，一塊錢都沒少。」後面聲音跟著我移動。

我頭沒回。

「你們不要拍他喝酒好不好？」

我停步。

其實也不算停步，只是遲疑地頓一下，像踢到石頭。

復而離去。

走沒多久，菸已抽盡。

摸摸口袋，想起自己沒帶火。胸口一股怒意倏然升上來，彷佛用力往地面一捶，整個東石的房子都會彈起來。

加快腳步，整個胃扭絞起來。不甘殘帶這股怨氣回旅社，我快步來到江家門口，燈還亮著，依稀傳來一些未醒透的酒聲。

酒聲。

這類聲音，多半是些鍋碗瓢盆所組成。我趨近，想探個究竟，又忽地被導演的耳提面命縛住腳踝。

千萬不能跟兩兄弟講話……

打死也不要跟他們講話，否則就甭拍了……

我又多靠近了屋子一步。

這裡移動的每一步，都出自余導手上那條傀儡線。還記得第一次遇到余導，是一個劇本會議，大家爭辯著該不該給戲中小孩目睹生母慘死，「小時候我看過一部卡通，小女孩的媽媽就是為了保護她，喪生一場意外。小孩子就算沒聽過大人談死亡，還是能察覺死亡的存在。」我講完，四周鴉雀無聲。

兩週後，「那齣叫《淑女小琳》，如果我記得沒錯。」余導跟我說，那一刻，他那厚唇深深嵌入我的眼球。

當導演就是這樣，有所為，有所打死不認。

沒來得及落跑，就整個被他收編，連感情進度都有義務向他報備似的。好在，他家有的是錢，申請不到補助，照樣企劃書高高一座塔，攔腰抽出一本，紙本應聲垮落……

我低頭，驚覺雙腿被佑新、佑明牢牢抱住，像以往。

不同的是，這回，我們在屋外。

黑暗中，不作聲，我照例被點了穴般，等待身上過多的體溫慢慢散去。

不一會兒，江爸已帶著酒氣奔出屋外。

「操！給我跑什麼跑！」

兄弟倆嚇得發抖，佑明已大聲哭泣起來。

「救我，叔叔，救我……」

那短短幾秒，對我而言，錯愕一如眼睜睜看著流浪狗被蹂躪至死。我想，多年後，回想起這一刻，我仍得花很長很長的時間，才能消除它印在我身上的記號。

一個見死不救的叔叔。

風一陣，江爸準準抓走我兩腿上的小手腕，往大街跨步而去，又吼又打，小孩哭喊聲沒入夜裡。那交相碰撞，圓潤而愈發淒厲的兩種聲音，愈遠，愈分不出是兄是弟……

一陣剎車聲。

我一震，往聲音傳來的方向拔腿奔去。

愈近，愈擔心看到什麼……

只見街上空蕩一片，只剩左方遠去的車尾燈，消失在路的盡頭。

五、台北

那一週，余導找不到我。

當他發現旅社行李收得一乾二淨，大概也整個嚇呆，髒話飆到香腸嘴簡直爆裂。

這是我人身在台北，對整件事的揣測。我也知道，依他打死不服的個性，當然找得到攝影師補位，也不管他採不採取相同的方式達成拍攝目的，我已自顧不暇，跟佳蒨吵到不可開交。

眼睜睜看著市值五百塊的限量馬克杯屍體隨著週四垃圾車遠走高飛。

眼皮拉高，我大刀處理感情事務。

七月，佳蒨完成她的碩士論文，也交了新男友。

心底空空的，我嚥下醫生給的感冒藥。

台北的窗戶就是這樣，一逼近午後，飽脹得像瞪人。室溫升高，我一次又一次關掉冷氣，卻一再忘記是怎麼改變主意將它再打開的。

這是不是就叫做人家說的，病了。

回來台北幹嘛？老實說，不知道。

小喬來電，以為我還在弄余導的案子。

「對啊，南部很熱。」我看著黑壓壓的電視看我。

「什麼時候回台北？」

「看什麼時候拍好囉。」

「有缺人嗎？」

「……」

「我是說，我也想去南部晃晃。」

「你不是本就南部上來的？」

話一出，後悔也來不及了。

都是這樣，只要我屁股貼著天龍國，講話不覺流露出一股莫名憤世嫉俗的優越感。

總之，小喬照例又是自卑且不知所措地替己打圓場，說自己認識了哪個K開頭的導演，最近考慮要去接廣告案子，話裡面順便帶了幾個含糊不清的英文專業術語。

想想，剛才我對小喬講到「南部上來」四字，似乎說漏嘴替自己定位了腳下的GPS。

我仰高頭，看到天花板角落，壁紙剝落一角，帶著一種挑釁，我懷疑那是室溫的元凶——陽光當然不是從那兒透進來，但，有把火，在那隔牆後面悶著、燒著。

一如江家後面紗窗那顆圓洞。

「紀錄片是不是編制都這麼簡單啊？」

「不一定，看拍什麼。」我說，「什麼片都是要看怎麼拍的。」

「欸，說真的，智書哥，我有在follow余導的案子耶。」

我位子已移到房間角落，邊講電話邊移動方位。我感覺到，房間夠大。

「一個爸爸，兩個兒子，真的是一個很不錯的題材。」

他從哪裡聽來的？

小喬一逕說著：「如果是我的話，一定會把他們住的街道，好好拍過一遍。而且不是普通的拍，是用廣角鏡頭喔……」

聽小喬滔滔不絕著，彷彿另一個余導，要從那個聲音裡呼之欲出。

看不到。

他的一言一語，顯得有模有樣。

浮誇一如他對廣角鏡頭的崇拜。

六、夢裡

佑新有時來到我夢裡，有時又換成佑明。

那個我不告而別的夜晚，不斷回到我台北的房間，是天花板，也似布簾，半夜我踉蹌衝向廚房衝破布簾宛若通過鬼魅的瀏海，手抓緊水龍頭，深怕跌入懸崖。

他們發生了什麼事？

小小的光，慢慢減弱。

熄滅。

我翻來覆去，房間炎熱，一如江爸駐守阿月嫂雜貨店的賦閒午後。

磚瓦發著燙，如果江爸知道太陽有地球的一百零九倍大，他還會乖乖待在原地，任由高溫腐蝕他的歲月嗎？

當江爸坐鎮雜貨店前的木板凳，他一定也感覺到，後面有雙眼睛輕拂著他的背影。顫著眼睫，將他人生梳過一遍又一遍。

江爸可曾直視阿月嫂的眼睛？

存款快要見底。趁還有本錢喝咖啡，我去了星巴克。

拿鐵、美式、卡布奇諾……考慮半天，買了瓶柳橙汁。

靠牆第二個位子，長椅一張，手指戳戳，軟軟的，是皮革。

我桌上放一本書，假裝看，餘光瞄到身旁牆角窩著一個胖妞，頭髮亂。

不遠處，一對顯然是夫妻的男女滔滔不絕聊著天，說這間星巴克之所以位子這麼小，因為以前是彩券行，後來改裝潢，變成咖啡店。

「難怪咖啡這麼好喝。」男的補上一句。

我對這些話無感，以餘光觀察著胖妞的反應。

顯然，那些話並未通過她耳朵。

但她不可能只是這樣一個女孩。

要等。

我抓起柳橙汁，想開，卻停了手。

維持這姿勢，良久。

低頭，看著手指。一條條被瓶蓋咬出來的紅色紋路。

「幫我開。」佑新的話，又來到我耳邊。

我仰高頭，防止液體流出來。

翻開書，我硬吞下書內一字一句，等著點什麼，進入這間連鎖咖啡店……

很快，一通電話，激出胖妞慌急的樣子，我豎起耳朵，聽到一間約莫十坪的小公司，一張有點亂的ＯＡ辦公桌，或許上面還放了一盆吵著要水喝的仙人掌。

「欸，我忙得像狗一樣不是要給你來跟我說出貨日期要延後的耶！這事你不負責誰負責？」她氣急敗壞飆著電話，後快速唸出一個號碼，請對方轉述給她口中那個王八蛋。

我匆匆誦記。

提高頭，環視周遭格局，如果把我和她的位子畫線框起一個半坪大小的面積。幾乎等於同床。

但我們醒著。

我和佑新、佑明，也都醒著。

唯獨江爸，時睡時醒。

大小相仿的空間，牢牢釘在原處。

不同的是，這回有椅子。

中間，她去了趟廁所。

不，正確來講，她離座幾步，隨即折返拿走錢包，邊邊位置，卻謹慎成這樣。

除了我，沒人會偷。

「我會偷嗎？」

她回座後，電話響起，鈴聲是首英文歌：「Cause you had a bad day, You're taking one down……」

「喂！」她凶狠地應話。

停了一下。

「喂?!……說話啊！喂？」

她氣急，怒掛電話。

「媽的，打來又不說話……」

我自顧自看著書上一字一句，只循聲想像她的動作。一如自己默立江家廚房，想像客廳江爸醉話裡的語意。

「Cause you had a bad day, You're taking one down……」

「喂？……喂？」杯子往牆一飛，「幹！」

我整頓坐姿，故作鎮定，將手裡的手機藏好。

說真的，如果她留得夠久，說我和她共處一室一整天，也沒什麼不對。

一支安靜的拖把闖入我眼簾。

她收拾包包，連聲道著不屬於她世界的歉。

仙人掌快枯死了……

兩小時的共處，一句話都沒有，甚至看不到臉。

就這樣，她無臉地離開我。

七、貓頭鷹

佑新、佑明會如何面對新來的攝影師？

我翻來覆去，天龍國的夜晚，跟東石一模一樣。

佳倩不胖，但我腦內將胖妞的臉，換成佳倩的。

那佑新、佑明的臉呢？小孩子未熟成的臉，胖嘟嘟的，總相像得可以，比大人，更不利於記憶。

三面牆連成一幅臉，看著我。

毫無意外，我想起那個兩兄弟被父親狠狠抓走的夜，燈火寥落，電線桿的影子，隨著黑夜，愈拉愈長。那也是我擺脫不了的一個夜晚。

姑姑家裡，那個滴答作響的黑色掛鐘，黑暗中，看起來就像隻貓頭鷹。會飛，只是沒有飛。光這念頭，就夠我睡不著了。現在我終於知道，多年來，它一直蟄居於我大腦的皺褶裡，從未遷離。那是一扇空心木門，我緊緊裹睡棉被裡，房間外一切爭吵、每句飛來飛去的髒話，一概視為夢境。

當年我九歲，也不算小孩子了，幾次進出廁所，將堆在浴缸旁的衣褲拿起來聞，思索著她和凶凶的姑丈，為什麼生不出小孩。

是不是一直吵、一直吵，小孩就生不出來了……

我抓起電話，猛撥。

「喂？……喂？」佳蒨的睏聲，語帶一絲終於搞定碩士論文的好整以暇。

我重重將手機掛斷。

其實也不算重重的。

以前用Nokia手機，按鍵浮凸，還有這個可能。

現在Nokia，吭都不吭一聲了。

我走去拿起一把凳子，站上，伸手搆弄著衣櫃上的行李袋，自上次回來，我就用力將它塞向角落，貼擠著牆。不願再看到它。
電話響了起來。我不睬它，任它唱歌，彼端的佳蒨雙眼飆出怒焰來。
我胡亂刮掃桌上的物品，手機、書本、藥膏，全進了行李袋。
走向浴室，我隨手抓起手機，撥完再將它往床一丟。
牙膏、洗髮精、漱口水……
看不到。佳蒨的聲音微似螞蟻，劈里啪啦罵著，我想像她罵我王八蛋、殺千刀，再電話騷擾要叫她男友過來扁我。
呵。我心底笑著，沒給她聽見。
只消十分鐘，我便跨出了家門。
倚靠車窗，玻璃敲擊我額頭，夢境幾張臉進進出出，睡了又醒。
看著窗外國道，到哪裡了？綠色路牌，一面面迎來。
摸摸鼓脹的口袋，我抓到手機，再按了它一次。
我想到和佳蒨幾次做愛，有時在滿布皺褶的床單，有時在地上那張沾黏塵汙的毛毯。都是她家。
窗外，遠處燈火緩慢爬行於這個夜晚，我瞄瞄錶，到東石，差不多要五點，會滲出一抹靛藍，再慢慢亮開。陽光照在我和佳蒨裸裎的身體上，我掙掙身子，說：「我要出門了。」

她咂咂嘴，手臂緊環著我上胸，沒有將我鬆開的打算。我斜睨她，她眼皮緊閉，若她是熟睡，不可能使出這麼紮實的力氣，就我對女性生理結構的了解，這絕無可能。

看不到我。

將我抱得緊緊。

我拿出手機，看著通話紀錄上她的名字，指腹貼了上去，再按了一次。

我想，她也累了。她是嬌嗔，但也會有疲憊的時候。

上她臉書，從昨天我電話騷擾至今，近況都沒更新。她在想什麼，怎麼跟人聊起我，怎麼看我？

對她，沒有牽掛。

一種看不見的存在。

她裝睡。

我閉上眼。

八、名字

下了客運，天空未亮。

沿著手機所示的方向走，黑摸摸的。

想起姑姑，想起幼時暫居此地的生活。當時，沒過問姑姑為什麼沒跟姑丈睡同一個房間，我只是以為，他們房間太多了。後來逢年過節，只看到姑姑一個人，孤單窩在角落，輾轉知道，她後來不住東石，嫁到苗栗去了。

他們什麼時候離婚的？

當下我以為，自己以後不會再來這個鄉。

誰知道，命運又將我推向了這裡。

走瘦了腿，一輛計程車叭一聲，在我身邊停下，不好意思不坐，吹一下風就到慶安路。我特別囑咐司機停遠，付掉一張鈔票，睡神已爬上眼睛。

我邁著步子，兩腿不覺尋索起一個月前，往返於此的感覺。對它們來說，恢復記憶，是忘掉疲憊的方法。

江家窗戶一片黑，從門口那台單車歪倒的姿勢研判。父子三人還在。

熟睡著。我相信他們是。

肩頸已被行李袋壓出一痕痛，我繞到後巷，摸黑找到江家後邊窗戶，握住鐵條，黑暗中，眼睛掛著兩塊巨石，雙腳，隨時可能陷入黑洞。

像個盲人，我摸著摸著，紗窗的網，快速刷掠過指腹。這是紗窗的指紋，此刻，真實無比。

找到紗窗右下角的小破洞，我剝開，拳頭大小。

夜裡閃過拉鍊聲，像見不得人的勾當。

摸到牙膏，往洞裡塞。

梳子、滑鼠、橡皮擦，全部塞進去。

我的手，像貪得無厭的蛇，一次又一次，朝那個洞鑽去。

或許，姑姑也曾鑽過這裡……

姑丈一次又一次，將她摔到牆上，砰，很大聲，又好像沒怎樣，木板牆窸窸窣窣說不完的話。姑姑、姑丈離開後，木板牆還悄悄回憶著其餘的事。

其餘的事。

有人。有人在我眼皮上走動。走著，走著……我睜不開眼來。

佑新、佑明的臉，隱約朝我靠近。

他們還是那麼清稚，無邪。

他們的後面，是一棵不知名的大樹，他們坐在樹的臂膀，可高可低，更可以朝我前進。

如果他們願意。

他們認得我，看著我。世界是一片暖陽，酒味不再。他們隨時嬉戲返家，都像剛洗完澡。

當然，他們也將識字、學唱歌，慢慢長大。

樹愈長愈高，他們仰高頭，看到不知名的、別的城市，牙牙學語，急切地想喚出那個城市的名字……

九、窗戶

吸吸鼻水，睜開眼。

我提高頭，看到烈日強行灑入這條巷，屋瓦的鋸齒黑影，將這條窄道，一分為二。我兩手貼地，撐起身子，江家鐵窗垂降我臉邊。

側臉。

在我和江家大門的光源之間，是窗戶的鐵條。

以前，離大門那樣近，卻了無拔腿奪門的勇氣。

現在，是毫無機會了。

紗窗的洞，彷彿被不可思議的外力給炸開，裂得像一張高喊求救的大口。

尼龍線盛開，一如烈日。

我彎身，眼瞄準洞，透過洞，看到一張臉，是名男子，踞蹲著。暗暗的，卻不難看出他頰頸甩脫不去的細汗。我待過那裡，或許也還記得那度日如年的感覺。

他在適應對兩個小孩視而不見，他的炎夏，即將在一個冷漠的皮囊裡度過。

也或許，他不是蹲著。是霸占了前廊那張木矮凳。

江爸爸的腳，此刻靠在哪裡呢？

他看過來。對視的那一剎那，我才認出，他是小喬。

我無動於衷，只是怔怔回看他。有些事物，在我倆之間旋飛起來，彷彿一久，就有什麼答案出現。

可惜他耐不住。不到一分鐘，他就起身，走上前，將窗戶關上。

喀一聲。不大不小。

十、雜貨店

時近中午，我去了雜貨店。

阿月嫂看到我，有些詫異，不過久不見倒也不難猜。我不幹了。

她拉了一張椅子過來。

「最近天氣又熱了。」她抓起草扇。

在我餘光，像隻大蝴蝶飛著。

不是鳥、不是吊扇，是隻大蝴蝶。

「怎麼突然回來了。」

「就這樣搭上了車。」

我視線投落店外空地，那充其量不過是個晒滿陽光的方形光塊，日出、日落，二十年來恐怕都沒變多少。

「回來看看。」

「這給你。」

她遞過來，我低頭看，是瓶可樂。握住瓶蓋，我又停了。

「江爸之後都來這裡買酒嗎？」

「他……很少來。」阿月嫂沒料到我會突然這麼問，顯得有些失措。

「醬油？鹽巴？」

「他太太以前會來。」她看看自己的手，上面一條不知名的疤痕，「這女人跟人跑了以後，店裡生意就差了。」

在她呲牙說出「這女人」這三字時，我幾乎可從中聽出一條線索，她曾經懷抱渴望，和某個來過這裡一遭的小夥子有過什麼。小夥子就坐在我屁股下這張凳子，對著外面同一條路呆望著。

江爸當時在想什麼？

退伍後要幹什麼工作？要搬去哪裡才討得到老婆？東石又是不是一個值得久留的地方？

「片還會繼續拍？」

「會吧。」

那個下午，佑新、佑明來到雜貨店，買泡泡糖。阿月嫂對兩顆小腦袋大摸特摸。頭髮翹起，像鳥群飛過。

佑新看到我，匆匆一瞬，我知道他認出我來。我一句話鯁在喉嚨，在嚥了回去的同時，佑新也將眼睛轉開。

佑明看都沒看我一眼。

心跳疾馳，我知道，自己的存在，對兩小來說，是感覺得到的。一種確切存在，卻不得不排拒的物體。

阿月嫂推推佑新腦袋：「這是叔叔，叫叔叔。」

兩個小孩對看了一眼，快步跑開。

原載二〇一五年四月《文訊》第三五四期

第六屆桃城文學獎短篇小說第一名

病假

葉揚

台北人。曾以〈阿媽的事〉獲得二〇一〇年「時報文學獎」短篇小說首獎。喜歡故事，著迷於其中的真實人性，花時間寫小說，十分努力中。著有：《ＦＹＩ，我想念你：葉揚短篇小說集》（皇冠，二〇一二）、《你那樣愛過別人了》（時報，二〇一三）、《親愛的彼得先生》（時報，二〇一五）。

一天下午，無所事事的他打開電視，隨意做了一個粗淺的研究統計。掛在台灣正式頻道列表裡的，共有一百一十六台。35台在談年輕、回春、減重、保養。在平常日的下午三點至四點的時刻。16台在談賭博技術、商業策略、房產權謀。28台在講述地盤爭奪的過程，政治之間，婆媳之間，信仰之間，還有動物跟動物的，好的卡通人物跟壞的卡通人物的強取豪奪。

「我告訴你，美人最怕遲暮，英雄最怕落幕……」他停在政論節目中，聽著一個名嘴，比手畫腳地用尖銳的聲音說話，就再也數不下去了。無聊的電視節目，囉哩叭嗦的道理在他耳裡嗡嗡作響。這些人懂什麼？他舉起遙控器關掉螢幕。

平常這個時候，身為一個負責銷售人壽保險的業務副總，他才沒有時間看電視。白天他要開車上班、準時打卡，每個星期做簡報。在客戶面前，他總能把話說得汗流浹背，關於人類遭遇不幸、發生災害的種種可能，一張正確保單，能救你全家這類的話語，他靠這些以達到業績每季度20%的成長。

接著晚上很快就到了，他回到家，轉身變成妻子是家庭主婦、三個孩子都嗷嗷待哺的爸爸。每天每天，他捧著賺取的薪資獎金，分門別類地依序繳付房貸、車險、水電、補習費……這樣的日子快如閃電，他如此度過三十一年。

不過，今天不需要做這些，他的行程表上一件事都沒有。

人事經理告訴他，他被公司遣散了。

「遣散？」第一次聽到這個消息時，他還不太確定這件事的真假。不過是上個月，幾個分析人員來到辦公室，提出了企業瘦身的口號，他就從虎虎生風的副總，變成一坨噁心的肥油了嗎？

「我們很遺憾。」人事經理坐在他對面，對著他搖搖頭說。

「那個王協理笨得一塌糊塗，每天只會摳腳趾跟巴結老闆，那種人你不裁掉卻裁我?!你知不知道我達成過多少次業績目標？我告訴你，他媽的你全家都是我在幫你養……」

他想到過去他的一切貢獻，早出晚歸，最後被歸類成一種有害的脂肪球，就氣得發抖。

「你瞎了眼，」最後他站起來拍了桌子，指著人事經理狠狠地說：「我也為你感到遺憾。」

失業的第一天，他還沒有告訴妻子這件事。

驕傲跟憤怒混成一大團焦慮。他覺得在尚未妥善地想清楚措詞前，還是先不要開口比較好。

因此，他在背上放了冬天用的暖暖包，逼得全頭是汗，假裝生病請假。

「老闆叫我回家休息一個禮拜，免得傳染給其他同事。」

頂著脹紅的臉，他對家人說。

「那我們也離你的病毒遠一點喔，」妻子瞇起眼睛來，把三個女兒拉到身後，她說話的口氣彷彿他是多餘的存在：「你一個人在房間裡躺著多休息啦。」

他看著她的背影離去，一滴性慾都流不出來。

他想妻子對他，應該也有相同的感受。

他失業了。這對於在台北市中心買了房子，尚餘十二年貸款的男人來說，是最難笑的一則笑話。

他打開報紙找工作。又想起什麼地把分類廣告頁闔上。這年頭大家都用網路，誰還登報紙呢？

可是問題就在於，他不是善於使用電腦的人腦。

有次在捷運站，他看見兩個孩子，低著頭玩手機，他們靈巧的手指像在跳舞似地滑來滑去，「嘿，把你的網路分享一下。我的網路跑不動。」黑頭髮的男孩要求。「捷運有免費的Wi-Fi熱點啊。」站在旁邊身材高瘦的金頭髮，漫不經心地回答：「你自己試一下，我正在上傳影片到YouTube。」

他站在一邊等待捷運進站，手足無措。那一段對話裡的單字組成，網路，Wi-Fi，熱點，上傳，YouTube，對他來說，跟宇宙形成的祕密一樣，是一塊黑灰色的布，掀開後裡頭什麼都沒有。他挺著身體，只能傻傻地盯著頭上的跑馬燈，列車將在一分鐘後進站。那一分鐘，年輕的孩子似乎可以完成很多事，至少，有很多可能性供他們無限取用。可是他，身為一個五十多歲的中年男子，他只能等。等列車來將他載走，他的選擇只有剩下兩種：站著或坐著等。說起來他被淘汰，不單單只是一家公司的決定，是世界進步的浪潮把他吞進肚了。他忍不住這樣想。

方方的房間裡面，他一個人盯著牆。世界用漠不關心的方式拋棄了他。

存款簿顯示他還剩一百七十八萬元。

他忍不住想念起欣合這個女孩。跟她一起時，一切都容易多了。

不知道她現在好嗎？

他們的第一次相遇是個笑話。

「喂，你看過我的老二嗎？」他表情輕鬆地問著。

他在茶水間遇見新同事黃欣合時，他妻子剛產下第二胎。為了找點話題聊，於是這樣開了口。

「啊？」剛報到的年輕女孩，表情驚恐地看著他，他沒有發現。

「我的老二長好大了，相當可愛喔。對了我家就在附近，」他對著窗外，用手指著家的方向：「哪天午休時間方便的話，你可以來看我老二。」

黃欣合脹紅了臉，轉身就走了。

他過了好一陣子，才意會過來自己說出的話非常噁心。

他們一整個禮拜不再說過話。

四周非常安靜，他拿起計算機，下學期的三個孩子的學費總共九萬，每月房貸五萬，家中固定開銷六萬元，若是估計三個月後才找到新工作，他還剩下一百三十六萬。

後來，因為很多原因，在他四十五歲到四十八歲的三年裡，他和欣合真的上了床，發生了頻繁的性關係。

在脫光衣服時，欣合會戲謔地握著他的下體說：「你的老二長好大了嗎？相當可愛呦。」說這些話時，欣合臉上帶著嫵媚的笑容，他看著她上半身因撫摸而逐漸堅硬的乳頭，才不顧這些玩笑話，便連忙拉下褲襠，要她轉過身去。

他要對著鏡子做。他喜歡看到她臉上的表情。

「喂，老頭子，晚餐吃昨天剩下的肉羹湯好嗎？」妻子敲了房門，聲音從遠遠的地方傳過來。「我幫你熱一下。」

「哦，沒有其他的東西可以吃了嗎？」他問。心裡蠻確定自己除了肉羹以外，沒有其他選擇。坐在電腦前面，他笨拙地使用滑鼠，瀏覽著人力銀行的機會，那裡面充斥著足以讓他累到斷氣的工作。或許將來一輩子都得吃路邊攤也說不一定。

再過兩個月，他就滿五十五歲了。

男人衰弱至此，不宜強求太多。

他伸出兩根食指，滴滴答答緩慢地打著字，重新整理自己的履歷表。

中興大學財管系畢業。

一九八四年至一九八八年，企劃部專員。

一九八九年至一九九五年，行銷部課長。

一九九五年至二〇〇二年，業務部經理。

二〇〇二年至二〇〇八年，業務部協理。

二〇〇八年至昨天，業務部副總。

今天我玩完了。

趁自己徹底崩潰之前，他關上視窗。

在人生裡面他越跑越慢，早就追不上任何東西。

「唉呦，大熱天誰想吃肉羹啊，我跟朋友約好出去吃飯。」

他聽見二女兒在外面埋怨，她今年準備升高三，他們前不久還為升學的事發生爭執。

「欸，大小姐，」他記得自己明明是出自好意才這樣提議：「我跟你說，你想出國就去，將來盡量去考哈佛大學沒關係，錢的事情爸爸會想辦法。」

沒想到青春期的女兒居然不領情地翻了個白眼，她撥撥頭髮回答：

「爸，要不然**你自己**去考哈佛大學，錢的事情我來想辦法。」

哈哈哈哈哈，妻子大笑出聲，哎喲太好笑了，她說。

在哄亂的笑聲裡，他只好也跟著笑。

可是他的心裡不是很舒服。

為了這個家庭，他犧牲了很多。

兩個月前，他因為右手舉不起來而就醫。

醫生要他站直貼在牆壁上，測量他患處的嚴重性。

「之前有撞擊受傷嗎？」

他搖搖頭。

「就是某天起床以後，手就怎麼都抬不過肩膀了。」他一面說，一面懷疑是否有「手癌」這種疾病。

檢查了一會兒，醫生嘟嘟囔囔地請護士跟他約下次物理治療的時間。

他便坐在外面的藍色塑膠椅等。

「你得了什麼病？」一位坐在旁邊的阿伯問。

「醫生說是五十肩。」

「啊呀哪有可能？」阿伯露出驚訝狀：「像你現在三十出頭的少年人也有五十肩？」

他得意極了。到處去跟別人說這個故事。

那時候的他，覺得自己英姿煥發。

但現在，所有情況都不同了。女兒去念哈佛大學變成一個笑話，物理治療也得花不少錢吧？

昨天，他搬著辦公室打包的用品回家。

因為尊嚴的關係，他選擇人間蒸發，沒有跟任何同事告別。

走在路上，他看見了一台雞蛋糕的鋪子。

一個四五歲左右的小朋友排在前頭，由年輕的媽媽抱著，他無法決定自己要的數量。

「我七山郭。(我吃三個)」他說。

「三個十元。」攤販回答。

「那我還要再七五郭。(那我還要再吃五個)」

「要不要七個二十?」攤販又夾了四個進去袋子裡。

「還有果果也要七呀。(還有哥哥也要吃呀)」孩子補充。

他靜靜排在後面等，什麼也沒有說。倒是孩子的媽媽有點不好意思起來。

「就買七個。不要囉嗦。後面有人在排隊。」她轉過頭向他表示歉意。

真是相當有禮貌的女人呀。他一面露出沒關係的表情，一面這樣想著。

「口系人家還沒有棒法決定……(可是人家還沒有辦法決定……)」

聽到孩子還在猶豫不決，媽媽突然生起氣來。

「你都不要吃最好。」她將小孩抱起，走到一邊去。

接著她說：「妳沒看到後面的**阿公**也要買蛋糕嗎……」

唉。就是這一句話。把他的青春、自信和食慾，都一起嘆掉了。

他沒有買雞蛋糕，只是順手將公司的紙箱，丟到便利商店的垃圾桶去。

老去這件事讓他感到非常害怕。

「巴巴，巴巴……」他最小的女兒站在門外，用不太標準的口音叫著他。出生時因為臍帶繞頸的關係，醫生判定她有輕微注意力不集中的問題。

對了，老三還要參加課後的特別輔導課程，六個月得花四萬塊。

還剩一百三十二萬。

他回想起老三出生時，當醫生從自然產的計畫改成緊急剖腹，他看見滿肚子血肉洶湧溢出的畫面。

對於開腸剖肚，他一向不是勇敢的人，他一直忍耐著，直到嬰兒小小的身子被拉出體外。

儘管大家都說他是太緊張的緣故，但他發誓，在嘔吐以前，他親眼看見，小女兒黏答答的頭部，掛著兩張不同的臉。

「巴巴，巴巴。我又來了呀。」而且那血肉模糊的孩子，還開口叫了他。

六年半前，他跟欣合約好在私人開業的婦產科診所見面。

在酒精與椅子上莫名的塑膠味道混雜中，欣合坐在他旁邊不發一語。

他們夜路走多了。

「這裡空氣不流通嗎？」他看見一塊一塊團狀的不明雲霧，飄流在「妙手回春」的匾額上方。這家診所到底殺了多少胎兒？

沒有人回答他的問題。

「我不能把孩子生下來。」進入診間時，欣合對著醫師和他說話，那語氣斬釘截鐵。「非拿掉不可。沒有人會疼他的。」

醫師臉上沒有情緒，他機械式地指著超音波的圖像問：「既然決定墮胎，怎麼等到快五個月才來？你看，小朋友手腳都長好了。」

他看了她身邊男人一眼，沒有人說話，他便接著低頭寫字。

會不會，那一塊一塊的霧團，是剝落下來，那些殘破嬰兒的靈魂？

他想到這裡，身體便因此顫抖起來。

手術時，欣合讓他在外面等。

過了一陣子，護士朝著他的方向走過來。

「裡面的黃小姐手術完成了，她要我跟你說，請你先離開。」

「我說好要等她的。」他堅持著。

「這是她寫給你的紙條。」護士將一張小紙遞上，他打開來看。

你回家照顧太太。 我沒事。

就這麼幾個字，正正經經地躺在黃色的方型框中。他們之間結束了。

咚咚咚咚，房門又響了起來。

妻子戴著口罩，露出兩顆眼睛，端了碗湯進來。

「身體還覺得燙嗎？」她伸出手摸摸他的臉。

「不會，躺一下之後覺得好多了。」他故做沒事地回答。

如果可以的話，他想要告訴妻子所有的事情：他失去工作，跟外面的女人睡覺，殺了一個無辜的孩子，當小女兒出生時，他還看見另一個嬰靈附身。

說不定是那嬰靈，試圖用臍帶勒死他第三個孩子？

「上次說過小蜜要換新鋼琴，你還記得嗎？這是老師給的型錄，我圈了幾個你看一下。」

「喔。」終究他什麼都沒提，把心裡的祕密折疊好放到口袋裡，用掌心緊緊壓住。

妻子點點頭又走出去了。

小蜜是他的大女兒，就讀音樂系。

等一下，一台鋼琴要十六萬。

我們真的有這麼需要音樂嗎？

扣掉這個，他只剩下一百一十六萬了。

他感覺自己的一生被高明的圈套困住了，沒有人在婚前提醒他，當一家之主的困難。大家只是在婚禮上喝酒作樂，關於婚姻跟後面的種種問題，沒有一個人說過什麼。

父親過世的那天，他正忙著在外頭跟客戶談生意。

等到妻子通知時，一切都已經過去了。

工作人員用兩隻手將冰櫃拉出來，父親躺在裡面，高聳的額頭，碩大的鼻。

他說不出話，只點點頭確認，就離開現場。

說實話他們父子兩人，這輩子沒有說過幾句話，這樣的習慣直到最後一刻。

從殯儀館離開的時候，妻子問，爸爸後來跟你說了些什麼？

他無來由地發了脾氣：「人都死了，還能說什麼？」

「爸爸過世前，要我打電話給你，然後叫大家都出去。難道你沒接到那通電話嗎？」

他沉默。

打開手機，一通未接來電。

心一沉。

還有一則語音留言。

他藉故說要走走，請妻子帶著小孩先搭車回去。然後，他坐在路邊，聽取留言。

「兒子。」他聽見爸爸的聲音，從電話另一頭傳來。空氣飄著雨的氣息。

「現在換你照顧所有人。嗯？聽清楚了？」

電話一下子就掛掉了。

雨落下來。

高明的圈套把他團團圍住，他再也見不到父親，而他在那一刻知覺到，自己是家裡剩下的男人。

時鐘發出規律的響聲，他坐直身體，把暖暖包用垃圾袋包好塞到抽屜的底層裡，從書櫃中取出一本詩集來配著晚餐吃。

This is the place that was promised
when I went to sleep,
taken from me when I woke.

This is the place unknown to anyone,
where names of ships and stars
drift out of reach.

The mountains are not mountains
anymore;
the sun is not the sun.

這是我睡著的時候，
人家承諾給我的地方。
可是當我醒來時卻又被剝奪。

這是誰也不知道的地方，
在這裡，船和星星的名字，
已經飄到伸手摸不著的遠方。

山不再是山，
太陽不再是太陽。
到底原來是什麼樣的東西，

One tends to forget how it was;

I see myself, I see
the shore of darkness on my brow.
Once I was whole, once I was young...

As if it mattered now
and you could hear me
and the weather of this place would
ever cease.

也漸漸想不起來。

我注視著自己，看著我的額頭上，
一點昏暗中的光輝。
過去我不缺什麼，過去我還年輕……

現在我覺得這些似乎很重要，
我的聲音彷彿能傳到你耳中。
而這裡的風雨，
似乎永遠不會停止。

詩的篇名是〈一個老人在自己的死亡中醒來〉。

他想，要是改成〈一個中年男人在自己的失業中醒來〉，就再也恰當不過了。

小學的時候，他曾在作文裡面，義正嚴辭地寫下，長大以後想做一個探險者，到叢林裡面學習植物的知識；接著再到天文台裡當科學家，發明控制天氣的方法。

小學的時候，他想得很美。等他越長越大，才發現社會跟他想得不一樣。他開始恥笑當年的夢想，習慣在計算機率與金錢中過日子，不再相信冒險與好運。

因為工作的要求，他要學的東西變成賺錢，存錢，搞好人際網路，隨著業績目標上上下下。在保險產業中。他發展出一種專門的技術，負責捏造故事、散發消息給大眾：

是的，人會在一瞬間被車撞死。

是的，一夕之間火災可能發生。

是的，一下子癌細胞會擴散到淋巴腺。

人類，就跟希臘悲劇裡的主人翁一樣慘。凡事都有可能。

他變成一個危言聳聽幸災樂禍的中年保險業務。這是他的詩。

一個人獨自吃完東西以後，肚子暖和起來，他覺得睏，於是呼嚕呼嚕地躺下睡去。

「小皮。」模模糊糊地，他聽見母親喊他的小名，用歌唱的方式：「小皮小皮，起床吃東西……」

他睜開眼，看見母親的臉，和她眼尾的一顆痣。

「媽。」

母親坐在他身邊，用手捏著他的肚皮。

「小皮沒吃飽，這樣長不大啊……」

「媽。」他又喊了一次。

坦白說，他很明白這是夢。母親的骨灰，是他用一雙大木筷夾進罈子去的。可是此刻他怎麼樣都不願醒，母親是他確切愛過的人，他們確切相愛，對其他的女人他都不能保證這點。

他吸一口氣，聞進她髮間的花露水味道。

跟母親一樣，這些年他也長出了灰白的頭髮。

「在天上，妳能知道我做了些什麼嗎？」他問著母親，試圖避開死亡的字眼。「我這一生只會犯錯，其他什麼事都沒有做。」

「做了什麼不重要，做的理由才重要。」母親隨著說話的節奏，拍著他的頭，就跟小時候一樣。「小皮一定是太餓了。」

「我不餓啊，我剛剛吃了肉羹。」他回答。現實跟夢境的界線就像粉筆痕，越抹越淡了。他的腦子一下子昏眩，一下子清醒。

「是你的**心裡**餓了，才會，」母親指指他的胸口，停頓下來，想了一想才繼續說，「才會發生那些不願意的事。」

「我怕，如果我把做過的事全都說出來，家裡的每個人都會恨我，我就永遠失去他們了。」

「你不會失去我，小皮喲。是媽媽的寶貝呀……」母親再度唱起歌來。

在夢裡面時間沒有長短，他們沉默了一陣。他摸著母親的手，母親手上還掛著六十大壽時，他送的玉鐲。（那鐲子價值十多萬呢，放到哪兒去了呢？）

「小皮，沒有必要一直逞強當個男人哪。」安靜過後，母親直視著他的眼睛，她嘆著氣說話：「你聽我勸，別老學你爸爸那樣。」

終於，他再也忍不住，像個委屈的孩子般窩進母親的懷抱。

「媽，離開以後，你還是會想我嗎？」

他的眼淚流了下來。

空氣像一面湖，剩下水面波紋的淡淡震動。母親移動身體，換了個姿勢，用雙手把他的頭緊緊抱住。像小時候那樣。

他聽見她緩緩地說：「當然想你，每天都掛念你。就是捨不得你受苦，我才來。」

醒來的時候，天已經黑了。

妻子走進房間來，準備將枕頭被子取走。

「今晚我跟女兒睡喲。」妻子這樣說。

「不。」他縮在被窩裡，全身軟弱無力，他努力抬起頭，像隻可憐的小狗：「拜託妳，不要離開我。」

就這樣，他們夫妻的眼神交會了一刻。超過三十年的婚姻關係，每分每秒，兩人的距離忽遠忽近。

「唉喲你這個人，平常不生病，生起病來還真嚴重……」

妻子往床沿坐下，把他的頭髮撥整齊。

他苦笑地握住妻子的手。

此刻，他聽見自己用卑微的口氣懇求。

「無論如何，今天晚上，請妳躺在我的身邊吧……」

原載二〇一五年六月二十二至二十三日《中國時報》人間副刊

搖樹*

黃瀚嶢

一九八八年生，成長於台北南區，回過神來已被劃歸為一零年後俗稱的天龍國之邊陲，雖不曾離開城南，但自覺活在年年迴異而看不見的城市，因此大概非典型的天龍人。台大森林所畢業，愛好觀察詮釋，認定城市和野地沒有邊界，理性與感性亦然。從事插畫工作，同時擔任社區大學講師，網路書寫平台編輯，不時進行圖文創作與自然解說。與友人合著有兒童繪本《圍籬上的小黑點》。曾獲時報文學獎。

最開始跟著學長走進林道旁陰鬱的樣區時，我仍懷著純粹的敬意。那仍是寒冷的二月，海拔兩千公尺，這個針闊葉樹混合的森林，在闊葉樹的那部分，天光毫無罣礙地穿過落盡葉子的空蕩冠層透射到林底，樹底望上去，顯得純淨透明。通過一小片天然林後，便進入人工林場，濃墨似的造林樹種遮天蔽日，一時也分不清是柳杉還是台灣杉，一逕地蒼茫厚重，如洞窟般包裹住整個空間。無論是天然還是人造林，那些高大樹幹直立頂天的姿態，總令人有種走進神殿的敬畏。

根據文獻，樹冠層無脊椎動物的抖落研究，在台灣就僅有篇小規模，不大具有統計效力的報告而已。如學長的計劃，是要在半年中針對五種樹，每種六棵，每棵三個枝條，每個月進行兩次的抖落試驗。如此就能看出在這穹頂之上，隨著時序的遞嬗，到底躲藏著多少種，又多少數量與重量的昆蟲，藉此與生態系的其他變化做參照，畫出一道道帶著故事性的折線圖。

抖落的方法是這樣的，取一根二十公尺的，釣竿改造的長柄鉤，選適當大小的一團枝葉，勾住主軸的枝條，猛烈搖動十幾秒鐘，在此正下方的林地上，張開一塊兩公尺見方的淺色帆布，將所有掉落的事物接住，我們隨即圍上去，將所有奔逃的、暫停不動的、就地偽裝的昆

＊ 經作者修訂部分辭句，與原載《中國時報》版本略有不同。

蟲、蜘蛛及其他無脊椎動物全數捕捉，裝進半透明的試管。

接著，再來一次。

原本以為逃過一劫的，往往會在第二次晃動下被搖落，裝進管子。掉落的蟲不外乎蜘蛛類、蛾類的毛蟲、各式各樣的小甲蟲，各式各樣吸食植物汁液的半翅類昆蟲，與各式各樣不是前述的小型節肢動物。

回到研究站後，挑出蛾類毛蟲，用該棵樹的樹葉飼養，其餘的全部放進冰箱凍死，然後一隻一隻秤重、分類、記錄。這便是我身為助理的工作。

特惠毛蟲的主要原因是，就國內的資料而言，蛾類的毛蟲絕大部分仍無法鑑定，須養成蛾後才能確認身分。必須讓牠們順利羽蛻，再使其生命結束在最極致的一刻——終於能確認身分的那一刻。

這些蟲，各自以不同的方式存在、依附於樹上。在我們強烈震盪後，一律被拋甩出來，墜落於我們鋪展的帆布上。我們就像在時空的皺折中，一一翻整，把所有遺落在異域的故事與資訊挖掘、搜集起來，加以分裝，編列。於是這些自外星離散的孤兒們，就各自有了在超然的時空之外的定位。

二月到三月，最主要搖落的是蜘蛛。若有毛蟲，也極為細小。另外還有一些生活在樹皮上微小的嚙蟲、椿象之類，稍不留神就會忽略。我想那些蜘蛛就得靠這些小蟲存活，不然冬天哪裡去找獵物呢。

當你想到蜘蛛的時候，先別去想網這回事。因為蜘蛛有一大半是不織網的，他們都從尾端分泌絲蛋白，但未必編織，而絲也不盡然都具黏性。蜘蛛需要獵殺，但獵殺這件事有太多種成功的方法，絲蛋白與水分子結合後產生無比的黏性與韌性只是其中一種條件而已。

蜘蛛的生存真正需要的反而是結構。

緩緩逼近撲殺的跳蛛，需要的是除站立平面外更立體的三維世界，好讓牠們絕佳的視力得以發揮。那些織網的類群，織平面網的需要框架，織立體網的需要支柱，織懸吊網的需要頂棚，製作絲質管狀陷阱的，則需要成堆的碎屑。

一棵樹所能提供的結構之多元是難以想像的。蜘蛛們需要這些舞台配置。一切的欲求能順利滿足，都得在結構中發生。儘管身在這立體的世界，他們倒是不遺餘力的將三維世界中的昆蟲撂倒、按壓在二維平面上，麻醉、溶解、吞噬。

無論如何，搖樹這事得在大約下午四點結束，接著就是濃霧來襲，我們必須趁早趕回三公里外的研究站，這個單位附屬在國家公園的管理站，基本上跟遊客中心是同一棟。回到站上後，我習慣到遊客中心前台的販賣部找葛夏，跟他要一杯拿鐵。

葛夏當販賣部店員已經第二年了，很難想像這個才二十四歲的年輕人會願意在這深山的遊客中心待上第二年。「葛夏」是泰雅名字，駐站的原住民解說員取的，意思是水，但他其實是漢人。

沒有客人的時候，葛夏會慢條斯理的把烘碗機中的馬克杯一個個取出排在架上，慢慢地洗水槽裡的杯子，又慢慢地把洗好的一個一個擺回烘碗機裡。就算面對一整遊覽車的客人，每人點不同的熱飲，他也不會改變那種悠閒的樣子，一個個畫單收銀，然後轉身後像忽然生出四隻手，以極俐落的排程調理各種飲料，解決整批單子，回頭一一出餐，安撫排隊等待的客人，一邊又接下了新的點單。偶爾那些國家公園的替代役男會來店裡幫忙，但多半時候就是葛夏一個顧著。

葛夏說，先前在台北東區當全家副店長的時候，客人遠比這個多。

他很少講自己的事情，但在各種對話中，仍能逐漸拼湊出一些他的過去。這傢伙的大學生涯沒停止過打工，除了便利商店，還待過錢櫃、星巴克、麥當勞，以及某幾間小吃店。最窮困的時候，全家關東煮湯泡科學麵，也能熬過一個禮拜。他大三到大四上賺得最多，在台北中山區一家夜店當公關。

畢業一年多，遠赴此深山顧店，帶幾個替代役按咖啡機泡熱奶茶，眼中有著不屬於二十四歲的寂寞。我不知道葛夏交過六個還是七個女友，總之現在是沒有的，他也似乎沒有特別在意。有一次跟他唱管理站二樓的KTV，那大概是這種單位唯一的娛樂場所。他那首單身情歌：「不要愛過了錯過了留下了單身的我，獨自唱情歌……」我正覺得被觸動了什麼，然後他就忽然岔氣笑場。

「對不起忽然想笑一下。」

聽葛夏說話是迷人的，一邊抽他的七星中淡，一邊講著像來自另一個世界的見聞。但同時也令我恐懼，有時候我不得不陷入他的價值觀中，那就像被蜘蛛抓在網上一樣，我的大學和碩士班讀到任何繽紛的一切，都像是要在這個蛛網在上找個座標，然後背脊發涼的意識到那些都如此虛幻。

跟學長討論研究的事情相對能找回自己的定位。學長考上高考後才念的博士班，今年難得調上這個深山的外站當副主任，他把握所有時間做研究調查，整日就跟資料文獻泡在一起。這樣的人生態度，多少能給我這個念完碩士班，卻前途一片茫然的約聘助理，一些人生的信心。

跟著學長搖樹，就感覺到這個森林上層的各種複雜結構仍能被一次次動搖，所有潛藏的價值仍能被裝管定位，毛蟲也終於能變成蛾，不會就這樣固定在蛛網上成為二維平面上的屍骸。

春天，冬日的毛蟲逐漸養大，每次抖落的毛蟲卻越來越多，學長養毛蟲的小盒子堆成了一座公寓，不時要添加食草，清理糞便，工作愈形繁瑣。入夏之後，每次甚至都增加幾千隻樣本，每一隻都得秤重建檔，編列表格並加以統計，通常做完所有工作後，又是下一次搖樹日了。

處理樣本到心力交瘁的時候，就不由地會想起她，以及分手前的那段留言：「我的理想情人，一定上進而專業。我將在有需要時陪他一起奔跑，必要時將自己忘記。如果自己一個人能過得更好，為什麼要伴隨一個需要拖著走的人？結婚是為了讓自己更快樂，而不是將幸福託付在別人手上。」

「你是這樣的人嗎？」

多小學生的作文，而我無法不看見這其中的荒謬性。前半段說自己願意為另一半的專業忘記自己，中段補上，你最好值得我犧牲而不要拖累我，最後再說，條件就是我能快樂，我的幸福可不是由你決定。

所以這幸福與否快樂與否是誰定的呢？她父母都是醫生，還指望自己的女婿是個醫生呢。當初真瘋地差點去報名學士後醫科。若不是早早分了，我現在只怕還在補習班蹲著，然後大概仍會分手。

但很奇怪，我現在仍持續親筆寫信給她，近千字的長信，她從不回。聽說她九月便要去英國念書了，她向來想要什麼就會達到，她走向世界的計劃是一直掛在嘴邊的，那一年至少也要六十萬吧，對她們家而言當然不算什麼。

而我就像是個被拋擲在鐵軌外的流亡者。生態領域念完，便偏離了軌道，聽著火車聲遠去，而往旁邊的曠野走，又會走去哪裡呢？

更荒謬的是，每當下山回到城市裡，我便會自動又衍生出各種說詞，彷彿價值座標在某種魔力下又各自歸位，於是我計畫出國深造，計畫投稿，計畫考托福。其實，我只是又慣性地回到同樣的咖啡店，點一樣的咖啡，花整個下午寫信給她。

蠢死了。葛夏尤其覺得蠢翻了，「靠，還寫呀，寫信給我算啦！」他總這樣取笑。

但我他媽能有什麼辦法呢。

現在的助理生活，至少養毛蟲對我來說還是有趣的，尤其那些長得奇形怪狀的，我都特別期待牠們會變成什麼樣的蛾。

學長每次都抱怨，這些毛蟲實在是大便製造機，不捨晝夜地進食，把葉子不斷不斷轉變成無盡的糞粒。肛門的壓痕使得他們的糞便切面有如蓮花般的輻射對稱性，終年不知道有多少這樣的東西自林冠像星體墜落般投擲下來，然後慢慢崩毀，融入林底濕潤而黏滯的土壤之海，彷佛時間空間都不復存在，回到一個滋養宇宙的源頭。

確實，就「植食行為」這個研究領域而言，幾乎等同研究毛蟲生態。所有森林中的哺乳動物加起來啃食的植物重量，也都不到毛蟲的十分之一。雖然難以察覺，但我們可以說植物葉片最主要的消費者就是毛蟲。對於養分循環，毛蟲也扮演了特別重要的角色。

原本以為葛夏只對電動有興趣。他每晚就是打他的「劍靈」，據說他的那隻角色身價高達十萬元。不過即便如此，他對於某幾隻毛蟲竟也愛不釋手，還會主動幫我換葉子。

「你沒想過嗎，作為一隻毛蟲的可能性。」有一天我對葛夏說。「這些毛蟲位在不同的葉面上，但牠們不斷移動，不斷轉換價值平面，然後不斷破壞這個平面，把葉子轉變成三度空間的球體。之後牠們自己也會變成一個立體的蛹，最後破蛹而出，超越一切森林的維度飛到天上，再度往每一個價值體系殖民，然後再度超越牠們，這不是很神聖的事情嗎？」

葛夏很有禮貌的笑出幾聲：「也太深奧了吧，哈，哈，哈。」我也只得跟著笑幾聲，承認自己很無聊。不過總覺得他聽得懂的。

一次隨手在林底折斷一根掉落的枯枝，發現腐軟的內裡有一些深邃的孔洞，於是好奇地帶回站上，用夾鏈帶包著，看看會跑出什麼來。後來發現那枯枝的表面也有小圓孔聯通，每天都會固定從那孔中釋出一些木屑來，在靜置的袋子底端堆成一座小山。兩個月後，竟從斷口處跑出一隻灰藍色的小天牛，身上兩列黑斑，像某種來自異域的符文。

我不禁想像，也許遠看一根枯枝，便只是一根線條，但對於群聚在樹枝表面的嚙蟲而言，枝條是個不折不扣的平面。而天牛活在圓柱的核心，要折斷了樹枝，才會發現裡面彎曲的孔道和那驚嚇瑟縮的長條蠕蟲。細枝子對天牛而言已是個實在的三度空間了。等天牛羽化，穿過牠的蠹孔來到你我的時空，你也才會意識到，天牛多出的那個維度是真實存在的。

仍在學術體制內時，似乎還算是毛蟲般的存在。畢業後的我只是隻椿象，活在表面，偶爾伸著口器插進深一點的地方。或者只是嚙蟲，一切取自於平面，沒有任何立體的想像了。不過，這些甲蟲給我的啟示就是，也許大家都可能是類似天牛的存在，在平面之下，事實上有一整個維度還蜷縮在那裡，無人知曉。

如此我便感覺得到了一些安慰。

在葛夏累積兩個禮拜沒有上山的那陣子，販賣部的事全交給幾個替代役去打理，他們仍會請我喝飲料，但總聊不上幾句，他們大多數的時間都盯著手機，彷彿那個小窗口便能滑動整個世界。

葛夏的這個長假，我大約能猜到原因，雖然細節仍不知道，但大致就是，他那長期做工頭的，終日在有機溶劑中來去的父親，曾治癒的膀胱癌終於又復發。葛夏絕少提到他的母親，但似乎也是有些埋怨的。記得有一回他這麼說：「要是她願意分一點心力給我爸，我爸哪會這麼鬱悶。去大陸工作是錢很多啦，但都花在自己身上了，跟沒有這個人一樣。」聽起來很有他的倨傲。

這期間剛好來了今年第一個颱風，葛夏上山的時間又順延了。

林道崩塌前，站主任把大多數人都遣下山去。颱風就是一次大規模的搖樹。為了證明颱風對於樹冠層昆蟲的影響，學長仍在颱風後去搖了一次，我自然留下來幫忙。搖落的結果，毛蟲的數量確實下降了，但蜘蛛的量竟和颱風前大致一樣。

其實走進森林，便會發現差別仍然是相當顯著。整個林子看起來明亮許多，所有該掉落的枯枝落葉似乎全掉了，連最濃蔭的人工林也透明了起來。

那為什麼蜘蛛沒減少呢？也許躲在縫隙中，風雨過後又再度爬上枝條。最重要的是，大風總是會帶來新的蜘蛛。只有蜘蛛的幼體有這本事，拖著長長一條絲線，任風吹起，遠颺到非常遙遠的地方再落下，過程中忍受極端的高空氣候，這能力幾乎跟植物種子一樣了。森林裡蜘蛛是永遠不缺的。

林底的斷枝上，我撿到一株很小的蘭花，幾乎只有拇指般大小，回去查了圖鑑，叫做假蜘蛛蘭，這小植物幾乎沒有葉子，微小的一串花序卻兀自開著。過去從來不曾搖落過這樣的東西，但也不知有多少株生長在森林上層，緊緊包在那些台灣杉的枝條上，若非整個枝條斷落，我也沒辦法撿到蘭花。那可真是結構中又生長出的微結構了。經颱風這麼一搖，便掉下了成堆的蜘蛛與假蜘蛛。

像這樣的附生蘭花，靠的全是順枝條流下的水，或著鋪天蓋地飄來的小水滴，也就是霧。事實上也只有水才能真正順應每一個結構，深入每一個孔隙，滋養每一種生物吧。

葛夏再次上山的時候，還是帶著平靜的面容，但可以感受到他變了。那天他在吧檯洗杯子的時候我還愣了一下，心想哪個新來的店員。葛夏把頭髮剪短，換了件皮外套，不過他洗杯子放杯子的動作還是熟悉的那模樣。

「我爸走了，這次擴散了。」他停下動作看著遠方說著。

我不知道該應些什麼，但仍詫異於他的漠然。

「那種環境中一直待，其實最後命運就是那樣。我爸也撐得夠久了，他先前每一個工作都超．辛．苦，可是，實在是認真到不行的人呀。」

他頓了一下：「就跟你說的毛蟲一樣。他一直不屬於任何平面。只是一直把平面變成立體的東西。」

我花了很久才發現他正盯著門楣上的一張蜘蛛網，一隻白色的大蛾黏在那裡，不斷地拍著翅膀。

「也該回去了。」他走過去搬張椅子，伸手把那隻蛾摘下來，像採下一朵花，把花瓣上的髒東西剝掉那樣，小心翼翼地撕除蛾翅上的蛛絲。

「回去囉回去囉！」他開門把蛾往外拋，白蛾被風帶起，拍著翅膀往森林飛遠了。

「回去囉。」

葛夏離開的那天下午，剛下完一場雨，卻沒起霧，夕陽穿過樹影，橘燦燦的灑滿了林道，他換下國家公園的制服，穿上他的皮衣，跨上他的重機與我們道別。

他說要回去念研究所了。真令我驚訝不已，不過他先前念的是資管，說不定研究所便不是那樣虛幻的東西吧。

他要從蜘蛛變成毛蟲了嗎？

秋天的時候，我們終於搖完最後一次樹，按照計劃的經費，是聘我到年底的，但秋冬的工作就是分析之前堆積如山的資料。九月又要來一次颱風，這回我沒有理由再待在山上，學長便建議我下山避避。

颱風前的天空總是火燒似的，跟葛夏離開那天一樣。

坐著公務車下山時，有種失速墜落的感覺。秋天的林道已顯蕭瑟，而霧氣忽然便湧現了。彷彿進入一個夢境中，時間在霧白色的窗景包裹下，似乎不再流動。車子開始忽快忽慢，而暈車的感覺讓我越來越呈現一種茫然與恍惚。

我是否又要掉回到蜘蛛網上了？

穿過落著葉的天然林，進入濃墨似的人工森林，那些筆直的樹幹像是鐵條鋼柱似地整齊，整座山都是樹，整個世界就是一棵一棵複雜無比的樹，我們都曾是樹上某個結構中的小小存在。而當自樹上墜落時，便進入了一個再也逃離不了似的虛無。

也忘記是在哪個彎道徹底驚醒的，因為車頭傳來一聲巨響，隨後是強烈的晃動，霎時車輛往溪谷的方向跌落，重力彷彿不再作用，我感覺自己在車體的旋轉中猛地被拋甩出車窗。

但，身體卻不知怎麼的，在無重力的狀態下騰空飛起，不，應該更像是往天空的方向，或某個根本無法以文字描述的，不應有的方向，像空間忽然展現它隱藏已久的褶縫，朝那裡墜落而去。

究竟會掉落在哪裡呢。

原載二〇一五年十月二十七至二十八日《中國時報》人間副刊
第三十八屆時報文學獎短篇小說組首獎

18 補注

陳金聖*

一九八五年生，高雄人，東海大學中文系，東華大學創作與英語文學研究所畢業。

男孩唱起黃妃的追追追，和同學一票都走土菲空靈派唱腔我的天空為何掛滿濕的淚我的天空……一不小心就飄到外太空比起來，男孩還是尬意有江湖味的追追追，一樣是高雄人的洗頭妹黃妃，男孩聽到她的歌聲就覺得親切，只輸偶像二姐江蕙一點點。

啊追追追，追著你的心追著你的人追著你的情，追著你的無、講、理……，男孩唱著唱著不自覺站起馬步，比出劍指，轉完圈一回神才趕快看看落地窗外有沒有人經過，大半夜的，外面一個人影也沒有，才算是稍微放心。日後過了好幾年男孩離開高雄，才會懂得黃妃講話老是會加嘿、咩、咿、喔、呀、啊在句子尾巴，成了其他人指認高雄人的一種方式：「你是高雄人？」嘿呀我是高雄人啊！

男孩一個人在小7裡面吹著超強冷氣呼呼的差點打起瞌睡，店長大哥大要走之前還說，「弟仔，OK鵃？」跟晚班十一點交班後，大概一過午夜Cinderella專利的十二點，整間店瞬間冷清，該覓食的，該佯裝路過買保險套回家打炮的，該站在書報架前翻閱已遭拆封《壹週刊》、《男人幫》一類封面之痴漢，捧裸女圖意淫完畢的，像講好的一樣，一個個捧御便當及第水餃關東煮大亨堡乖乖和可能第二件七折的海尼根茶裏王或飲冰室奶茶到櫃檯結帳；條碼一掃才發現

＊ 原使用筆名許也懋發表於《聯合文學》。

乖乖跟多力多滋中間偷渡盒裝家庭號保險套裸女雜誌。面不改色！面不改色！男孩一本正經打出發票彈開收銀匣，找對零錢，您的發票，歡迎下次光臨。一低頭，而人都走遠了。

小7是周圍唯一還發著光的地方。接近天亮時候，男孩拖著兩大袋垃圾，比自己都還重，走路樣子像個老頭抓緊空檔走出小7到不遠的電線桿那底下丟掉。男孩喜歡抬頭看天空，天暗暗的沒有雲也沒有星星和月亮，只有正前方一座無人的加油站，再遠大概還有工廠運作機械的聲音，洞洞洞，男孩多希望就這樣在世界的盡頭能鑿出一個裂縫，我的天空……。男孩知道白日夢不能做多，放好形狀已呈現一種巨大怪物拉出幾坨屎樣子的黑色垃圾袋，回頭遠近都沒有貓貓狗狗的眼睛一閃一閃亮晶晶的，起身就回去。也許偷趴在收銀檯邊，癱軟身體在一張小短凳上，後背貼實涼涼冰冰的牆，夢醒過來，男孩會以為跟上面幾回一樣，在接近天明貓貓狗狗都睡睏去了的時刻，真的也倒完垃圾回來等著清晨七點交班。然而，沒有。男孩還在小7超強冷氣呼呼吹送下，身體的細毛根根站著搖啊搖的，月光也落在地上搖啊搖的，還沒接近天亮，時間尚早，男孩想著肚子好餓，自己掏掏兩邊牛仔褲口袋找銅板買顆茶葉蛋和飲冰室綠奶茶，彈開收銀匣把硬幣丟進去，接著抬頭和架在上面的監視器對看了，對看著！男孩靦腆搔著頭，恍然以為監視器藏著店長大哥大一樣。

注釋：世界——自成體系的組織或現象。

其實睏了，整座城市下起大雨徹底發洩過，也跟著男孩的一雙瞇瞇小眼睛，睫毛搧呀搧的，沒幾下沉到眼袋去。天氣微涼，大概有風。小7地板留下幾隻跟著主人進來的烏髒髒鞋印，男孩盛滿一圓桶的水，拖把沾濕，沿路追鞋印一隻二隻三隻四隻五隻……追、追、追的拖呀拖進到一個死角才總算逮到最後一隻鞋印。這成了一種再無聊不過的樂趣。這世界越變越奇怪。來小7上班前才看新聞，內政部部長開記者會在宣布最近的業績，阿母很洗面不給他面子的說，是治安真正這呢好抓無歹人，還是不想要抓？男孩趁伸腳穿球鞋瞥了一眼部長的臉，才發現，咦，這不是老縣長嗎？怎麼這回跑去內政部了！圓滾滾的臉也沒有因為這樣變瘦多少，遠遠看反而有點葉啟田的味道，男孩才一想，嘴已經又唱起，有幾間厝用磚仔砌，看起來普通普通……世界的奇怪，讓男孩走歪路一樣，越走越不像這裡的人。丟在椅子上的大同版高中國文，一堆裁成小紙條的補充講義都貼到書的外邊來了，男孩連拿起來翻都懶，只是像掛平安符一大串的，貼得到處都是。還有龍騰版遠東版南一版甚至康熙版都搬出來，大概都救不了男孩將死到臨頭遠水已經滅不掉的近火，一場大災難之降臨。

關於朝氣，或者青春一類早早從男孩的天靈蓋還沒長好的那刻就逸散了。是嗎？站在書報架前瞥幾眼雜誌斗大害人的標題，又一則末日預言啟示錄，於是男孩想起那已逝的九二一記憶其實不遠，但卻時時再招魂不出任何破碎成屍塊的細節，好像野鬼一樣的無處終可收留它下來。雜誌模擬出的畫面水火雷電交加橫劈了整座島。是閃電，男孩在小7大片落地窗上的倒影，那麼湊巧的從閃電中裂開似的。小7外，卻感覺靜靜的。也無風雨也無晴。裸女的一雙光溜溜白腿被折進夾頁，半個人像被截斷剩一對乳房好觸目的，男孩伸手幫忙把一雙光溜溜的白腿從雜誌夾頁抽出來，試著把摺痕從乳房下緣反折，看能不能藉這樣抵消掉一點被意淫過的痕跡。但是，沒用。沒用的，那氣味像是還殘餘在小7的書報架邊，男孩低頭嗅嗅自己的身體，想像是不是也有發過情仍黏附在身體外層的一種費洛蒙或多巴胺，或黏液或激素或不知名液體氣味的跟隨？或許也有。只是、只是男孩清楚的知道，再怎麼意淫裸女的乳房還是無法讓自己勃起。世界之奇怪，如骨牌之始冥冥中一隻手推向男孩的身體，大抵也是輕輕觸碰那無法勃起的惘然，竟這麼以水洪之勢沖垮了世界。

男孩撫摸情人似的，手掌貼平躺在書報架上才一日已打算堆在地上過期的報紙，手輕輕地點呀點的，水鳥追啄小魚的姿勢，送終走上面已病態一樣且蜷縮且歪橫著身體不算上瞑目的，睜眼枯萎在小7書報架的方塊字。許久許久不讀報紙了。那近火都燒到屁股上來的大災難還沒險險越過，其他長出在平安符外的方塊字，貪食的再讀或瞥眼瞄上它一回儼然都是多餘，多餘到不行的了。男孩往往，（是說往往），以聽說報紙上轉過幾手摘下的方塊字，來識得所謂平安符竭盡神力要去魔之、除魅之，而仍留有妖孽一些作怪，依舊大亂，喧喧嚷嚷的世間。啊追追追，追著你……男孩神情好憂傷，撿骨貌，仍得繼之未完的儀式，最末最末撿起櫃檯邊最上層的小7購物籃一個一個把貨架上最外頭，立式臥式開放式等等各式冷藏櫃冷凍櫃內最上層最外層，已肉身腐朽的逾期食品屍骸撤下，把遺骨納入自己手臂上懸吊著快溢流出來的小7購物籃，（抑或者是骨灰罈），等待銷毀。

注釋：身世——人生的境遇或身分來歷。

寂寞的小7黑夜，除了廣播DJ陪伴在耳邊吵吵吵的，淪為串場之流行樂有時像迴轉壽司上一直沒被取走的那盤反覆且反覆的在軌道上轉啊轉，男孩的小7第五個上班日，也鬼打牆的在CD盤的某段音軌壞掉一樣的，猛、猛、猛猛跳針。小7事件的揭幕（事後男孩逢人皆稱其是生命中的一場「小7事件」）肇始帶厄運的老頭在大雨天演希區考特《驚魂記》那樣，登登登登登！！！！！的出場，真是好猥瑣的臉，男孩恨恨的拖行千斤重萬斤重的兩腳，邊走邊咂嘴迎面老頭賊笑一陣，老頭總來的時候，是那麼大半夜的，小7外面黑摸摸找不到一個人攔一輛車都很艱困的時刻，帶著一張看起來猥瑣的臉，一打開嘴巴就是上下吃檳榔過度重症的沉紅碎牙，然後躲也躲不掉的聽他央你幫忙打手槍一樣的苦苦哀求語氣，唰的！猛地一驚，男孩還以為肚子藏把俄羅斯手槍，汗衫一掀顫抖抖的一團肥滋滋跳出來，上面沿著光滑肚腩外貼藥膏布的貼了一張那要複印髒得上頭可能咖啡、檳榔渣，維士比還是保力達B四比一比例摻養樂多、白飯粒、唾液、鼻涕或者黏液，日久乾漬，積留在看起來原本應該、或許、可能是一張潔白純淨沒有如此被蹧蹋過的白紙抄寫而成之六合彩簽賭祕笈。猛跳針的，老頭總在這時刻到來。

複印機的蓋板「砰！」的一響，男孩嚇死人的力道夾死一隻老鼠大概也綽綽有餘。真到底是同路人！忽忽的，男孩就這麼想起了前不久才死的賭徒阿爸那本身邊跟了好幾十年的六合彩祕笈，和老頭這本長得也差不了多少，不歸路啊，不歸路啊，才感嘆這麼一句複印機壽終一樣突然停下來，機器吃壞肚子的運轉嘰嘰嘎嘎的，如放屁的有怪聲，以男孩僅僅第五個的上班日經驗值所能動員的推想，只能貧乏之貧乏的推估是：卡紙！是卡紙！男孩側身輕輕的輕輕的飆罵國罵一字，且手一抖以致那麼容易就被老頭滑頭詭詐的一眼看出操作上的新手，「嘿嘿，新來的齁！」大概是保力達還是維士比，要不然紅標米酒頭，總之不會是紅葡萄白葡萄酒威士忌琴酒阿美姐上流社會才有的一類酒之氣味從老頭嘴巴竄了出來，嘿嘿嘿嘿！男孩汗粒滾呀滾的，把自己濕得像水裡爬起來，老頭嘴巴渾濁氣味越來越濃厚起來，猥瑣的一張臉在垮掉變形，跟老頭汗衫口袋內那包軟殼的黃長壽快被吸光的乾癟陷下去外盒一樣。賭徒阿爸身影從地府爬出來一路闖過奈何橋游渡黃泉還魂附身老頭，於是那麼容易的，男孩早預測出賭徒阿爸同路人的老頭很可能的下一步，小7店外已過的暴雨，跟著老頭變形之快的嘴臉再次挾洪水（實是老頭嘴巴還殘著一點檳榔渣碎末如泥沙，跟著腥臭口水噴濺出來）淹漫過來，菸屁股薰得發黃的食指和中指化成厲鬼的爪牙近身而來，幹！幹你娘勒！老頭乩童起駕、神明附他身那樣的咿咿喔喔，全身抖抖抖的好長一段時間，突然神明要降下指示的那樣痙攣後，徹底瘋狂起酒肖。而男孩就這麼記起身世的呆呆失神在不知是賭徒阿爸還是老頭的招魂咒中。

還好，還好，男孩仍記得說謝謝，歡迎下次光臨！當老頭幾乎是要撞出門，負氣走掉的那時刻。賭徒阿爸也跟著自卡到陰的乩童老頭退駕一樣，消失在寂寞的小7黑夜，反覆且反覆的串場之流行樂音浪潮水。

注釋：事件——偶發的重要事情或事項。

而這時候說好的，廣播ＤＪ在世界的那一邊也光明正大跟男孩告別，說是下班了。關東煮煮食的鐵板才拆掉一塊丟在水槽待洗，男孩僵著懸在半空的一隻手痴痴看著喇叭再看牆上掛鐘，一咬牙明知道廣播ＤＪ聽不見看不見仍是揮揮懸在半空的那隻手說再見的送他走，像是送走男孩五個上班日來唯一的小７夥伴。戀戀不捨。啊追追追，追著你的心追著你的人追著你的情……男孩唱起歌來，邊洗刷，洗刷洗刷刷。小７再度發光，周圍陷入天明前的最後黑暗時刻，蚊蟲飛蛾趨光的蟲子一陣撲來一陣撲來，撞斷撞爛了一地成屍的蟲骸蟲翅，男孩手拿畚箕掃把才要往前走一小小步，清那堆殘手斷腳橫屍遍野的蟲軀，遠看小７門口還以為是一座亂葬的墓塚，筆直的一條走道男孩走呀走啊的還沒到盡頭，蟲屍還躺在地面上，一整片如海，跟著風勢掀起一陣波紋，一隻大腳就這麼在視線下再次踩碎那堆蟲骸。

大概撞鬼也比不上男孩把視線從那堆蟲屍上移開時所看見的事情好到哪裡去。真是活見鬼了，吳宗憲整天舌根嚼都嚼爛的口頭禪出現在男孩複雜微妙變化的臉色上，卻意外的是那麼滑稽的。男孩還以為送走老頭，在這種濕冷連野鬼大概都懶得溜出地府來吃人抓交替的鬼天氣，直到清晨七點交班前不會有什麼人要進來小７的。所以當男孩之視線從那隻踩在蟲骸上的大腳，向上，瞄見那人手持的藍波刀就這麼殺進來，在自己孤伶伶的值班寂寞小７黑夜，連廣播ＤＪ都棄他而去下班了，男孩嚇壞得竟然不自主從嘴巴溜出來：歡迎光臨！那隻可能鞋底黏著爆漿的蟲的軀骸、體液之大腳卻沒有因這樣而停下來，像睜大兩隻鬼的眼睛老人痰綠的躲在罩住半張小臉的口罩正上方，血跟小溪一樣流過老人痰綠的眼睛湖泊滯塞在大量的眼白地方。究竟該回頭往倉庫衝，這是機智卻也不小心很容易被砍死的選項一；站在原地，這是一種機會與命運賭注的選項二；安分到收銀檯彈出收銀匣，這是窩囊的選項三，男孩只有三選一的抉擇場面，腳卻困住了，沒有不聽使喚的發抖而是那麼頹喪的放棄掙扎的僵直成木條插進泥土地裡，好像圈養的家禽家畜脖子上綁繩在木樁，被宰殺時的最後一刻，不再搏鬥了一樣。

注釋：時代——歷史上的某個時期階段或人生命中某個時期。

體型像台灣黑熊的店長大哥大可能這時刻還癱死在床上呼呼睡覺，不知道他的弟仔男孩竟跟趴追流行好fashion一樣的追趕上這一波南台灣高雄人的小7搶劫熱。「弟仔，放心免驚！」掛在收銀檯邊的那支防身用鐵製棒球棍冰冷冷的被小7超強冷氣凍成一根冰棒，店長大哥大操台腔台調的發音也鬼打牆的猛跳針在男孩體內發效成迷幻藥，酥茫酥茫的癱瘓意識。免驚！免驚！大禍卻已經跟外面的雨水潑進來，啊，水潑落地難收回……，男孩沒有一刻這麼激動黃乙玲的歌聲打中他的心。那隻大腳踩了一堆濕鞋印跟進來，藍波刀上好像還有水珠跟著那人想當流星錘那樣的甩飛出來手勢，一晃一晃的，嚇得男孩的膽都快破了，黑綠的膽汁都能一口吐出來。男孩越要免驚的事，現在找一間宮廟吞整碗的香灰水回去收驚大概都收不齊三魂七魄了。

小7的風水一定不好，沒請《玫瑰瞳鈴眼》或是過氣主播盛竹如主持的《藍色蜘蛛網》很常出現的地理師來看過，草草就開店，所以才會衰運像落雨水，一陣一陣落未停。店長大哥大在男孩第一天來上班的時候好Buddy Buddy的弟仔一聲、弟仔一聲的叫，啊，咱是尚知己，可比親兄弟一起唱〈你是我的兄弟〉的高向鵬可能都沒和傅振輝這麼換帖。男孩抖抖肩膀想要抖掉店長大哥大好順手就搭在肩膀上面攬牢牢的手，越抖卻越是麻吉、麻吉的攬更緊。

掛在收銀檯裡邊的那支棒球棍看起來還是新的，第一個上班日，店長大哥大很不爽的說「若伊再來，我就跟伊拚了！」過完喜洋洋舊曆年來三個月不到就衰運連連碰上二次，店長大哥大的小7真的被搶怕了，男孩只有吶吶的接話說，治安這呢壞喔！（所以後來看到自己的老縣長，那個有點像葉啟田發胖的老縣長，像是想起傷心事有那麼一時一刻突然失魂落魄的，啊，咱是尚知己，無分我亦你！啊，咱若有代誌，互相來扶持！好像高向鵬白牙齒都露一整排出來，傅振輝背後卻捅他一刀的，感覺什麼東西不見了。）但店長大哥大就是這時候把手放男孩肩膀上要他免驚的。黑熊貌的店長大哥大穿衣服花錄錄的，很角頭阿尼基，說話也很高雄人的嘿咩咿喔呀啊加一堆，還有疑似走跳江湖的老大收山後殘留的一種氣魄，其實做人好厚道，也真的好把自己當弟仔的照顧，Buddy Buddy的。因為男孩阿兄倒也真的跟他是十多年交情的換帖ㄟ，聽說在屏東的時候，兩人就是一起長大的，男孩阿母講說，「嘸知為啥後來一個生得若瘦猴，另一個生得若黑熊。」男孩阿兄要是來小7，遠遠就喊：阿肥，阿肥！店長大哥大就嘴笑笑的，回阿兄，幹！Buddy Buddy的揍阿兄一拳，「波動拳，HADOU KEN！」男孩穿著小7大紅短衫制服憨憨站在旁邊，目睹阿兄的那個年代結下的交情，日後還是跟鐵石一樣的硬，激動像個老兵在兩岸開放之後回中國大陸探親那樣的，快要淌下淚來。

但男孩明明十七歲，高中大同版國文課本還被棄屍一樣的丟在椅子上，幾百條的注釋沒複習，晾在那裡以為在晒鹹魚乾，啃得既臭又鹹的想反胃，竟也未老先衰的，看到老縣長的時候，有種時代不一樣的感覺。這時刻，店長大哥大在床上睡死過去可能也是好事一件。男孩邊退後一小步路是一步的，螞蟻搬食物的搬走自己的腳，再三交代的交代，OS、OS的，不要正面衝突，不要惹他，不要惹他的內心小劇場後，退進收銀檯裡邊。也還好不是店長大哥大值班，旁邊收著的棒球棍召喚似的晶亮球棍折射小7天花板上照下來的日光燈光，時不時的扎進眼睛，想像店長大哥大抄起還發亮一樣的銀身球棍，唰的，凌空跳過去（當然以黑熊的體型，店長大哥大一定飛不起來的），殺氣騰騰的邊飆出連串的髒話助勢，勇猛的挺身與之對幹、砍殺起來，藍波刀砍破店長大哥大身上那件店內唯一的尺寸XL小7大紅短衫制服，鮮血染紅已經紅成一遍的小7制服，假如真是這樣，店長大哥大會死在那個年代人人還執著還有信念，如榮民老兵還抱著中國大陸的老家歷經多少變動以後山河依舊在的想望，或者本省人靠著人情網絡還是守望相助的純真時代，死在他單單靠那支棒球棍救下的小7嗎？也不知道是日後回想這時刻店長大哥大如果真這麼做的害怕，還是當下男孩單純被嚇得背上汗水濕成一道劃過半身的裂縫，神智稍微清醒過來的時候，脫下的小7大紅短衫制服披在椅背上，倒像男孩被掏乾的軀殼癱在那裡，剩褪色的一片鮮紅濕淋淋的滴著水。

注釋：正義——公理。

那隻鬼，跟真的沒有腳的鬼一樣，速度快得像平常就在練習半夜搶小7，比男孩背完一段國文課上過的文天祥〈正氣歌〉還快。天地有正氣，雜然賦流形……還沒背完二句可能百米都已經跑完了。

男孩畏怯發抖的彈開收銀匣取出全部的錢，七張有孫中山頭像的紅紙鈔，好加在的，早先一步趕在鬼來之前男孩該說是心有靈犀的把收銀匣的藍色大鈔全都收到櫃子底下的小錢箱裡面！男孩看得出那隻鬼沒有拿到很多錢很不開心，老人痰綠的眼睛越見發紅，都拿走錢了，一生氣卻很沒道義的還拿藍波刀挑向男孩才遞過孫中山頭像的紅紙鈔的手，猛地一揮，男孩嚇的都想哭了，已經算矮瘦的身體怕得貼在牆上跟小7外廣告代言明星的人形看板一樣的薄，風一吹可能男孩就會倒地的那樣不堪一擊。藍波刀上，乾淨剔透得有股寒氣和邪氣跟著小7天花板上的日光燈影流竄在如鏡子的刀面，也不知道刀子是不是才初初開鋒，銳利的好比夜市叫賣削鐵條都可以的那把神之剁刀，而這麼悲慘的，頭一個做獻祭的就挑上了這間蠻荒野外的小7好倒楣弟仔男孩，鬼一手使藍波刀像要流星錘、一副倚天劍還是屠龍刀一出鞘不見血不行的樣子。男孩反覆的、猛跳針的嚇死自己，砍到會見血！砍到會見血！連跌倒的小傷口，都得先碘液仔細消毒，再拿棉花棒沾小護士曼秀雷敦軟膏塗藥，再外貼3M的藥用膠帶一層層木乃伊一樣的包紮起來，只差沒有福馬林泡著的神經質男孩，這時刻，砍向他的是藍波刀，藍波刀耶！何況是藍波刀耶！所以，在藍波刀每次揮向男孩無處可逃的懸崖收銀檯邊，心臟都像綜藝節目梗單手擠柳丁那樣的被狠狠掐一下，而手臂的皮膚一有藍波刀快要靠近身體揮過去揮過來的，就會出現裂開一個大大的破口一樣的幻覺，但男孩低頭偷偷的瞄，卻完好的一隻手臂還在，上面汗毛根根清楚且顫抖的搖呀搖啊的，一分神，藍波刀又來這麼一下，跟著刀身吹來的風，快和幽冥地府吹上來人間的一樣可怕。阿娘喂！男孩再低頭偷偷的瞄一下自己的手臂，大大的破口還是沒有，總算放心，鬼不砍人。

其實沒嚇到尿出來是男孩冷靜下來第一件感到開心的事，要不然就真的是，見笑死了。小7事件的高潮一點也不像A片在AV女優歡愉的叫聲和特寫鏡頭上結束，反倒是男優空虛的掏打完手槍那樣，場面好冷清的，等著電腦螢幕畫面全暗。男孩回神過來，已經是小7剩下他自己一個人在收銀檯，懸崖上有冷風呼呼呼的吹過那樣清冷。小7的自動感應門正在很緩慢、很緩慢的關上，男孩看向門外還看得到跑百米最後做衝刺的背影，接應的大概也是偷來的賊車一輛驟然從天而降的等在小7門口，副駕駛座一側的車門早早就打開在等待，才眨眼，人就不見了。假如不是男孩聽見那道地再道地的南部腔口音，一串的連環泡幹幹幹幹，幹譙他，還以為真的是在小7遇見鬼。好悽慘的，男孩用以指認自己身世的語言，在這種時刻竟然成了證明大半夜在荒郊野外的這裡，拿把藍波刀、踩爛一堆小蟲屍體，有手有腳，殺進來的，不是鬼。是比鬼還恐怖的么壽人。

當場面確定已經完全回到平淡，男孩立定在收銀檯邊還想著要不要追出去抄下車牌，還想著的時刻，其實人都已經跑遠了。只好蹲下來翻找抽屜裡店長大哥大留下來的手機號碼通知他，接近天亮時候，大概人都睡死過去，鈴聲響了好久好久。店長大哥大嚇死了，怕他的弟仔男孩有什麼三長兩短，（怕被砍的三長兩短的）也跑百米的從床上跳起，唰的，直奔過來，到小7的時候，天剛好亮。男孩好愧疚守不住最後一座堡壘小7的模樣，店長大哥大還是那句老話，「弟仔，放心免驚！」走江湖人的氣魄，男孩遠看覺得好像下來抓鬼的鍾馗。

男孩那件S size的小7紅衫短袖制服，在監視器側錄下來的影帶變成好怵目驚心的一種顏色。男孩陪著還套著領口都鬆垮掉T恤款XL睡衣的店長大哥大，一邊倒帶，一邊跟補習班名師×毅、吳×岳、高×教學錄影帶那樣講解習題的重述小7事件始末，其實心都跑回去注意影帶中那隻鬼的外貌，好像、好像在哪裡見過面一樣。（是以前念的阿里不達國中隔壁班嗎？）

啊追追追，追著你的心追著你的人追著你的情，追著你的無、講、理……

突然店長大哥大坐在那張董事長椅上面聲音變得好沉重，一種角頭老大被小弟背叛的鬱卒，都結在雜毛不多的眉頭那邊，把他的眼、鼻、嘴，甚至整個臉都拉垮了。男孩其實有那麼一些害怕，不知道下一秒店長大哥大會不會痛哭起來，還是失控的跑到牆邊，用力掄起拳頭狠狠地揍牆，發洩累積了好久時日的怒氣。那樣的話，他會不知道該怎麼安慰店長大哥大。然而店長大哥大只是好憔悴的跟自己的換帖乾幾杯台灣啤酒金門高粱的說心事那樣，對著他的弟仔男孩（還不經世事，以致於那麼的容易流露單純的毛頭小子）露出那種只有梁朝偉才會的憂鬱的眼睛，很blue到讓人神傷。也在那時候，小7自動門開的鈴聲響，男孩突然瞄到從喔咿喔咿警車下來的警察大人臉色很難看，感覺像是陰間地府來抓人的牛頭馬面，而轉頭後對照店長大哥大表情透露出的深意，事後男孩以讀國文賞析那樣再回案發現場解讀，才會知道當時兩邊情勢有多麼詭譎複雜。

「弟仔，跟伊去。放心免驚！」店長大哥大劉備託孤阿斗的把他交給牛頭馬面回去做筆錄，一瞬間，男孩以為是要去閻羅殿見閻羅王，翻生死簿，穿的那件小7紅衫短袖制服甚至差點忘記脱掉就上路。一路上，男孩聽牛頭馬面幹譙店長大哥大，說他很雞掰，「捅咱一空！」忽然，副駕駛座上的馬面轉頭：「這次很聰明ㄋㄟ，知道直接打一一〇留通報紀錄ㄋㄟ」好故意的講給男孩聽。牛頭馬面結屎面的樣子，讓男孩知道接下來小7的日子肯定不好過，惹到地頭蛇是花落土，花落土，有誰人通看顧的悲哀啊。

所以在店長大哥大拿起電話call out一一〇求救的時候，那也好猶豫的表情讓男孩好想上前給店長大哥大一個Buddy Buddy的擁抱，一拳波動拳，「HADOU KEN！」讓他可以有點力氣撐下去，但最後還是沒有做。而就在男孩像喝孟婆湯時把前生今世做過的好事壞事都在黃泉水面上流流流的那樣，run了一遍今晚的小7事件後，奈何橋這時候就到了，牛頭馬面口氣很不好的趕男孩下車，踩進閻羅殿派出所前，男孩像是逃出索多瑪城的羅得之妻，還想著要不要回頭，小7內店長大哥大落寞的樣子成了索多瑪的城內風景，而人一回望就成了鹽柱……

注釋：因果——(一)原因和結果。指事情演化的前後關連。(二)佛教認為一切的生命形態和生活遭遇，都是過去意志行為的果，而過去意志行為則是造成果的因。

派出所在凌晨的時候把日光燈管關得差不多剩下一半，比白天暗很多。男孩在牛頭馬面的帶路下，坐到一張辦公桌旁邊，滔滔的、滔滔的，把那捲copy帶回來的監視器影帶，用嘴巴再口述一遍。牛頭馬面叫閻羅王「頭仔」，頭仔出來好像男孩家旁邊的亭仔腳泡茶的老阿伯，用一種瞪死囝仔的眼神青他。

閻羅王頭仔嘴巴叼根菸在那邊顛啊顛的，眼睛有點脫窗的兩顆眼珠分開轉呀轉，突然冷笑說「啊，怎麼不跟他拚一個死活！」男孩真的有種在陰間地府閻羅殿，全身發冷的等著下油鍋還是爬刀山拔舌頭的抖呀抖啊。牛頭馬面閻羅王比鬼還可怕，是嗎？弟仔男孩突然有種強烈的思鄉症的想起店長大哥大來，「弟仔，放心免驚！」免驚！免驚！牛頭做完筆錄叫男孩把拇指按進去跟血一樣的印泥，把筆錄印得到處都是紅紅的拇指印。好像把命都按進去了，閻羅王跟牛頭馬面才放他走。

後來那天弟仔男孩沒有再回去小7，也沒有好好Buddy Buddy的跟店長大哥大告別，就這樣，小7的經驗值停在第六個上班日沒有繼續。十幾天後，男孩從陰間還魂的去考他人生新希望新未來的陽間十八歲資格考，英文數學歷史地理每科試題發下來都害得男孩的臉悽慘累累，還好等到國文那一科總算替他留了一點點點點點的面子。男孩頓時正襟危坐起來，如狀元郎附身邊捻嘴角才發毛的小鬚鬚，邊握毛筆那樣的拿2B鉛筆一題一題寫下來，寫到試卷剩下最後一張薄薄的紙翻過來，男孩嘻嘻、嗚嗚的不知道該笑還是該哭的把作文題目抄到答案卷上，數四格然後用大概這輩子最工整的字體寫下：偶像，可能是字太大太漂亮看得男孩心頭酸酸。

陰曆十月初一，文天祥絕食八日未死，押送大都兵馬司牢房，關押三年，揮毫寫就擲地有聲的鏗鏘之作〈正氣歌〉：「天地有正氣，雜然賦流形。下則為河岳，上則為日星。於人曰浩然，沛乎塞蒼冥……」

才起頭寫完第一段，男孩默背的同時忍不住嘀咕嘀咕屁勒，也不知道跟誰唱反調或者根本就瞧不起這樣假掰的自己，以致那天陽間十八歲資格考的終卷就在這樣糾葛複雜連李組長眉頭一皺都很難梳理開來的情緒中考完。一回家男孩像是意識不清的倒頭就睡，身體一直燒到三十八度C、三十九度C又回到三十七度C一下燒一下退。家人以為是乎人驚到，跑去宮廟找人收驚，燒退一陣子，喝香灰水再多也還是過沒多久會再燒到三十九度C，弟仔男孩身體有火爐一樣，越燒越旺，整個臉燒成了火炭，紅焰焰的。好像魂被閻羅王收回去了。再帶去收驚好幾次，燒，慢慢的，很慢很慢的，跟杯子裡面喝掉的香灰水一樣降下來。

男孩燒退了，魂好像也撿回來。身軀卻慢慢出現大大小小塊的紅疹，癢得男孩像高雄柴山的那群猴仔在四處抓蝨母，這時家人才意會過來，「啊！是水珠啦。」到了十八歲，男孩生平第一次的「水珠」初體驗，就這樣悄悄的我走了正如我悄悄的來我揮一揮衣袖不帶走一片雲彩。大家都講水珠出過就好，「出過就好啊啦！」

除了男孩以外。

小7男孩知道有一個地方結痂後留了淡淡的小疤沒有被人看見。

原載二〇一五年四月《聯合文學》第三六六期

文中注釋的出處為《教育部重編國語辭典修訂本》

暴民新聞

李牧耘

一九九一年盛夏生，二十歲後開始認真寫作，才發現為時已晚。曾獲小獎若干。雖不是惜墨如金，但作品仍少得可憐。

我大學學長，老除，是一位沒沒無聞的攝影師，多年來堅持拍攝廢礦場、岩石、樹木、男孩這一類題材，畫面中常透著一些明淨的灰與淡藍色。我一直惦記老除，主要是我對他又敬又恨，敬是敬他的才華，恨是恨他接手我的前女友。那個姓孫的姑娘非常美，高中時與我交往過一年，她升上我那間大專後，全校男青年便興起文藝情懷，成天出入圖書館研究如何寫情詩，導致鄭愁予與席慕蓉二位詩人的書必須排隊到下學年。文學院的教授目睹此情此景，非常興奮，誤以為這是現代詩學的復興，其實不然，因為姓孫的每天回女生宿舍，估計收到的上百封信裡，有一半是「朋友啊，那不是花瓣／是我凋零的心」，另一半則是「我不是歸人，是個過客」，她每天的例行事務，是從這些情詩中挑出錯字，然後留著當隔天小考的計算紙。久而久之，這些男青年的心都凋零了，也算是達成最初的心願，最終只有老除獲得她的青睞，成為一棵開花的樹。

我必須承認，老除每回聯繫我，我的心思都很複雜，我實在不懂姓孫的為什麼和他在一塊，他為了參與社會運動，大學休學兩年、延畢到六年級，畢業後還是個月薪三萬的化學反應爐工人。老除這週末聯絡我時，我正在雜誌社的員工宿舍煮飯，晚餐是公司前輩要吃的蔬菜咖哩，當我瞧著湯汁慢慢暖成橘色，電話就響了。老除在話筒裡很生氣，因為春天時有民眾攻占立法院，他認為我們雜誌不該片面拍攝社運人士的負面舉止。

「那是白先生拍的。」我反駁。

「寫內文的你更無恥嘛。」老除罵。

「學長，」我安撫他：「你冷靜一下，我是調進來支援的，現在這個是寫完掛別人名字。我每次撰稿，都會被白先生退回三遍以上。我心中有一把尺，編輯部也有一把，我只是在這兩把裡面找尋一個不讓自己噁心的妥協點，我大可以說不幹了就直接離職，但我才妥協三個月而已，拿履歷去外面還不夠看，至少讓我再無恥一年吧？」

像老除這樣擁有豐富社運經歷的人並不少，可是會致電向我抗議的人，也只有他那麼一個，但這絕不代表老除比較義憤填膺，而是買雜誌的人不多。就發行方針來說，這是某社團法人發行的月刊雜誌，自然具有一定程度政治傾向，平常會買它來翻看的人，與其說是閱讀，不如說是忍受。我很納悶，它憑什麼年年掙錢？也許是它在業界占有某種娛樂指標性，譬如，探討兩性與性愛的版面。半個月前，我正是撰寫這類文案的人。

雖說是文案，不過也只是從外國網站尋找新鮮事，然後再將它翻譯、潤飾成文章，那陣子雜誌賣最火紅的一期包含我主筆的〈為女性口交的新革命〉，令我羞愧到恨不得從新生高架橋縱身跳下摔死在八德路上。我很感激白先生能將我從地獄救出來，可惜，政治線也只是另一個地獄。我們雜誌社跑政治線的有兩位記者，分別是徐先生和白先生，徐先生流年不順，前些日子闖下大麻煩，因為他在某場慶功酒會裡喝茫了，帶一位爛醉如泥的女記者回家「新革命」，短時間內沒臉也沒自由來公司，導致工作吃重的白先生對我伸出了魔掌。

白先生頭髮花白，身形高瘦，是我大學時期的一位講師。當初我們新聞系學會辦報，他在我分配到的藝文版擔當指導員，大家都對這位講學嚴謹但缺乏幽默感的白先生敬而遠之，只有我跟他關係不壞，這必須歸咎於我們都不喝酒。白先生閃酒的技術非常高明，與人喝酒，常趁空隙把酒水吐到毛巾上，再誘使訪談對象酒後吐真言，真是一條老狐狸。有次我們到石碇採訪一位雕塑家，那雕塑家傾畢生於微雕藝術，還在自家頂樓改建一座乏人問津的展覽館，他為了迎接我們到來，興高采烈地擺下一桌金門高粱。那訪問從早到晚，我和白先生都把毛巾用完了，雕塑家還捨不得我們走，因為我們是博物館三個月來唯一的訪客，他醉醺醺地跟我握手，用濃得化不開的鄉音說：「你們真是懂藝術的人啊。」結果白先生很虛偽地跟他打了哈哈。

白先生不曾娶妻生子，是一隻寂寞的老狐狸。我作為他的學生，自從調到政治線支援，除了時常被退稿，還得照料他午晚兩餐，導致我心底很鬱悶，要不是老除特意打電話罵我，我的熱誠只會日漸低落。老除從學生時期就很熱衷社會運動，他說，生在這世上，他不想像蟲子一樣生活，即使他深深明白，最後他還是會像蟲子一樣生活，他仍希望自己在最年少時，那些美麗的心、像胚芽一樣的正直能夠保存下來。我第一次被老除拉去龍山寺遊行那年，我大二，他大五，他在警察組成方陣的大街上對我說：「你一定要記住自己身為新聞人的初衷啊。」那天，我差點被他感動了，即使最後並沒有。

事實上，老除打電話罵我是別有盤算的，他得知白先生近日正要專訪某位遊走兩岸、捍衛資本家的立委，想要隨伺在旁，好獲取社運團體對政府談判有利的第一手消息。那位立委貌似姓郭（鍋），不過也有人說他姓盤，我跟白先生為了方便稱呼，都尊稱他一聲「姓餐具的」。

姓餐具的，是這段時期政治圈頗受熱議的立委。他愛台灣，所以必須從對岸撈他們王八蛋的錢；同時，他又是最致力維護兩岸和平的人，為了維護和平，必須阻止有人用跟他不同的方式愛台灣。在社運組織攻占立法院的日子裡，他不斷上節目、上電台鼓吹人民反對衝撞政府的暴民。姑且不論姓餐具的是否曾經開貨車衝撞過法院、開轎車衝撞過百姓，他在各式媒體上的熱烈呼籲，確實感動、啟發、甄陶了成千上萬的群眾穿白衣上街遊行，和立法院四周穿黑衣的人們形成鮮明對比。白先生說，社會這麼亂，讓雜誌變得好掙錢啊。

老除從立法院翻牆出來和我會面那天，白先生很不高興，他開車載我從台大醫院轉入封路區，沿途中人潮逐漸湧現，我們下車那地方，剛好有位女講師站在臨時搭起的講台上演說，她那髮髻梳得一絲不苟，好比她講話一樣硬淨，不過這都跟白先生所要採訪的時事無關，他鑽入人群，逕自邁開步伐向前走去，我長嘆一聲，只好摸摸鼻子跟上。老除和幾個朋友站在交通島上吸菸，白先生沒有搭理他，他訕笑幾聲，緊跟在我後頭說：「議會現在沒事，不過剛才姓餐具的助理開宣傳車硬闖大門，這讓現場學生群情激憤，所以駐警隊又增援了。」

「老除，」我很擔憂地問：「你工作呢？」

「辭了，」老除說：「我上週搭火車來這看過，回雲林就辭了，之後會長時間跟他們待在一塊。說年終吧，我剛領了四個月的分紅，沒牽掛了，正好專心幫助這些後生。反正你知道嘛，我現在回老家那兒，整天也只是顧反應爐，聞什麼甲烷啊、丙烷啊、硫酸催化劑之類的，我才不想就這樣終老一生。」

「上台北都在忙攝影嗎？」我接過他的菸盒。

「拍呀，拍了快兩百張，看不看？」

「那你日後的出版計畫該怎麼辦？」

「我不知道，」他說：「現在不是想這個的時候，我年紀不小了，又是三流大學畢業的，沒有話事權，我唯一能做的，就是拍照，拍照是現在最要緊的，一定得有人把這些歷史時刻留下去。」

「你覺得姓孫的還會跟你多久？」

「最短也有一輩子吧。」

「你好樂觀啊。」我吞雲。

「是你太悲觀。」他吐霧。

姓孫的現在讀大三了，我問老除，她也在會場吧？他說她決定休學，明後年陪他去南部開一間攝影工作室。我很嫉妒，把老除扔在大街上，獨自鑽回白先生同業朋友的SNG車。我進車子，他們正在吃便當、盯著控制牆上的製播設備聊天，我看不懂那些密密麻麻的控制鈕，但我發現牆上有小號螢幕，我問，怎麼鬧哄哄的，現場發生什麼事？駕駛員小陳說：「姓餐具的正被一批警察保護著，打算闖進議會奪回墨寶，就是最近炒很紅的那幅張大千的〈潑墨荷花〉，價值快三千萬，現在張大千正被一群學生挾持在手上。」

「他們關心的只是市價三千萬吧。」我表示。

「你看，」白先生指著螢幕說：「現在鏡頭拍到一個女孩子，她顧著〈潑墨荷花〉躲在門口用桌椅堆高的防禦工事上，保安總隊怕被告，不敢攀上去押她下來，只是立委助理在那邊叫囂，情勢一觸即發，裡面就有學生威脅說，他們還綁架別的國畫。」情勢會變得如此緊繃的原因是，警方傳話過程出現錯誤，一個駐警轉頭跟後面的助理說，他們還挾持陳子和的〈芭蕉〉和黃君璧的〈仕女〉；助理再轉頭跟後面的警官說，他們竟然挾持了芭蕉和仕女；警官非常惶恐，連忙轉頭向姓餐具的報告，他們偷了一串香蕉，還挾持四名女性。

此話一出，鎮暴警察紛紛趕上議場，用藍盾牌把四周通路團團圍住。我聽了白先生的解釋，好奇地擠進原本就有三人的後座，白先生皺眉讓開位置。我看電視，越看越納悶，這女的就是那個姓孫的，她從我生活消失許多年了，我脫口告訴車內的人：「媽的，這女生是我前女友啊。」小陳很不識相地質疑：「你？就憑你那副聳樣？」

我惱怒極了，從小陳頭上摘下他的鴨舌帽，弄亂他用髮蠟抓的頭髮，小陳原本也要抓回來，結果白先生站起身，煩悶地捻熄菸屁股，吩咐我趕快準備進立法院拍攝獨家了。此時，車廂側門開了，是老除，他面無血色地站著看我說，他媽的，姓孫的被警察包圍了。我面色鐵青地問：「你為什麼讓她待在裡面？」

「是你自己說不要見到她的。」老除說。

姓孫的是我高中二年級認識的一個姑娘。我十六七歲那年，她正要從國中畢業，她很漂亮，胸部也發育得早，我想誘拐她上床，但最終沒能得逞，因為她未成年。我在峨嵋街的冰果店遇見她，邀她一塊去玩保齡球，我們第三次去保齡球館，她不慎扔出一記洗溝球，豈知那門板意外擦撞球體，所有木瓶都倒了，她身後的人們紛紛發出難以置信的歡呼與吼叫。我們走在西門町入夜的街上，她被警察包圍，因為我們剛好混進「倒扁運動」途經的人龍，警察把我們當成了聚眾滋事的暴民。我跟姓孫的說，我不關心政治，政治只會製造出一些骯髒的東西，我希望我們一直停留在最純潔的時候。

當年，我陪姓孫的去基測考場，她告訴我，考高中的第二天午休，我在資源回收場親吻她耳根，她差點禁不住叫了出聲。她說，環顧四周，都是水管與幫浦運作的機械音，那種午後的安靜，是連狗吠聽來都會讓人感到寬慰的，不曉得為什麼，她忽然感覺非常寂寞，儘管讓我把臉埋在身上，她還是非常寂寞。姓孫的最後一回待在我家，心情很好，跑去菜市場買酪梨和小番茄回來，用咖哩粉熱鍋爆香洋蔥與蒜末，最後才倒入切丁的蔬果快炒。我坐在餐桌前邊咀嚼邊說，好吃歸好吃，可是很怪。秋天她考上一間很爛的高中，從此我再沒有見過她。

當初我們躺在床上，我想吻遍姓孫的全身，然後為她口交，但她只褪下衣裙讓我觀賞她白皙的身體。我以為再也見不到她了，然而老除卻把她帶來，我很痛苦自己沒有像老除那樣，有某種素來堅定的信仰。我從新聞系畢業，但白先生帶我看見這工作的醜惡，以前我認為，我們是製造媒體的必需人才，事實上我沒有能耐製造什麼，反而是媒體在製造我們。

人群都湧入立法院了，我原本想趁隙問老除，你當年怎麼經手姓孫的？我問不出口，只是跑著，白先生掏出了證件讓駐警隊檢查，老除則喊我快走。我們進入議會前，身邊傳來一些咕噥聲，說防禦工事被推倒了，〈潑墨荷花〉和女學生一起摔到地上，警察忙著拖離會場中手拉手靜坐的抗議群眾。「快看那邊，」小陳對我喊說：「他們出來了，姓餐具的要出來了。」

「怎麼辦？我們約好專訪的時間要到了？」

「你跟上去，」白先生指示：「先把現場的說話錄一下。」

記者們扛著攝影機和單眼相機圍上，老除則按住我肩膀說，他一定要過去看他女朋友，我制止他，告訴他警察們正忙著清場，現在是誰都不會放行的。白先生就朝我冷笑說：「你放他進去啊，待會又有更多新聞。」姓餐具的立委先出來了，是一個配著玳瑁眼鏡的男人，身穿質感很好的寶藍色西裝，身邊跟著兩三位助理。姓餐具的在報紙和新聞上那張憂國憂民的臉，如今正掛著優越而沉著的笑容、環視記者和抗議群眾說話，好像是在宣示說，你們這些傻瓜，我可是成功地勸退女暴民，為國家救回了張大師的文化財富。然而，在姓孫的狀況不明的情況下，老除還是在人群中發出了大喊：「閉嘴！閉上你的狗嘴！」

「老除，」我攔著他：「冷靜點。」

「你搞清楚再行動。」白先生扯住他，陰著臉說。老除氣勢洶洶，撥開白先生和身旁的記者，跨大步到人群跟前，其中一個警察伸出警棍表示：「先生，冷靜下來，否則我要押你出去了。」但老除一箭步搶走警棍，警察仁兄也被他推倒在地。姓餐具的原本打算往後退，但還是被老除逮住了袖口。在老除用警棍狠狠砸在姓餐具的身上前，其餘駐警都撲上去制止他，我想要救老除，於是慌忙撥開人群說：「警察打人啊！」可惜我說的話已經沒有效果了，群眾非常興奮，尤其記者們都像水濺進了熱鍋的油裡。白先生冷靜地舉起相機走上去，在議會大門一張張拍下警察與老除各種角度的扭打示意圖。聽見各種相機的喀擦聲，我覺得他們都瘋了，他們已經不是製造新聞的人，只是新聞製造的人。但是在駐警隊用鎮暴盾牌壓制老除前，我看見他笑了，笑容中充滿欣慰。

我知道，他日後再也不是沒沒無聞的攝影師了。

原載二〇一五年十月《印刻文學生活誌》第一四六期

吐絲

倪哲偉

一九九二年生，彰化人，小時候會使出渾身解數想讓自己變得特別，長大後發現平凡普通才是最珍貴的，目前以成為遊手好閒的無聊人士為目標緩緩前進。

京釜高速公路

時間：二〇一九年十月八號（二）9時13分

地點：KT巫師二軍球隊巴士，京釜高速公路，忠清南道天安市附近

上車後不知過了多久，我的身體已經陷入狹隘的巴士座位中動彈不得，除了眉頭皺成一團外，太陽穴也開始不安分地微微陣痛起來，全身上下幾乎都不太對勁。

刺鼻的汽油味從鼻孔中竄入，肆意腐蝕著嗅覺；舌尖不知道是什麼時候開始停止唾液的分泌，只能不停抿著嘴唇來暫緩乾裂的疼痛感；耳邊不知從什麼時候開始，出現了中年男子的如雷鼾聲。

「你應該馬上閉上雙眼陷入昏睡的。」

雖然腦中不時反覆暗示身體要這麼做，我自己也認為這是終止目前各種症狀併發的最佳療法，但這副身體卻反覆地進行不合作運動。

糟糕透頂，這一切。

睜開雙眼從口袋拿出三星的智慧型手機後，在發亮的螢幕上除了看到自己那布滿血絲的腫

脹雙眼外，還發現一件令人感到相當絕望的資訊，那就是距離我們抵達目的地，還有大約四個多小時的車程。

得知這項不幸的消息後，眉頭又縮得更緊了些。

我只好舉起有些冰冷的左手，小心翼翼地拉開窗邊的簾子，讓陽光隨之緩緩照入的同時，我也趕緊轉頭看向坐我隔壁的牆爸。

牆爸是我們隊上的先發捕手，也是二軍中少數的資深選手。因為在比賽時鮮少發生捕逸情形、就算是再失控的球都能牢牢接住的緣故，就被大家取了個「牆爸」的綽號，他本人似乎也對這個綽號很滿意的樣子。

坐在走道旁的牆爸頭上戴著白色的CRESYN全罩式耳機、眼睛也被睡眠眼罩遮住，模樣跟比賽中戴著捕手面罩的牆爸沒什麼兩樣，見他一動也不動的身子攤成一團睡死，我便安心的回過頭來，從窗簾縫隙中看著車外景色。

綿延的京釜高速公路從眼邊不斷掠過，聽說這條長達四一七公里的通道是大韓民國史上第一條高速道路，連接了國內兩大城市——釜山及首爾，中途還會經過忠清北道、大田廣域市、忠清南道、京畿道等地，地位大概等同於以前台灣的國道一號，每次前往對手二軍球場的時候幾乎都會走這條路。

試圖藉由欣賞窗外風景暫緩暈車症狀的策略失敗了，過了大約五分鐘我才認清這個事實。單調無趣的京釜高速公路不但沒辦法讓人感到心曠神怡，持續盯著從巴士附近來去的車輛更是讓眼睛產生莫名的疲勞感，雖然我需要些許疲勞助我入眠，但顯然這種疲勞感只會讓我的頭痛症狀加劇。

車上的空調發出嗡嗡的低鳴聲，像是在嘲笑我似地瘋狂流瀉出冷空氣。

好痛。

痛到寸步難行。

這種痛的感覺我曾經歷過。

為了成長我曾經蛻過好多次皮。

但這次似乎有些不同。

我的前胸腺並沒有分泌蛻皮激素。

無法繼續忍受下去了。

我居然開始吐起絲來。

算了。

先結成繭網吧。

很大很大的繭網。

這樣才能夠保護自己。

二〇一九年十月九號　編號一〇五　二軍例行賽：KT巫師VS三星獅

比賽時間：二〇一九年十月九號（三）18時30分

比賽場地：浦項棒球場（三星獅二軍主場）

兩隊先發投手：

KT巫師：柳熙雲（4-4, ERA4.73）

三星獅：朴根弘（6-5, ERA3.99）

Dugout Phones

時間：二〇一九年十月九號（三）19時17分

地點：客場牛棚休息區

比賽實況：三局上，一出局，一壘有人，比數：三比○

坐在旁邊漫不經心地嚼著口香糖的申泰順在比賽來到二局下半一出局時突然用慵懶的口氣冒出了這麼一句。

「那小鬼快不行了。」

「今天的小柳太慘了，曲球一直挖地瓜就算了，連速球都投不進去。我以為第一局撐過就OK了，結果現在越投越不順，這應該是他狀況最糟的一次吧？Chen你覺得呢？」

正在賣力做拉筋運動的老姜在講完一大串應該是對先發投手的評論之後，轉頭對我詢問。

我只好用發音還不太標準的韓文回應他：「棒球就是這樣，我上上次上場也投得非常糟。」

「喔喔，我記得是跟斗山熊打的那場嘛，你最後一局上場，球一直投到紅中，一局失五分的樣子？」

「對手是耐克森英雄二軍，我投1.1局失六分，那場我被打了三支全壘打，最後我們十二比二輸了。」

「唉……我們投手也是蠻可憐的，只要一登上那個小山丘，就算狀況極差、控球再糟，都還是得硬著頭皮上陣。」有些感慨地說完後老姜挺起身子，停止一切動作，將視線對準場內的投手丘。

先發投手柳熙雲是今年選秀選進來的選手之一，在第二輪第二順位被選中，以今年新秀評比水準普遍不錯的情況下算是蠻前面的。南韓棒球雜誌《Oh! Baseball》年度選秀專欄上面對他的評價是：「快速球最快能投到一五〇公里，尾勁相當不錯；但控球較差、變化球也不太突出，預估順位最後會落在第二輪前段，並在二軍重點栽培成為先發主力。」

完全命中。

雖說如此，但這位明日之星到目前為止的比賽可說是投的十分狼狽，完全沒有前段班新秀應有的氣勢。我和老姜在休息區閒聊的途中，柳熙雲又對敵隊第九棒投出四壞球保送，第三局還沒結束他已經投了五個保送了，快速球的控球明顯出現很大的問題。牆爸雖然不時跑到投手丘去關心，但從投球動作就可以看出他的節奏完全失控。手臂過於出力導致放球時機提前，動作也比以往變得更大了些，這樣投出來的球會像下水道老鼠一樣四處亂竄般不受控制，容易出現暴投的狀況。此時柳熙雲在一好一壞的情況下又投了顆和捕手擺手套位置完全相反的速球，等到牆爸接到時一二壘跑者已經各自推進一個壘包。

像是早就準備好似的，在這個暴投出現之後，座位後方外表局部掉漆的黑色電話發出聲響，身材高挑瘦削、戴著細框眼鏡的牛棚教練田炳賢（我們都私下都叫他「眼鏡蛇」）隨即快速地拿起話筒。

「潤基和……是嗎？馬上開始……好，我知道了。」

與來電者簡短講了一陣子後，眼鏡蛇在掛斷電話的同時中氣十足的大喊：「瘦猴！Chen！幹活時間到了！」

牽制出局

時間：二〇一九年十月七號（一）6時30分

地點：水原市KT巫師隊二軍選手宿舍二〇三號房

早上六點三十分一到，十坪大的房間內瞬間響起數個女人用俏皮的語調輔以有些吵雜的快節奏電子音效的歌曲，在唱了大約十秒後聲音被切斷，接著是低沉又豪邁的哈欠聲從耳邊傳來。

「Good morning，正赫。」我看著正在換衣服的室友金正赫説，雖然我目前人還是賴在床上沒有任何行動。

「喲Chen，早安啊，今天怎麼那麼早就醒來了？平常不是都會晚個十分鐘才會睜開眼睛嗎？」

「你那起床鈴聲那麼大聲我哪可能還睡得著啊？」

「你不懂啦，Neptune 8的歌就是要大聲才好聽啊。尤其是這首上週發售〈Freedom Butterfly〉，開頭Kei酥麻的低語再加上副歌YuRa那完美高音簡直絕配！我常在想要是我的打擊也能像YuRa歌聲那麼有爆發力就好了。」稍微一個不注意，正赫又開始講起對南韓女子團體的一大串專業見解，平常的話就算了，但如果要我在早上六點多就開始聽他的K-POP歌曲分析的話還是饒了我吧。

「喔？聽到有關Neptune 8的話題你終於忍不住了，要起來跟我討論了嗎？」正赫對著腰桿挺直離開枕頭邪惡爪牙的我笑臉嘻嘻地問著，並投以期待的目光。

我只好明白跟他說：「抱歉我沒什麼興趣，那什麼Never cat的〈Jordan Fly〉在我耳裡聽起來跟Wonder Girls、T-ara的歌沒什麼兩樣。」

其實講這些話並不是只想隨便應付過去，而是我真的就如此認為。老實說除了歌曲之外，我對於大多數南韓音樂團體的舞蹈動作、穿著打扮、長相容貌都抱持著相同的想法，他們在各方面相似度都異常地高，就像從工廠中快速加工量產般不斷出品並隨機拼湊。也許有些人會喜歡這樣每個人素質都十分穩定的男女團體組合，他們同樣甜美的合聲讓歌曲顯得氣場強大、能夠讓高難度舞步更加整齊劃一；光鮮亮麗的背後也是靠著團員們拚命集合訓練出來的結果，雖然很值得尊敬，但我還是打從心底不欣賞這種包裝。以棒球來舉例的話，要是一個強隊上的投手一字排開全是右投再加上只會投變速球跟滑球的話，雖然比賽能一直獲勝但還是不太想買票進場加油吧！那種缺乏驚喜、同質性過高的團體對我來說一點魅力都沒有。

認真說完後正赫並沒有針對我的言論提出質疑或是反駁，反而開始發出尖銳又充滿嘲諷的誇張笑聲，雙手還不斷拍出聲來，我不太高興的詢問他在笑什麼。

他回我說：「哈哈哈！Chen你剛剛說的那兩個團體，Wonder Girls和T-ara早就解散啦！想不到你居然會說Neptune 8的歌跟這些過氣團體很像，要是你跟我以外的粉絲講這種話絕對會被修理得很慘！看來你需要多跟我拿些最近新出的K-POP來認識新團體，我首先推薦的是……」

來了來了，傳說中的「盜壘推銷模式」出現了，這是隊友們針對他命名的特殊招式，只要稍微扯到跟南韓女子團體有關的話題，KT巫師隊二軍的當家中外野手金正赫除了會滔滔不絕的說個沒完外，還會對其他人瘋狂洗腦推銷，就如同被他逮到機會就會瘋狂挑戰捕手阻殺技巧的不間斷盜壘。

「夠了，你再講我們今天就不吃早餐直接參加晨訓。」投手出其不意牽制一壘。

「拜託只有這個千萬不要！我閉嘴就是了……」跑者回壘不及，成功觸殺。

每日早安特餐

時間：二〇一九年十月七號（一）6時54分
地點：水原市長安區棗園洞周遭

結束了早上不知所云的辯論後，我和正赫同時下樓，準備出門享用早餐。

本來只想去飯捲天國隨便買個一千五百韓元的紫菜包飯打發掉起床這一頓的，但因為前一天晚餐沒吃飽的關係，正赫堅持今天早上一定要吃白飯，我只好帶他去吃偶爾才光顧的飯館。

「果然大韓民國國民早餐就是要吃白飯配泡菜才對！白飯萬歲！」還沒抵達餐廳，正赫就開始像要去遠足的小孩子般處於十分亢奮的狀態。這傢伙除了在K-POP方面頗有研究外，對於「吃飯」這項例行公事也深具熱忱，甚至還曾經對我說過「人生中最重要的就是音樂跟白飯」這種令人啼笑皆非的台詞。

「Chen你走快點好嗎？等會兒就能吃到大媽煮的熱騰騰白飯了！從早上起來後講了一大堆話，肚子難道不餓嗎？」

正赫用催促的語氣說完後便開始奔跑起來，我只好被迫跟著他提早進行晨跑訓練。

清晨的棗園洞絲毫不見慵懶。雖然太陽剛升起沒多久，但人潮已逐漸湧現，店家大多開始拉開鐵門準備開張，在人行道上快步前進的我們不時與路上穿著套裝的上班族和成群學生擦肩而過，走到「太白山脈」餐廳門口時正好遇到幾名穿著公司制服的員工用餐完畢準備離開。

「大媽早安！給我們來兩份每日早安套餐！」進門時看到老闆娘正在收拾桌面，正赫發現後就豪爽地跟她問候兼點餐。

雖然餐廳目前幾近客滿狀態，但身材十分豐腴、燙著大波浪捲的老闆娘還是笑咪咪的跟我們打招呼：「你們早啊！今天有比賽嗎？」

「沒有，今天是去球場訓練，我們明天才要去浦項比賽。」我回答。

「東邊的浦項嗎？今年春節時我去那邊玩過，是個很不錯的地方呢！有機會一定要去迎日灣看那個很有名的『相生之手』啊！很漂亮的。」

因為之後又有客人進來，所以老闆娘沒跟我們多聊就去忙了。

「太白山脈」的早安套餐在當地算是小有名氣，還曾經被電視上的美食節目報導過。跟台灣街上隨處都可以見到各式早餐店的情況不一樣，南韓傳統文化中早餐大多是在家中解決的。他們通常會煮好熱騰騰的白飯，再搭配多種小菜與一碗大醬湯，這樣的陣仗出現在台灣餐桌通常代表著午餐或晚餐，在南韓的餐桌上卻是再平常不過的家庭早餐。外出食用早餐的風氣直到最近幾年才開始興盛起來，並出現多家類似台灣美而美的「Isaac」連鎖早餐店，販賣土司、漢堡等西式餐點。而「太白山脈」打著「在外也能吃到平價傳統韓式早餐」的名號，如今在水原市早餐界也算占有一席之地，聽說還打算在其他地方開分店。

一碗白飯、四碟小菜、一碗湯，就是「太白山脈」知名的早安套餐內容，只需要三千五百韓元就能享用豐富的四菜一湯一飯。也許是合正赫胃口吧，每次客場作戰開始前或是結束後都會要我陪他來這裡吃套餐。

老闆娘將裝滿餐點的托盤推到正赫的面前後，某人便開始狼吞虎嚥起來，尚未拿到餐點的我只好托著下巴凝視他那十分有趣的吃相。

他先是扒了一大口白飯，鼓起腮幫子快速又仔細地咀嚼吞下肚，接著又將充滿侵略性的目光望向裝有泡菜的小山，夾起一團火球張開嘴直接往裡面送；不斷的用嘴攪動肢解泡菜直到每顆牙齒都沾染了些許驚悚的鮮紅，空著的左手也沒有閒下來的拿起銀湯匙，從裝有大醬湯的碗裡面撈出一大瓢呈現土黃色的冒煙液體，細心的噘嘴吹完氣後，畢恭畢敬的小口小口喝下。

隊上的游擊手——尹勇鉉，鉉哥曾經說過正赫大動作誇張吃東西的樣子像極了電視上美食節目主持人般——戲劇化又充滿張力，明明沒那麼美味的食物也能被他吃的津津有味，看著他吃飯就如同欣賞韓國民俗村的走繩藝人表演那般精彩。

身為一個每天能就近觀察正赫進食的觀察員，我卻對鉉哥的說法不以為然。我認為他用餐的模樣充滿了不可質疑的人類生命力、又有那麼點藝術造詣存在著，能如此熱情地吃著白米飯與韓式泡菜的韓國人也只有他了。

短暫的正赫觀察報告隨著另一份餐點的到來宣告結束。老闆娘送來的餐點與正赫的套餐並排著，與他一模一樣的菜色整齊的放在托盤中和對面完美對稱。小碟的內容物從左至右依序是辣黃豆芽拌牛肉、蘿蔔泡菜、辣醬小魚乾、韓式泡菜，每道菜的表面都被濃豔的血紅斑點覆蓋，並散發出嗆鼻的味道。

我有些笨拙的將表面刻著花紋的鐵筷拿起，順勢夾起一些泡菜。

南韓的筷子與華人世界和日本習慣的細長圓柱體或長方體木製、竹製筷子不同，他們用扁平且細長的不鏽鋼筷來夾菜，這種筷子的用起來實在不太方便，除了沒辦法一次夾太多東西入口之外，操作的手感也跟我以前用的不太一樣。

剛來南韓討生活時我有問過隊上翻譯為何南韓的筷子那麼的與眾不同，結果他的說法是：「之所以會如此扁平是為了避免筷子滾落餐桌及減少與食物接觸面積、較為衛生的貼心設計，也有象徵著長久的繁榮與幸福這種說法；將筷子做的比較重則是想讓夾菜時增添氣質，時時提醒自己不要有搶菜的失禮行為。」

我曾在新聞上看到某位資深的高爾夫球球評被問到為何南韓的女性在LPGA（美國女子職業高爾夫球協會）舉辦的巡迴賽總是能取得佳績，他得意的跟大家提出自己的獨到見解：「一切都要歸功於南韓筷子那如球桿般的纖長細巧與穩重，使選手們在小時候就開始培養握桿的手感。」

我對高爾夫球不熟，所以並不明白這些說法是否正確合理，不過南韓棒球界的打者之所以能夠在擊球時力量與細膩度兼備，說不定也可歸功於此。

關於南韓筷子的故事眾說紛紜，但是唯有一點我自己相當確信：直到現在我依然沒辦法隨心所欲的使這雙笨重的南韓鐵筷。

還有，雖然「太白山脈」的大媽每天早起醃製的泡菜風味相當道地，但這正統韓式泡菜對我來說真他媽難吃極了，它辣到令我食不下嚥。

逐鼠

時間：二〇一九年十月七號（一）7時37分

地點：水原綜合運動場棒球場附近

短暫的早餐時間結束後，我與正赫離開了「太白山脈」，用稍快的步伐準備前往球場進行晨訓。

「今天大媽的泡菜醃得恰到好處，辣度十分到位，吃起來真是過癮極了！我覺得我今天狀況極佳！」

正赫中氣十足的說著，雙臂像健美先生那樣舉起展現他那碩大的二頭肌。

今天的泡菜有比較好吃嗎？不清楚。這些紅的可怕的白菜不管是誰做的對我來說通通都難以下嚥，如果他那麼說是要尋求我認同的話那可找錯人了。

為了不讓晨訓前的最後一個話題停留在「太白山脈」的泡菜，我只好隨意問他：「你以前待在管理所時難道不吃泡菜嗎？」

說出來的瞬間我就後悔了。一提到管理所三個字，原本心情看起來不錯的正赫突然間微皺眉頭，臉上的愉悅神情消散殆盡。

「呃……我是說……你小時候還在北韓的時候大部分都吃些什麼……」平常我是絕對不會主動詢問他在北韓的往事，驚覺不妙後只好用打結的大腦拼湊出句子，試圖緩解現在變得尷尬的氣氛。

「哈！你是說由偉大的金正恩同志領導、神聖不可侵犯的朝鮮民主主義人民共和國的早餐嗎？」

一口氣講完一大串後正赫滿臉苦笑的繼續說：「十四號管理所每日套餐可豐盛的咧！五十克的難吃口糧、乾癟玉米加上充滿腐爛黑點的白菜湯，包準你吃了還會想再吃……因為根本完全沒吃飽啊！」

「對不起，讓你想到不愉快的往事了。」意識到自己講了不該提到的話題後，我感到十分羞愧，馬上就低頭對正赫道歉。

「沒事沒事，反正我也永遠不會忘記這些回憶，不偶爾講出來跟別人分享反而會渾身不對勁。」

為了不讓我擔心，正赫很大方的咧嘴一笑接受道歉，我也將嘴唇皺緊、苦澀的微微一笑。

「說到這每日套餐我就想到，青少年時期的身體不是還處於成長階段嗎？光那點鬼東西根本餵不飽一個每天要搬好幾公斤石灰石的小孩，那時我媽怕我吃不飽，總會把口糧分我一半、還把湯裡面的白菜全部撈到我的碗裡面。」

見我沒有回應，正赫又繼續說：「白菜真的很好吃。我看過一本雜誌，有篇文章寫了最適合運動員的食物，白菜可是榜上有名呢。不管做成泡菜還是煮成燉湯，白菜含有的豐富蛋白質和維生素C都能迅速補充運動員的營養和消除疲勞，不過我在管理所吃的那黑斑白菜湯應該營養都流失了。」

正赫偶爾會像這樣突然主動聊起他在管理所的那段日子，大多都是像這樣用戲謔的語氣講著乍聽之下有趣、實際上卻十分殘酷的經歷，每次聽完後都會為他捏把冷汗。

金正赫是一位脫北者，同時他也是韓國職棒開創以來第一位脫北者棒球選手，當時他選擇加盟KT巫師隊時曾引起外界不少關注，在媒體版面上獲得大篇幅報導。

據正赫所說，從他懂事以來就開始在管理所討生活了，在管理所附設的醫院出生、在管理所每天肩挑好幾公斤的石灰石換取溫飽。問他被關進管理所的理由，得到的答案卻是不太清楚。只知道好像是正赫父親的哥哥，也就是他的伯父在韓戰期間因為逃出北韓投奔自由世界。就因為他們的叛逃之罪，正赫的祖父母、父親和叔叔都被認為犯有叛國以及顛覆國家等罪行遭到逮捕，並將他們拆散後奪去每個人的公民資格及全部財產。

正赫的父母是在管理所的安排下才認識的，在此之前他們雙方完全不了解彼此的身世，他們在政府的允許下才能結婚生子。正赫所在的价川管理所中有這麼一條規定：「任何人未經許可不得有性接觸，一旦違犯，格殺勿論。」獎勵婚姻是唯一不受禁欲條款約束的方式。管理所的官員每年會公布四次獎勵婚姻，而正赫的父親因為製作水泥磚的工夫受到上層的肯定，才有娶妻生子的機會。

「我全身上下都是用堅硬的水泥做的。」正赫曾經嘻皮笑臉的對我這麼說過。

後來正赫一家因為受不了在管理所匱乏的資源補助及成家後卻無法天天見面的痛苦，在正赫國中還沒畢業的時候，他的父親偷偷安排了一個孤注一擲的大膽計劃，在父親縝密的布局下，正赫一家人成功的從戒備森嚴的价川十四號管理所脱逃了，但脱逃之後並不代表一切就這麼結束。

正赫的父親在友人的安排下得到了一艘小木船，他原本考慮要直接走海路穿越南韓，但卻因為兩韓之間有嚴密的安全檢查的理由作罷，因此決定放手一搏：從北韓清津港出發，穿越日本海抵達日本新潟港。準備好食物及雨衣等必備用具後，正赫一家便開始他們的漂流之旅，如果中途幸運的被南韓船隻尋獲那當然是最好的，但漂流好幾天都沒辦法靠岸的可能性還是比較高；最慘的情況下就是被北韓軍艦攔截後被帶回去。

如果發生這種情況，設想周到的正赫父親也想好了因應措施：被發現的話全家吃老鼠藥自殺。「回去只會有比死還痛苦的煉獄等著我們……我寧可像老鼠般死掉也不要以北韓人的身分生不如死的活著。」

正赫父親的這席話在正赫海上流浪的這六天中不斷地在耳邊回響著，眼見船上的糧食一點一滴的消磨殆盡，只剩未拆封的老鼠藥罐放在木船一隅時，奇蹟發生了。

原本一望無際的日本海，在海平面上突然浮現了未曾見過的景色。

太陽剛升起不久，正赫因為飢餓與疲累交纏昏睡好幾個小時後，正赫的父親突然尖叫了起來，他從來沒聽沉默且嚴肅的父親尖叫的如此厲害，甫聽到還以為是什麼海鳥或其他海上生物的叫聲。

「是陸地！是陸地啊！我們到新瀉港了！」

正赫和母親同時被父親的尖叫聲喚醒，他永遠都忘不了那時張開眼睛後看到的景色，比他們乘坐的木船還要大好幾十倍的船隻一艘艘整齊靠列在港口，乾淨且具現代感的建築物在他眼中就像城堡般坐落在岸上。

「是陸地啊！」在經歷攤開在自己眼前的畫面所產生的衝擊後，正赫只能像父親那樣將這句話反覆掛在嘴邊，並親眼看著父親將整罐老鼠藥丟入海中。

用盡全身力氣登上岸的正赫一家人很快的被當地居民發現並通報日本當地警方，他們花了一段時間才發現這裡並非他們原先所設定好的目的地新瀉港，而是日本青森縣的深浦港。在正赫一家人表達了希望能尋求南韓庇護的意願後，民主的日本政府順從了他們的心聲，向南韓政府提出訴求，而南韓首爾當局基於人道考量也很快地准許金家三口前往南韓。

「你知道我一個北韓人為什麼會想來南韓打棒球嗎？」正赫經常逢人就問這個問題，問他為什麼後，他會跟你笑嘻嘻的說：「當然是因為我是金日成將軍派來的兩韓棒球外交使者！」然後擺出不可一世的囂張跋扈嘴臉讓你好氣又好笑，這時就會產生他真該去當搞笑藝人的想法，不過如果你繼續追問下去的話，他還是會把真正的理由講給你聽。

「在等待南韓政府回應的這段期間，日本政府提供了我們這幾天的日常食宿，我在那裡體驗了好多好多第一次。第一次吃海鮮、第一次在澡堂舒服的泡澡、第一次睡在柔軟蓬鬆的床上……每樣東西都讓我感到好新鮮，也讓我有自己被當成人類的真實感。」

「不過讓我最感興趣的還是電視上播放的節目了，在北韓電視是十分奢侈的電器用品，在管理所中更是少見，我也只有在學校辦活動時才有機會看到電視，雖然播映的是政令宣導影片，不過對小孩來說光是能看到一個大箱子裡面有人出現還會發出聲音就很驚奇了。」

「你猜我在電視上看到了什麼？沒錯！在日本我最常看的電視節目就是NHK電視台直播的日本職棒比賽了！」

「我還記得當時日本大賽正打得火熱，中日龍隊和北海道火腿鬥士隊兩支隊伍正為了爭奪日本第一互別苗頭。當時我在北韓的時候唯一接觸過的運動只有足球，所以看到棒球這種用球棒和手套對決的運動可說是大開眼界，並瞬間愛上它，之後我也立志到南韓後一定要參與這項迷人的體育競技。」

「當我發現南韓對棒球的熱愛不輸給日本的時候，我真的感到很興奮，來到南韓加入國中棒球隊後，練習時第一次拿到金屬球棒的那一刻，我激動的對著空氣揮了好幾下空棒，心中想著：我能來到南韓真是太好了！我絕對要在南韓棒球界發光發熱！」

我曾問過他既然有在北韓踢過足球，為何沒有選擇這項比棒球人氣更高的運動競技發展？南北韓的足球比起台灣這塊足球沙漠，實力可是有達到在世界盃出賽的水準的。

「原因很簡單啊！足球這項運動很講求分工合作，但最終產生的效益低的可怕，〇比〇、一比〇這種分數屢見不鮮。如果你是足球隊後衛的話，有時候你整場跑個半死，踢到球的次數卻是少得可憐，你拚死拚活的防守，結果贏球後絕大部分的風采卻都被踢進球的前鋒搶走了，這不就跟北韓的出身身分的公民劃分制度一模一樣嗎？核心階級住在高級住宅區享盡各種利益；敵對階級在管理所中像無頭蒼蠅般整天忙碌最後卻死無葬身之地。」

「但棒球就不一樣了，就算是最弱的第九棒，只要把握機會你也能從對方的王牌投手中敲出滿貫全壘打，棒球這種用個人打擊率和防禦率成績來說話的公平運動，對我來說簡直是理想的烏托邦！」

「不過最重要的還有一點。」

正赫分析了自己熱愛棒球的種種因緣後，淘氣的壓低嗓子說：「我不是跟你說過我們管理所的人經常餓到只要看到老鼠在地上跑就會抓來吃嗎？」

我點了點頭，正赫第一次說吃老鼠肉的故事時我還有些半信半疑，但據說是真有此事，管理所的伙食極差這點讓這資訊相當有可信度。

「我啊，每次在足球賽看到所有人為了搶那顆球搶到頭破血流時，就會聯想到一群管理所出身的小孩子為了吃老鼠肉前仆後繼、瘋狂爭搶的畫面。」

奇蹟主宰者

時間：二〇一九年十月九號（三）19時52分

地點：客場牛棚休息區

比賽實況：四局上，兩出局，一二壘有人，比數：三比三

KT巫師隊更換先發投手柳熙雲，由中繼投手韓潤基（3-4, ERA4.52）上場投球

「Chen你辛苦啦！接下來就看瘦猴潤潤發揮吧！是說小柳最後那直球投的真棒啊，說不定是他這季以來投過最好的一球了，測速槍顯示一五二公里，我看不只吧！不愧是備受期待的天才投手。連那個有『韓國松井秀喜』之稱的崔炯宇都打到球棒斷掉，可見尾勁強的離譜。可惜小

柳實在太晚才進入狀況了，不然有機會優質先發的！真不錯，看來我們這些老將可以放心交棒給新人了。」

剛回到休息區的我馬上就聽到老姜熱心地針對上一局的戰況做回顧分析，坐在一旁的申泰順聽完後不耐的說：「哼！不過是新手運發揮而已，這種三流投手解決一流打者的龍套戲碼我已經看多了，天才投手這評價等他有能力連續二十場投到六七局都不被換掉再說吧！」

結果柳熙雲很幸運的在三局上一出局滿壘的情況下全身而退，並用他最拿手的速球讓敵隊剛復出打復健賽的一軍明星球員擊出斷棒滾地球，以完美的雙殺出局結束對方攻勢，而下個半局隊友也像是要回應他精彩的表現似的，馬上將比數追平。但也因為才三局就投到九十二球的關係，第四局馬上就被教練換下場，並換上長中繼投手、綽號「瘦猴」的韓潤基接替投球工作，因為比賽還有得打的關係，被定位為「敗戰處理投手」的我停止了熱身，目送韓潤基登板後回到休息區。

而柳熙雲現在既不會吞下敗績、也不會拿到勝投，換句話說，他已經跟這場比賽的勝負無關了。

「的確，三局失三分距離優質先發還差得很遠，不過新人總是要勉勵的嘛！小柳的努力讓我們還是有贏球的機會，接下來就交給潤潤……」老姜說完後，場上投球的瘦皮猴隨即出了狀況，他投出的變速球雖然讓對方打者揮棒落空，牆爸卻發生了捕逸失誤讓球滾到本壘後方，原本一二壘的跑者各推進一個壘包後，大難不死的打者也趁亂上了一壘。

「不死三振嗎？還是二軍中控球最好的潤基和最會接球的牆爸一起搭擋下發生的，我有不好的預感……」

坐在申泰順旁邊、從比賽開始到現在都沒開過口，綽號「奇蹟主宰者」的沈載敏突然也加入了戰況討論。

「唉！既然我們的最帥的球場主宰者都開金口了，那這場比賽的勝利就準備被我們南韓最大的國營企業收走啦！」

「哼，還不都是這些年輕投手不成氣候的關係。」

「別這麼說嘛，學會如何失敗也是讓年輕選手成長的關鍵。」

只見老姜跟申泰順兩名資深牛棚投手又開始你一言我一語鬥起嘴來，似乎真的認為這場比賽的勝負底定，只因為沈載敏冷不防的一句「不好的預感」。

而坐在沈載敏旁邊的李俊珩則是用一派輕鬆的語氣說出「如果輸得很慘的話我這個救援投手就不必上場了」這種不負責任的話。

五官深邃、眼神渙散、蓄著一把時髦山羊鬍且全身上下散發一股危險神祕感的沈載敏，是除了柳熙雲、金正赫外，我們隊上另一個倍受期待的二軍選手。能獲得如此關注除了本身擁有不錯的實力外，那彷彿從首爾時裝秀走出來的亮麗男模外型也是原因之一，畢竟長相帥氣又有實力的選手很受歡迎，如果栽培成功的話，肯定會是一軍隊伍的看板球星，對門票銷量也有很大的幫助。

「你可以罵青瓦台的那個蠢蛋，但不可質疑你的奇蹟主宰者！」

發明這句話的人是腦筋相當靈活又鬼點子一堆的老姜，「奇蹟主宰者」的綽號也是他替沈載敏取的。

之所以會誕生這個誇張綽號原因有二：首先，他擁有的強大三振能力能支配整個球場；而最主要的原因其實是他對於比賽走向的預言總能說得精準無比，尤其是這種單場勝負的比賽。平時沉默寡言的他總能透過觀察比賽的一舉一動來預測比賽的最終結果，準確率更是高的嚇人，已經到達連資深球評也自嘆不如的地步。

他最經典的代表作就是去年韓國大賽總冠軍第六戰的預測。我們二軍選手當時聚在酒吧觀看這場比賽，正當大夥兒以為第六局結束還落後三星獅八分的斗山熊隊會大敗、讓系列賽聽牌的三星獅能順利拋下彩帶的時候，沈載敏卻在七局下半斗山熊結束進攻時，大膽預言三星獅會因為先發投手崩盤的關係導致輸球。那時每個人都對於這項預言一笑置之，原因是因為那場比賽三星獅的先發投手張洹三在前六局的投球中三振了打者九次、只被擊出兩支一壘安打的零失分完美表現，完全壓制了打線實力普通的斗山熊，怎麼可能會突然間崩盤？

但之後的比賽結果卻如同沈載敏所說，投手張洹三在第七局開始不知怎地瞬間崩盤不斷失分，在發現疑似受傷的情況下退場，之後接替的投手們也無法抵擋斗山熊像是吃過禁藥似的暴力打線，斗山熊最終以十五比八的懸殊比數奇蹟般的逆轉獲勝。

雖然最後三星獅還是取得了第七場比賽的勝利，成功完成空前絕後的五連霸紀錄，但我們卻對沈載敏在第六戰的神奇預言留下更深刻的印象，這之後他也曾在二軍的幾場比賽預言過勝負，六場比賽下來從來沒有失過準。

突然間「鏘」的一聲傳來休息區裡面，將因為主宰者的一句預言開始熱烈聊天的大家拉回了現實。視線轉到球場後除了發現本壘板有三名三星獅選手正興高采烈的等待打者繞回本壘慶祝，還看見牆爸正在投手丘拍背安慰身形單薄、一臉懊悔的潤基。

潤基他被第九棒打者擊出滿貫全壘打了。

在第一棒打者被四壞球保送後，角落的黑色電話發出不安分的聲響，眼鏡蛇不疾不徐的順手接起，將話筒掛回後隨即說出了這次的熱身人選。

「申泰順、Chen！去牛棚準備！」

「哼，居然要我在這種情況上場……」脾氣暴躁的申泰順像是憤世忌俗般發著牢騷，隨後便起身離開休息室。雖然剛剛有投了幾球，但還沒完全熱好身的我也將球帽戴上，抓起一旁的手套並站起身來。

「這場比賽對你來說很重要，請你加油。」沈載敏對著準備離開的我拋下這麼一句話，面無表情且毫無來由地。

「嗯？什麼意思？」

此時的我瞪大眼睛有些疑惑的歪頭看著突然出現莫名發言的他。

主宰者不理會我的追問，眼光持續凝視著牛棚網外的外野風景。

飢渴的愛現鬼

時間：二〇一九年十月七號（一）9時02分

地點：水原綜合運動場棒球場內部

「Good job everyone！大家辛苦了！我們 Take a break 20 minutes 後就開始進行各自的投打訓練！」

結束了一千五百公尺長跑訓練後，來自美國的外籍體能教練Jack用英韓融合的奇怪語言在終點迎接我們。目前約有四十位的二軍球員正在水原棒球場，KT巫師隊二軍選手們不分投打者正齊聚一堂，接受由體能教練設計的晨間訓練菜單。

「過來集合！在投打訓練開始前總教練有話要對大家說！」

KT巫師隊二軍的當家游擊手、同時也是隊長的尹勇鉉，在休息時間尚未結束時通知大家這個消息，原本還在聊天打鬧的選手們紛紛站起，聽從指示小跑步走向總教練所站的一壘外側的草地區域。

只見大夥兒規規矩矩的分成四排，全都安靜地稍息立正站好，我們面前的體能教練、打擊教練、投手教練等，也都各自雙手插腰沉默不語，凝重的氣氛持續了一陣子過後，總教練眉頭深鎖的板著一張臉走了過來。

身穿咖啡色皮夾克頭戴球帽的總教練在輕咳幾聲後，用洪亮的嗓音開口：「大家早！」

「早！」包括教練團在內大約近五十人齊聲回應，所有人的聲音合起來氣勢十分驚人，但總教練一人說話的音量也不惶多讓。

「昨天KT巫師的一軍隊伍對戰三星獅以二比一，一分之差落敗，連同之前對上樂天巨人、NC恐龍的系列賽，我們一軍隊伍已經六連敗了！」

總教練用凶狠的口吻說完後，突然將手指向站在第一排左側的孫正勳說：「正勳，你聽到這消息後有何感想？」

突然被點到的隊上三壘手孫正勳剛開始有些摸不著頭緒，但反應快速的他隨即回答：「我感到很難過，教練。我們差一點就能贏了！不過我認為要是最後那顆很幸運剛好擊中全壘打標竿的球飛得更旁邊些，比賽的勝負可能還不確定。」可能是認為自己回答得很好吧！從正勳的側臉中似乎窺見了得意的神韻。

「你說你對於KT巫師的一軍隊伍輸球感到很難過，是嗎？」

見總教練出乎意料又重複了一遍正勳回應的答案，原本信心十足的正勳感到困惑，只能唯唯諾諾的小聲答覆：「是的……」

「正勳，你加盟KT巫師幾個球季了、打了幾場比賽？」

「去年我加盟之後在二軍健康出賽打了整整一個球季，連同今年，我出賽的場次共有一一九場。」正勳回答。

正當大家暗自讚歎他居然能記得那麼清楚的時候，總教練像是不給他思考時間似的繼續追問：「你想升上一軍嗎？」

「非常想！這也是我為什麼會一直待在這裡的原因，總教練。」孫正勳這次不假思索的說出了在場每個人的心聲。

「那就對了！既然你都這麼回答了，那就根本不必為了一軍的球隊輸球、甚至六連敗、十連敗感到難過；相反的，你反而要覺得高興才對！會連敗就代表一軍的那些蠢蛋找不到贏球的方法，上層為了避免輸太多球導致球票賣不出去，就得把那些蠢蛋換掉。」

「要怎麼換掉他們？自然是把他們調降二軍；要如何補他們的缺？顯然是從我們二軍挑選適合的人；至於要怎樣才有機會被挑選……我想你們應該很明白吧？」

這次沒有任何人敢答腔，教練見狀後又咳了幾聲，用了比剛剛還要大的音量說：「當然是在二軍中打出鬼神般的恐怖數據！讓同隊的對友承認你和他的實力天差地遠；讓敵隊的對手納悶為何你這樣的身手還會待在這裡；讓一軍的那些教練後悔沒把你放在開季名單裡面……不過，最重要的就是：讓本大爺朴承燁親口對你說出『滾吧，別再讓我看到你在這出現！』這句話。」

總教練說完後用銳利的目光掃過在場所有的二軍選手，明明身材矮小肥胖卻散發出盛氣凌人的霸氣，這就是我們KT巫師隊二軍的精神領袖、數年前還是職棒選手時人稱「釜山轟炸機」的朴承燁。

「最強的人不是謙虛的天才，也不是默默努力的蠢才，而是飢渴的愛現鬼。」選手生涯成績十分突出並以有古怪性格聞名的朴承燁教練平時常將這句話掛在嘴邊奉為圭臬，在他的眼中，二軍與一軍的選手並無明顯差異。無關天分與運氣，只要你準備充足、盡情展現你的拿手絕活，讓大家意識到你的存在的話，球隊一定會給你該有的位置。

為了激勵我們，他曾經說過讓二軍球員們感同身受的一段話：「韓職的一軍和二軍的最明顯的差異的就是生活品質。年薪方面，一軍薪水由五千萬韓元開始起跳，你們只能領少得可憐的二千七百萬韓元；交通方面，一軍能舒服的搭高鐵或飛機前往各地，你們還得坐在小巴士好幾個小時才能到客場作戰。」

「最慘的是：當一軍的那些傢伙正為了慶祝球隊勝利開派對喧鬧時；你們還得在比賽結束後觀看檢討影片，並自行保養球具、清洗球衣……對二軍選手來說，訓練就是你們僅存的『休閒活動』！覺得很不公平嗎？覺得被歧視嗎？很抱歉！這就是遊戲規則，唯有升上一軍，你的選手生涯才會被承認、你的比賽攻守數據才會被登在《首爾體育報》裡面，而我的任務就是每天逼迫你們學會贏球的方法，讓你們離開這鬼地方！」

正因如此，總教練是個對二軍隊伍的戰績要求十分嚴苛的傢伙，他曾經因為二軍隊伍練習氣氛散漫導致連敗的緣故，氣到拒絕參加隔天球團舉辦的宣傳活動，還因此被上層申誡警告過。在朴承燁的教戰守則裡面，沒有「應付比賽」這四個字，他認為在比賽中放手一搏才能凸顯球員們存在的價值。

以前我所待的職棒對二軍制度的規劃是十分隨便的。比起韓職二軍動輒數十名的教練團，我隸屬的球隊二軍竟然只象徵性編列了兩名教練帶領球隊，表明只將二軍隊伍視為球員回收場來消化比賽，比賽場次的密度也與韓職相差懸殊，不重視二軍的態度可見一斑。

來到韓職這幾年之後我才明白，為何我們的國家隊每次遇到韓國總是輸多贏少。

連二軍的比賽都那麼想贏了，更何況是代表國家出賽呢？

「下一場比賽我們剛好也會對到三星獅二軍，就由我們來達成一軍沒辦法做到的事！沒什麼問題的話大家就開始今天的正式訓練！解散！」

總教練發表完慷慨激昂的招牌演説後，大家彷彿是被施了魔法似的，個個士氣大陣，摩拳擦掌地準備接下來的投打訓練，當我也正要轉身前往牛棚做調整的時候，二軍投手教練安志煥從我身旁經過時留下了句：「Chen，等等你去當打擊訓練的餵球投手吧！那些野手們今天看起來每個都狀況絕佳。」

雖然想裝作聽不見，但我還是很快的回應他：「我等等就過去。」

易怒的老牛仔與紅色靶心

時間：二〇一九年十月九號（三）20時21分
地點：客場牛棚熱身區
比賽實況：六局上，無人出局，比數：七比四

KT巫師隊是一支極為年輕的球隊，在二〇一三年成立之後，花了一年的時間打了一季二軍賽事，直到二〇一五年才正式在一軍出賽。

一支新球隊如果能在一開始就取得不錯的成績的話肯定能為韓國職棒帶來一股新的威脅，但遺憾的是KT巫師隊的第一個球季以不到四成的勝率告終，在專家開季前的一片不看好下得到了「眾望所歸」的失敗成績，《首爾體育報》的專欄作家也對此評下「雖然有許多不錯的年輕選手，但在不穩定的投打狀況及還沒適應一軍強度的各種理由下，KT巫師隊會暫時取代韓華鷹隊墊底的位置幾個球季」的季後分析。

球團在二〇一六年針對這個弱點進行了補強，透過交易年輕球員來換取數名經驗老到的球員，希望戰績能有所起色。

目前待在牛棚的選手共有兩位，而在我身旁賣力熱身、被球迷暱稱為「老牛仔」的老投手申泰順便是那年被交易來的老將之一。

「老將的價值往往在關鍵的時刻發揮。」眼鏡蛇常在我們面前說著這句陳腔濫調。

但在棒球界中，陳腔濫調就如同權威般無從挑戰。

一般人類的身體機能大約在二十五到三十歲之間達到最高峰。不過對於我們職棒選手而言，由於剛進入聯盟的年紀大多約在二十四歲左右，經過三至五年的磨練才能讓日趨成熟，讓球技達到巔鋒狀態。

二十七歲到三十二歲。這兩個歲數之間便是職業棒球員的黃金階段（順便一提，目前我三十一歲，後年將正式離開黃金階段）。

之後，隨著年紀的漸增，球員的體力會逐漸下滑且難以負荷比賽強度，這時如果還想繼續待在球場的話就必須依靠在球場征戰多年的經驗。

申泰順大概是我見過最會活用這項武器的沙場老將，也是KT巫師隊最缺乏的「老球皮」。

從二十四歲加入韓職開始，申泰順已經在投手丘度過十四個年頭了。在這十四年當中，他總共在一二軍來回升降了無數次，剛開始是因為經驗不足及天分不夠而在小聯盟鍛鍊，近幾年則是因為傷痛不斷而多在二軍進行調整。通常這種非球隊基石的選手在職業生涯末期會被當做二軍陪打員，或是被當做交易籌碼遊走各隊成為棒球浪人後落寞退休，但申泰順卻安分的待在韓華老鷹隊將近十年，直到二〇一六年才被KT巫師隊以一位年輕野手和一個二輪選秀權為代價交易過來。

「一個在一軍堪用的中繼左投老將」這是雜誌《Oh! Baseball》對他的分析，乍看之下毫無特色可言，卻在一句短評中出現了這支球隊最缺乏的兩項關鍵：「堪用中繼」和「左投老將」。

趁著練投的空隙，我刻意放慢節奏開始偷偷觀察著老牛仔（他很討厭別人當面用這綽號叫他）的熱身。

在接到捕手傳回來的球之後，先是把身子側到一旁，並將雙腳平行併攏的踏在牛棚白線上，球則擺在手套張開後最靠近虎口的位置，以最舒服的站姿及完美的藏球當做前導儀式的老牛仔，開始準備拔槍。

微微的將腳小幅度抬起後，老牛仔那微彎曲的膝蓋代表重心正要啟動，同一個時間裡手臂也開始往上伸直，在舉在最高點的時候，他的手套、體軸、下半身呈現出一條過分完美的直線。

懸空停頓的時間不過兩秒，手臂做出了像是向上帝禱告般的姿勢緩緩往下位移，此時他的重心仍然保持在肚臍上方，正當老牛仔離開手套的持球左手還在身體的另一側時，下半身臀部的力量早在跨出步伐的前一刻先行施展，這個動作會使下半身的旋轉能在上半身之前，使投手獲得更強力的能量。

豪邁地用穿著釘鞋的前腳在紅土踏出沉重聲響後，艱困的投球任務來到了最終階段，老牛仔那速度與力道恰到好處的前衝動作確保了力量能夠流暢轉換；在球離開掌心之前，手臂像是彈性十足的橡皮筋般快速甩動，在空氣中劃出一道風馳電掣的軌跡。

結束一連串攻擊姿態後，老牛仔優雅的以腳尖落地，手套仍舊安穩地緊貼心窩，剛才還在大幅度甩動的手臂則是輕巧的歸回原位。

瘋狂的扣下板機，華麗的將槍收回口袋，老牛仔又一次完美的精準射擊！

也許是我注視的目光過於熱情，在投了兩三顆球之後，老牛仔在接捕手回傳球時似乎發現了我正目不轉睛的猛盯著他瞧，突然的停下手邊動作走向我這邊。

「嘿，中華台北人，你現在到底是在他媽的看哪裡？」

糟了。

「從剛剛開始就偷懶不熱身練投就算了，還在用那對狗眼看我這邊，你到底是有什麼毛病？是要打亂我的投球節奏好讓我無法上場嗎？」

極盡所能的挑釁語氣，以及凶神惡煞般的眼神正雙重壓制著我。

「NO，我沒有啊，申泰順先生，我只是在欣賞你的投球動作。」我操著語調奇特的韓文解釋。

申泰順聽完我的說詞後突然暴怒，隨即用左手將戴在右手上的手套拔出，用力的往地上一砸後將雙手揪住我的球衣衣領，並破口大罵：「所以你這狗娘養的是要分析我的投球姿勢找出弱點是不是？」

只見老牛仔將雙槍拔出，像是要置人於死地般的將槍抵在兩邊的太陽穴上質問著無辜軟弱的老百姓。

被冠上莫須有罪名的我只能驚恐的像節拍器那樣來回不斷搖頭否認，但申泰順那肥大的雙手在我衣領上施加的力道卻是越來越大，絲毫沒有鬆懈的趨勢，我的雙腳開始被迫離開地表數公分，我們兩個的體型實在是差距太大了，完全無法掙扎。

原本還蹲在一旁看著我們對話的牛棚捕手發現申泰順和我產生衝突之後，趕緊脱下面罩跑來關切，皺著眉頭問我：「怎麼了？你做了什麼惹泰順哥不開心？」

「這中華台北人想對我們的隊伍進行情蒐，然後找出弱點賣給敵隊！」動作俐落的老練牛仔此時化身為無賴，將原本揪住我衣領的其中一隻手拿開，轉而粗暴的指著我的額頭。

「泰順哥你先息怒，我想這應該只是誤會一場啦！他在二軍待久了，難得可以看到一線球員投球的英姿，當然想多看幾眼啦！再説，他哪有那個膽子幫敵隊情蒐資料啊，明年能不能繼續待在球隊裡面都是問題了！」申泰順在聽了牛棚捕手的言論之後，態度有稍微軟化了些，雖然眼神依舊瞪著我瞧，但總算是鬆開我的衣領，將剛剛丟在地上的手套撿起，並説：「哼，這就是為什麼我討厭這些萬年二軍的原因，對球隊毫無貢獻就算了，還一直扯其他人後腿，真是沒用的飯桶。」

說完便回到白線後的位置準備繼續進行熱身工作，而出來當和事佬的搭擋捕手在離開前警告我：「泰順哥晚點就要上場了，你這傢伙可別影響人家的情緒，萬一因此被打亂投球節奏投差了怎麼辦？這可是他重要的復健賽耶！害他回不了一軍的話你要怎麼負責？」

「唰！」老牛仔冷靜下來後又開始練投，也許感覺到自己快上場了吧！這次球的尾勁又比剛剛更強了些，已經是正式比賽的投球力道了。

看到老牛仔那麼拚命，我也抓緊時間投了幾顆球，但說真的我今天的狀況實在是差強人意，不管是控球還是球速都乏善可陳，派我上去簡直就跟提油救火沒兩樣，除非是教練團決定放棄這場比賽我才會上場吧。

「申泰順，準備上場！Chen你下去休息吧。」

在敵隊第六棒打了支內野安打後，眼鏡蛇決定換上老牛仔接替瘦猴潤基的投球工作。擔任長中繼的他今天只撐了二局，還被打了支滿貫砲，在用球過多又沒辦法止住對手攻勢的情況下，教練只能將他換下，不過最大的原因還是因為對方下一棒是左打者，所以就理所當然的換上左手持槍的老牛仔，「左投剋左打」也是棒球場上亙古不變的陳腔濫調之一。

在第二次回去牛棚休息室前，我站在牛棚的角落目送才剛發完脾氣的老牛仔離開。由於他的體形高大肥胖又不失結實，因此出場的魄力顯得相當驚人，彷彿就像一出場就要用銳利牛角刺穿鬥牛士腹部的發怒公牛。

雖然球團對於申泰順經常與其他選手發生衝突一事感到十分頭痛，不過老牛仔在脫離了棒球員黃金階段後還能夠展現出這樣的氣場與身手，說不定也與他那易怒性格有關，怒氣能完美激發出人類的腎上腺素，激發出老牛仔扣卜板機的殺意。

對了，老牛仔在正式踏入球場前突然回頭往我這邊狠狠的瞪了一眼，臨走前還不忘留下一句：「滾回去打你們國家的業餘成棒吧！你這沒用的敗戰處理投手！」

我並沒有回應他，只是默默的點頭致意。

「老牛仔？我看還比較像是隻發狂的鬥牛吧。」

在申泰順抵達投手丘後，我才偷偷低頭看著剛剛才被他揪成一團、有些發皺的鮮紅色衣領，喃喃自語著。

Go Or Stop

時間：二〇一九年十月八號（二）10時56分

地點：KT巫師二軍球隊巴士，京釜高速公路，慶尚北道金泉市附近

기억하나요 우리 함께 했던 시간（還記得嗎　我們在一起的時光）Freedom Butterfly～

설레이나요 한 땐 모든 것이었던（還會心動嗎　依舊一如從前）Kiss And Say Goodbye～

내 마음 모아서 너에게 전하고 싶어……（想將我的心意傳達給你……）

聲嗓過於甜膩的女高音，輔以輕快強烈的節拍調子，從耳道式耳機中不斷綿延灌入前庭耳蝸神經中，再經由內耳的感覺細胞單方面強迫傳遞到我那食古不化的大腦，大腦透過海馬體開始回憶起與這首歌有關的相關資訊。

「這是什麼聲音？」

「韓文流行歌曲。」

「這首歌的曲名？」

「〈Freedom Butterfly〉。」

「這是誰唱的？」

「Neptune 8。」

「Neptune 8是什麼？」

「去年剛成立的韓國女子團體，由八位平均年齡二十三歲的女孩組成，名字由來顧名思義就是參考太陽系第八行星——海王星。〈Freedom Butterfly〉是她們今年出的最新單曲，也是她們出道以來的第三張專輯，目前占據Gaon Chart唱片單月銷售排行榜的第二名。」

「為何會聽這首歌？」

「球隊移動日的前一晚，從Wanderers按摩店回到宿舍後，正赫擅自把Neptune 8的歷年專輯從他的電腦灌入我的手機中，並推薦我在漫長的旅途中藉此尋求心靈上的慰藉。」

「這首歌的內容是什麼？」

「有著遠大夢想的女孩在週末夜晚回憶起那個曾經互相許下海誓山盟，卻因為一點小小摩擦而分手的男孩，在過於思念的情況下化做一隻脆弱的蝴蝶飛向未知的彼方的故事，我猜。」

「你喜歡這首歌嗎？」

「嗯……說不上喜歡但也沒到討厭的地步，我的感官神經將他認定為悅耳的噪音。」

「你現在感覺如何？」

「我覺得好冷，我需要多穿一件外套。」

突然的站立，使得原本還癱在座位上的身體立即傳來警訊，除了腳底感到一陣酥麻痠痛外，小腦也像是挨了一記悶棍般令我暫時失去了平衡。

在眼睛好不容易找回久違的焦距後，我慢慢的挺直腰桿，開始環顧起四周。

距離巴士駛動到現在已經過了許久，在那之前我都靠著聽正赫推薦的K-POP一百首精選，像是Neptune 8、Indigo Blue、Soufflé Z 、Tangent Sister等女子團體近年來的歌曲隨著旋律一起暈頭轉向。

一旁的牆爸誇張地張著嘴巴的滑稽模樣並沒有在我的視線中停駐太久，伸手拿起放在頭頂上置物架的背包，打開拉鍊取出連帽外套穿上後，我隨意轉頭望向巴士深處開始觀察巫師隊的隊友們。

大部分的人都在車上打盹，畢竟下車後就要展開為期三天的客場三連戰了，充足的休息才會讓身體的運動能力發揮透徹，對此十分注重的一壘手裴洙漢，甚至戴上了眼罩和耳塞來確保不被外界干擾自己的睡眠品質。

但總會有些例外，年輕選手旺盛的精力多到連大量的比賽和訓練都還無法滿足。

二年級生孫正勳正在和同輩的二壘手文慜東，以及今年的新人左外野手慎鏞昇、投手柳熙雲進行一場激烈的撲克牌對戰。

「哈！同花順！就在等你這隻死不出現的大老二啦！這樣就結束了！」

看來互相爾虞我詐的紅黑攻防戰暫時告一段落。

柳熙雲雖然刻意放低音量，但從他咧嘴而笑的得意模樣就能看出誰從這四人中脱穎而出的勝利者。

「抱歉啦各位，我運氣好到不行，乖乖把皮夾拿出來，每個人各一張申師任堂！」柳熙雲説。

「哼，牌運好成這樣，我看你都把明天先發的好運都用光了吧！最後一定投沒幾球就下場了。」

文慜東忿忿不平的從皮夾拿出一張五萬塊韓圓之餘還不忘詛咒柳熙雲明日的比賽結果，可見剛剛的牌局從頭到尾都讓他占了上風，而其他人也是一邊掏錢一邊抱怨柳熙雲的全場壓制。

「阿東你這臭傢伙少在那邊烏鴉嘴，本大爺最近的運勢可是旺到不行，不管是賭博還是棒球我都一定是笑到最後的那個！我們接下來賭 Go-stop（韓國花牌）怎麼樣？」

也許是想趁勝追擊吧！柳熙雲躍躍欲試地拿著一副外表印有漂亮紅色花紋的牌盒問其他人。

「啊，那個我不會。」

「我有點累了想睡一下。」

「剛剛輸太多了，再玩下去這個月的薪水就要花光啦！」

三人不約而同的拒絕了柳熙雲的邀約。

正當柳熙雲想要以激將法繼續引起他們的好勝心時，坐在我後面、同時位置也在柳熙雲隔壁的老姜突然對著拿牌盒的他說：「小柳你Go-stop很強嗎？」

柳熙雲見前輩突然跟他搭話也沒有擺出拘謹的態度，很乾脆的就回答他：「不是我在說，如果韓國職棒比賽項目改成Go-stop，我應該每年都可以拿MVP到退休。」

「哼，口氣倒是挺狂妄的，看來你是沒聽過我老姜在Go-stop界的傳說綽號——五光魔術師了！不如我們現在就來分出個勝負？」

「姜哥既然都這麼說了，那當然是要來拚個你死我活啦！既然只有兩個人，那就玩Matgo版的？」

「不不不，Go-stop當然還是要玩三人版的比較刺激，那個從剛剛開始就在旁邊偷看的傻子，你就當那最關鍵的第三人吧！不會玩也沒關係，我們來教你規則！」

老姜說完便用左手臂將我的脖子圈住，我感到很難受。

「不好吧！姜哥，Go-stop就是要三個很會玩的人一起較勁才有趣啊。況且……」

柳熙雲話說到一半往我這瞅了一眼。

「要我跟一個只能投出八十五英里直球還講得一口破爛韓語的老人講解Go-stop規則簡直浪費時間，我還寧願用英文去跟Alex Perez聊聊美國饒舌歌手。」說完後他便兩手一攤，當著我的面對姜哥的提議擺出相當不以為然的樣子。

「別那麼說嘛！我看Chen也是很有興趣才邀他的，不然怎麼會站著看你們打牌看那麼久？我們就讓Chen邊玩邊學規則啊。」

「如果是這樣那我還是別玩了吧！姜哥，我可以把牌借給你當教學工具。」

眼見柳熙雲抗拒我加入牌局的態度十分堅定，老姜似乎又想替我講話，我只好搶先說出：「沒關係啦！反正我頭腦也不太靈光，不適合玩這種益智遊戲……我會站起來也只是想活動筋骨，順便加件外套而已，接下來我會繼續睡覺，你們如果想玩那什麼Go-stop可以找載敏啊！」

「可以喔，我稍微懂一點規則。」從剛剛開始就目睹一切、坐在老姜旁邊的沈載敏打破沉默，用富含磁性的獨特嗓音接受了我的提議。

「好吧！這樣就湊齊三個人了，那我們就快開始吧！小柳我幫你發囉。」

多虧老姜和沈載敏有默契的一搭一唱，才化解了剛剛那十分尷尬的氣氛，我在心裡默默感謝這兩個人後便轉身坐下，閉上雙眼準備入睡。

除了完全無法舒緩情緒的K-POP之外，剛剛短暫的站立也讓我的暈車症狀愈發嚴重，疲勞感更是理所當然的成正比向上提升；但也拜此所賜，我能感覺到這次身體應該可以獲得暫時的休憩。

「지옥에 가라 멍청이！（去死吧，白痴！）」

不知道是夢境還是幻聽，在神智逐漸朦朧的前一刻，我的耳邊依稀響起了這麼一句韓文。

無情且冷漠的腔調如搖籃曲般迷離地攪動我的思緒。外套包覆的身體依然不爭氣的顫抖著，手腳凍得無法動彈，嘴唇不用看外表想必也乾裂的發紫……

誰可以過來把巴士的空調溫度調高呢？

纏繞的纖維錯綜盤據全身。

已經形成一個不規則的繭網了。

仍舊只是一些鬆軟凌亂的繭絲層。

我開始以S型的方式吐絲。

繭的輪廓漸漸出現。

這才是我要的繭衣。

但似乎不太夠。

糟了。

蜘蛛來了。

被牠們逮住的話會被肢解分食的。

得加快腳步才行。

吐。

快吐。

由右至左

時間：二〇一九年十月九號（三）21時08分

地點：客場牛棚熱身區

比賽實況：七局上，一人出局，一壘有人，比數：九比四

KT巫師隊更換投手韓潤基，由申泰順上場投球（4-2, ERA3.77）

申泰順雖然在第六局壓制了對方打線，但七局上一開始面對首名打者就被打了支安打，教

練見狀隨即指派牛棚中繼投手準備熱身，因為這是年事已高的他大病初癒的第一場比賽，也許是想讓他投到一定的球數就下場也說不定，一軍選手在二軍出賽時就會顧慮比較多。

中繼投手依照比賽狀況，隨時在一旁待命準備熱身，先發一有狀況就立刻接替上場，根據場上遭遇的不同危機從牛棚中派出各種功能性投手，像是長中繼、短中繼、終結者……等。

總體來說，雖然中繼投手的重要性在現代棒球中越來越被強調，但其魅力卻遠遠比不上先發投手或負責打擊的野手，充其量只是比賽中不可或缺的小螺絲釘，不被球團或是球迷重視，被當做消耗品那樣處理。

牛棚中最亮眼的存在是終結者，他們負責在八、九局球隊小幅領先時輪番上場鎖定勝利，不管在實力或是心理素質方面都要具備一定的水準，才能禁得起如此高張力的場面。

球隊中有鎖定比賽勝利的上駟，自然也會有負責失敗比賽的下駟。這些消耗品中最沒有利用價值的雞肋，被世人稱之為敗戰處理投手，他們不受教練信任、不被媒體採訪，獲得球迷的關愛程度更是微乎其微。

哪些人會是敗戰處理投手？像是年齡已過黃金階段又沒有實績的老傢伙、心理素質差到無法在關鍵時刻發揮實力的膽小鬼都有可能被安排到這個位置，譬如說目前正在牛棚練投的我、譬如說目前也在我旁邊練投的老姜。

老姜在加入南韓職棒前打的是高陽鷔奇隊，是一支由高陽市地方政府與網路公司合資組成的獨立運作隊伍，二〇一一年創立時曾經舉辦過「完全不設限制」的球員測試會，當時還吸引了三百多名選手參加測試。

這場震驚南韓棒球界、傳說中的不設限測試會由於受到高度關注卻又十分神祕，在資訊甚少的情況下理所當然成為老姜常拿來炫耀的故事之一，畢竟他是從這場測試會中脫穎而出的四十名正式選手。

根據老姜的敘述，當時來參加測試會的人五花八門，有剛被韓職一軍釋出的選手、在成人乙組出賽的業餘好手、從中南美洲遠赴而來的外籍球員……等，甚至是沒參與過正式棒球訓練的一般棒球愛好者都前來尋求機會，報名者多到必須先經過兩輪測驗、打數場模擬賽才能全數檢測，前前後後共花了一個禮拜的時間。

老姜會參加測試會也有一段苦澀的緣由，他在高中時原本是一名意氣風發、備受看好的校隊王牌投手，還被美國職棒隊伍的球探看上，高中畢業後隨即以十萬美元的小聯盟簽約金被聖路易紅雀隊簽下，以來自南韓的超級新秀之姿從新人聯盟開始打起。

然後在兩年後因為右肩傷勢過重的緣故被球隊釋出，到達的最高層級只到高階一A，大聯盟美夢破碎。

被醫生診斷出素有「投手絕症」之稱的唇關節撕裂傷使老姜的棒球生涯跌落谷底，不願就此放棄這條路的他開始尋求其他能延續投手之路的方法，老姜摸索了好幾年，最後從自己那不常使用的左手中找出答案，並獲得參加測試會的機會。

測試會現場龍蛇雜處，有堅強實力的、想來檢驗自己的棒球能耐的、原本的工作做不下去想轉換跑道的……各種不同背景的傢伙同時出現在高陽國家代表訓練場，目的只有一個——賣力展示自己對棒球的瘋狂與熱愛。

那時的測試會有個讓我印象最深刻的傢伙，一開始看到以為他是球隊中的教練或是參加球員的父親，直到他拿起了手套開始賣力投球，大家才知道這個人也是來跟大家搶球隊投手飯碗的選手。

「猜猜看他幾歲？」

「五十多歲？」

我記得我當初是猜這個數目，大聯盟史上最高齡選手出賽的紀錄是非裔美國人薩奇．佩吉，曾在一九六五年出戰波士頓紅襪，當時他五十九歲。

「很遺憾，你不只是猜錯，還差了整整三十年，那個老頭在當時說他的年紀是八十九歲時全場的表情就跟你現在一樣！他說他學生時代曾經帶領光州工業高校隊拿下準優勝，因為一九五〇年韓戰爆發的關係才被迫中斷棒球生涯，近二十年來都在首爾的社區乙組棒球隊擔任先發投手，在當時測試的時候最快球速還有八十公里！如果是我，到七十歲時可能連手都舉不起來了吧！」老姜說。

高陽驚奇隊的驚奇並沒有延續多久，二〇一二年正式成軍並在韓國職棒二軍聯盟打了三個球季後隨即因為資金不足而宣布解散，老姜也因此輾轉來到二〇一四年新成立、極度缺乏人手的KT巫師隊，雖然他從來沒有機會上過二軍。

今年的老姜三十五歲，是KT巫師一、二軍隊伍中年紀第二大的選手，僅次於申泰順，是這支年輕隊伍中少見的老將。

在性格方面，有別於申泰順那韓國人典型的強硬固執風格；老姜算是比較樂觀隨和且愛照顧其他人的雞婆個性，不管是年輕選手或行政人員，甚至是教練都能與他相處融洽，在人際關係方面可說是打理的十分出色，「釜山轟炸機」朴承燁總教練還曾誇他為二軍的「休息室領袖」，是負責鼓舞球隊的士氣及凝聚團隊的革命情感的重要角色，我想這也是為何球隊高層始終沒有解雇他的緣故吧！

當我直球練習量趨近於飽和、開始投些變化球不久後，一旁也在練投的老姜突然對我說了一句：「你今天曲球下墜幅度很大耶！像是從首爾六三大廈頂樓丟下來似的，Excellent！」

老姜的「誇張精神激勵法」今天依舊在牛棚連發。

「謝謝，你的直球尾勁看起來也很不賴。」聽到老姜的話，我也有些不好意思的回應他的讚美。

「哈！別提我那最快球速只有一三〇公里的Fastball啦！這種球除了可以稍微騙騙剛進來的新人左打外，誰都能輕易的打出全壘打牆外的。」說完老姜又投了一顆直球，內角偏高好球。

「比起我這敗戰處理投手，能夠成為球隊中用來對付敵人左打的『一人投手』已經很厲害了！」

「Chen你這只是暫時的啦！等到球隊又有菜鳥加入，你就有機會回到勝利組，甚至是到一軍投先發的。球團很看好你，所以當初才會不惜耗費洋將名額、用高額簽約金買下你這個史上第一位加盟韓職的台灣人，光明未來是你的，才不是屬於我這耍猴戲的老人家。」

老姜說完後又投了一顆滑球到牛棚捕手的手套中，外角偏低壞球。

我沒回應老姜對我的勉勵，也沒有看出老姜在說這些話時那異常落寞的眼神，我全神貫注的練習著變化球，老姜也毫不在意的繼續熱身。

牛棚練投區兩位中繼投手間的沉默隨著球場上的一個失誤發生而被打破，由於三壘手孫正勳漏接了對方打者擊出的軟弱滾地球，場上隨即形成了一二壘有人的不利情勢，申泰順因此在投手丘對著一旁的孫正勳破口大罵，在情緒方面完全受到影響。

「這下子轟炸機不會再讓他投下去了吧，會換我上場對付下一棒的左打者呢？還是會讓已經熱身三次的你來接替這半局的投球?」老姜熱情的分析預測著教練團接下來的調度，而我只是保持節奏的繼續練投變化球，並暗自期待自己能先行上場，畢竟我已經在牛棚投了太多球了。

「老姜，去解決那蹩腳的左打吧！Chen 你在牛棚保持待命狀態，要是這局老姜還是擋不住就輪到你上場！」然而眼鏡蛇到最後還是說出事與願違的台詞。

老姜在牛棚投完最後一顆外角偏低的伸卡球過後，隨即停止熱身動作，慢慢往球場移動，卻在經過我面前時停了下來，神情看來緊張不已。

「老姜，加油！你可以的。」

也許是很久沒有上場了，老姜看起來就像毫無自信的菜鳥模樣。棒球選手要是沒有持續上場的話不但球技會荒廢，就連性格也會變的膽小且懦弱，所以我試圖鼓勵他，就像過去老姜激勵大家那樣。

但我卻沒有從老姜那邊得到「Chen 多虧你的鼓舞讓我覺得我可以解決任何打者」這樣的回應。

老姜只是單方面的強迫我接受事實而已。

「Chen，你聽我說。上場前我想對你說個祕密，我也不知道為什麼，但總覺得要是我沒說出來的話，會沒辦法解決場上那個左打者。」

老姜非常嚴肅的說著，眼中不帶任何笑意，我從來沒看過老姜的臉上有過這種表情。

老姜接著對我說出他那不吐不快的祕密，語氣像是父親臨終前對著全家人交代遺言那般堅定而沉穩。

「球團高層前陣子邀請我成為隊上專任的職業球探，而我接受了。」

深呼一口氣後，他接著說：「這將會是我的最後一個球季。」

目送老姜離開後，我按照教練的指示留在牛棚，靜靜等待著老姜掉分接替上場，或是安全下莊回去休息這兩種結果的產生，雖然我在牛棚中像個笨蛋似的投了快五十顆球卻遲遲無法上場的情況相當荒謬，但以敗戰處理投手的使用方法來說，算是相對合理的調度。

「來投那顆球吧。」

在老姜對我說完祕密離開、並接連投了四縫線直球、二縫線直球、曲球、變速球等幾個比賽常用的球種之後，我的腦中開始不斷浮現這個瘋狂的想法。

「我該投嗎？我為何要投？現在才投又有什麼意義？」

「投，為何不投？想繼續投下去就必須不斷的投，不想繼續投下去就不要再投，如此簡單。」

「投四縫線直球不好嗎？那是每個投手都該好好掌握的基本武器。」

「從巔峰期的最快球速一五〇公里邊邊角角，掉到如今的一三六公里球球紅中，你真的覺得這種投球機般的平凡球路可以解決任何一名打者？」

「投二縫線直球不行嗎？可以讓打者擊出滾地球出局。」

「省省吧，你的二縫線毫無尾勁，這樣的二縫線直球跟四縫線直球根本沒有兩樣。」

「投曲球不能嗎？剛剛才被老姜誇過的球種。」

「別以為你剛剛投的曲球被稱讚就可以開始得意忘形，從加入韓職以來你投出來的曲球幅度大多都是小得可憐，你已經找不回昔日那顆與快速球相輔相成的變化球了！」

「投變速球不可嗎？最近請教中繼投手韓潤基後學到的最新祕密武器。」

「如果你敢把這顆練不到三個月的球種投出來給三星獅打者當做打擊練習的話，我倒是沒有任何意見。」

經過長時間的天人交戰，我想我們最後得到了共同的答案。

答案已經很明顯了，只是我卻愚蠢到無法本能地做出決定。

投。

並不是喜歡投，而是不得不投；並不是突然想投；而是情勢所逼必須投。

我還記得握法，我還記得訣竅。

我還記得手臂擺動的角度，我還記得該如何運用臀部。

「就投這麼一顆。」我說。

舉手、抬腿、跨步、甩動手臂、投球。

投了出去進了捕手的手套裡才

怪他沒接到球讓球滾到了

「무슨꿍꿍이수작을부려요?(搞什麼鬼?)」

牛棚捕手就像是跳梁小丑般驚惶失措的掀起面罩，回頭去追逐那本該從手套的守株待兔下捕獲的目標。

這代表我投出了精彩的一球，但我現在卻沒有呈現出任何欣喜若狂的姿態，申泰順那粗暴攪起我整個身體的恐懼仍然在我胃中分泌；老姜那離開牛棚時僅存的悲壯感依舊在我的小腸不斷攪動著。

趁著牛棚捕手捕逸的空檔，我將腦袋完全放空，開始漫不經心的關心起我那無緣上場的比賽。

投手老姜還在和他那宿命般對手的左打進行纏鬥，球數一好一壞誰也不讓誰。

牆爸針對打者的習性與心境進行揣測，深思熟慮的打著暗號。

裴洙漢、文慜東、孫正勳、尹勇鉉這四名內野手各個都小心翼翼的彎著腰，布置著屬於他們的銅牆鐵壁陣。

左外野手慎鏞昇死命的盯著本壘板和投手丘之間的位置，他也是球隊重點栽培的選手之一。

中外野手、我的室友正赫仗著引以為傲的奔跑速度，站在離全壘打牆極為接近的位置，狂妄的擴大守備範圍。

右外野手，一個前幾天剛被下放二軍的黑人洋將，我不記得他的名字，只知道他沒有將注意力集中在打擊區。不知從什麼時候開始，就有意無意的將視線投射過來牛棚練投區這裡。他掩飾的很好，眼珠轉動的規律也拿捏的相當出色，但因為全場都將焦點關注在投打對決上，以至於只剩下還在牛棚練投的我發覺。

「嘿，死黑鬼，你現在到底是在他媽的看哪裡？」

Wanderers Massage

時間：二〇一九年十月七號（一）20時12分

地點：水原市靈通區梅灘二洞 Wanderers Massage

在大約三坪大的空間之中，雄雌二人分別一坐一躺的在廉價水床墊上進行著捍衛原始本能的偉大行為，一切都是多虧Wanderers Massage的牽線，互不相識的男男女女才能在這淫靡之地捉對廝殺。

或是單方面的屠殺，畢竟這裡只提供所謂的半套服務。

潔西卡有著特別耐看的裸體，身材纖細的她卻有著堅挺渾圓的胸部，淺褐色乳暈與小麥色的皮膚十分搭配，再加上修長的雙腿，散發出一種藝術般的健康美感，而她的馬殺雞服務之完美，更是讓我印象愈加深刻。

「這樣的力道還可以嗎？」潔西卡對著正面癱在床墊的我詢問，纖細的指尖以恰到好處的勁力壓在整隻右手臂上面，長期投球而產生的疲勞在深層推壓之下漸漸融化。

「你怎麼都不講話？該不會是舒服到進入彌留狀態了吧？」潔西卡像是小惡魔般不懷好意的追問。

「哈……誰進入彌留狀態了……我還圓寂呢……」

「哼，明明看起來就舒服的像是快死掉的鳥樣，嘴巴倒是一點都不饒人。」小惡魔這次轉當女王，指壓力道毫不留情的逐步調高，不爭氣的舒適感有增無減。

「嗯……你還蠻會按的嘛，看不出來耶。該不會之前在台灣就開始接馬殺雞生意了吧！」面對如此柔中有剛、剛中帶柔的攻勢，我只能用這種毫無防備軟弱模樣，用我那狗嘴吐些尖銳象牙，保護我那稍縱即逝的男性尊嚴。

「才沒有呢！說到看不出來，你才是最讓人驚訝的吧！長得一副弱書生的斯文模樣，身上的每一寸肌肉倒是訓練得有模有樣，想嚇誰啊？」

「鍛鍊身體是運動員的基本，老實說我這樣的在球隊中已經算是很瘦弱的了。」

「你已經比我平常接的那些挺著圓滾滾啤酒肚、自稱歐巴的韓國大叔客人好多了，對自己有信心點！」潔西卡說完突然用手掌用力往我的臀部打了一下，拍出的聲響在這密閉空間中產生回音。

「痛耶，你這樣做小心我等一下出去跟外面的爸爸桑偷告狀喔。」

「他才不敢對我怎樣，我可是這邊的紅牌，這邊營業額都是老娘撐起來的！而且他超怕我的好嗎？上次他才想在小費抽成上面動手腳被我抓到，我馬上集合所有姊妹對他……」

她開始針對這家店的陋習提出慷慨激昂的不斷抗議，手指的推拿動作卻完全沒有怠慢，而我只是閉上雙眼享受著這可遇不可求的正統按摩服務。不過更難得的我想應該是，在靈通區的這家小小按摩店裡面跟一名來自台灣的泡泡浴女郎嫻熟的用標準中文，像是許久不見的舊相識那樣隨意聊著天。

在水原棒球場經歷一連串吃重的訓練過後，原本想在宣布解散的那瞬間立刻衝回宿舍休息的舉動被眼尖的老姜阻止，他拉著神情有些怪異的正赫跑來我面前大聲嚷嚷：「Chen！我剛剛在跟這個小菜鳥聊天的時候發現，這傢伙從出生到現在完全沒嚐過粉味！這實在是太荒謬了不是嗎？今天我們就帶他去靈通區見識見識水原市營收最高的觀光勝地！」

身心靈皆疲憊不堪的我沒有立即回絕老姜的餿主意，因為我知道一旦被他逮到就無法脫身了，只好被迫加入這個臨時成軍的買春團。

「好久沒來了，跟上次比起來這裡又新開了好多間泰國浴和卡拉OK的店，小姐看起來素質都也挺高的……這間看起來不錯！就這間吧！Chen和正赫你們覺得如何？」老姜在一間名叫「Wanderers」的馬殺雞店家停了下來，回頭詢問我們的意見。

「沒意見。」我壓根不想來這，只想趕快結束後回宿舍睡覺。

「交給老姜你決定吧，反正我是第一次來……」正赫說，語氣故作鎮定。

在靈通區附近隨便吃了點東西當晚餐果腹之後，我們三人走進這條燈紅酒綠的熱鬧街道，水原市靈通區是政府合法允許經營紅燈區的重要景點，相關產業為當地都市觀光帶來不小的商機。

「OK！那麼就決定是這間了！正赫小弟弟你那辛苦獨守空閨的數十年歲月今天就要邁向終結了！Chen你那張無奈的臭臉現在擺給我看就好了，晚點進去之後請露出紳士風度的微笑！可別都不講話，趁這機會把韓文練得更好一點啊！」

「訓練韓文是嗎……」

躺在床上跟潔西卡有一搭沒一搭的用中文閒聊時，我回想起剛剛還沒進來前老姜對我的耳提面命，以及正赫剛剛在門口躊躇不前的神情。

「你說什麼？」

「想問你的韓文是在哪裡學的，講得很標準很像本地人。」才怪，我沒啥興趣。

「那是當然的，我還在台灣的時候就開始學了，那時還去報名補習班考檢定呢。」

「看來你很喜歡韓國，所以現在是來這裡留學？」沒辦法，只好繼續問下去，反正閒著也是閒著。

「不，如果是那樣的話就好了呢……」

「嗯？」

「我是在三年前第一波『出走潮』時期過來的，還是自己一個人搭飛機過來的喔。」我沒有繼續追問下去，但潔西卡像是話閘子打開似的開始分享她的故事。

「那陣子台灣就跟人間煉獄一樣，親朋好友還有以前的同事、同學們像是一起講好似的，不是被公司解雇就是自行辭職，願意留下來的也是那些願意忍受微薄薪水的窮忙可憐蟲，那時每個人相遇的打招呼都會先問『找到工作了嗎？』，不然就是『你公司那邊有職缺嗎？薪水如何?』之後就開始有一窩蜂的年輕人離開台灣,大陸、澳洲、日本、南韓……哪裡都好,總之就是趕快離開這座經濟水準低落不堪的鬼島,尋找可以賺更多錢的機會。」

中華職棒也是在那個時候因為不堪虧損而宣布解散的呢,我心想。

「我在台灣是讀社工系的,還拿過照顧服務員技術士的證照,雖然南韓這裡早就開放很多外籍看護進入一般家庭了,不過像我這種在原本的國家就讀相關科系的高級專業看護反而不多,無法迎合大多數白領階級的家庭的需求。他們薪水開很高喔,每個月一百七十萬韓元起跳,薪水是台灣的兩倍多一點。」

「我的第一個雇主是一個自行開設私人診所的精神科醫師,我負責照顧他的母親。她是個雖然高齡七十五歲卻還能每天自行去市場買菜、其實根本就不需要別人照顧的老人,我到現在還是很好奇那個醫生到底是用哪種理由申請到看護資格的。」

「那不是很輕鬆嗎?感覺不用特別花費心力去照顧。」

「是不用特別花心力去照顧她沒錯,不過那個討厭的老女人精明得很!身體狀況十分健康不需要特別看顧的她每天都對我發號施令,拖地掃地、洗衣晒衣、買菜煮飯、接送孩子上下學……整棟豪宅所有的家務事幾乎都落到我的身上,我整天像個傻子似的來回奔波,要不是因為醫生太太偶爾會私底下偷塞錢給我,我早就不幹了!我又不是來應徵來當家庭幫傭的。」

「不過讓我辭職不幹的原因不是因為那個臭女人，而是那個變態精神科醫師。這種變態不管在南韓或是台灣都是一個樣，外表看起來一副受人尊敬的學者模樣，回到家中卻是個噁心的衣冠禽獸！只要找到機會就會露出令人倒胃口的笑容對我毛手毛腳，有一次還偷偷的在人蔘雞湯裡下藥想要迷姦我！要不是我機靈的先端一碗去給那討厭的瘋婆子喝，早就被他得逞了！如果只是這樣就算了，我最氣的就是這個家的其他人明明都知道醫生對我的所作所為，卻還是睜一隻眼閉一隻眼。」

「那家子的女人尤其令我歎為觀止。首先是那個賤婆，她居然在得知此事後對我說『你們這些東南亞婊子天生就愛勾引人』這種鬼話！還有那個整形無數次、每天把自己打扮得花枝招展的醫生娘，聽到我要將這件事訴諸於法律時，居然驚恐到對著我下跪求饒，說什麼她先生只是一時鬼迷心竅才會做出傻事，希望我高抬貴手不要破壞他們的家庭和諧，我去你媽的！什麼鬼迷心竅！什麼家庭和諧！一個妻子當到還要為丈夫的變態行為辯護，這種毫無女性尊嚴的和諧算什麼狗屁爛蛋？幹你娘！從沒看過那麼蠢的女人！」雖然潔西卡慷慨激昂說的故事令人同情，不過我卻因為聽到了好久沒聽過的三字經國罵而忍俊不住。

「不過最蠢的還是那個被她的悲情攻勢擊潰的我！也許是身為女人的同理心吧！我多少能了解她義無反顧地想保護這個家庭的做法。過沒多久我就因為雇用期結束閃人，我在離開前還趁機跟他們敲詐一大筆封口費呢！」

接下來的時間裡潔西卡接連分享了好幾段她離開醫師家庭之後的故事，像是下一個看護的對象是個連話都講不好的重度智障年老患者、轉換跑道去私人農場從事日夜顛倒的採收工作、交到很疼她的韓國男友好想跟他結婚、想存多一點錢成家立業所以跑來做這行……我這個忠實的聆聽者就這樣持續聽著，並適時的給予回應。彷彿我就是他的心理醫生，而她也對我回以專業級的高超按摩技術當作看診費用，我們各取所需。

「繞了這麼一大圈，我才發現這個地方並沒有我當初想像的那麼美好，不過我還是會繼續待下去，因為這裡是我的起點。我把我的全部籌碼都壓在這裡了，還沒輸光之前我絕不離開。」我記得她最後是這麼說的。

「哎呀，居然花了那麼多時間講我的無聊人生經驗，真是不好意思。」發現自己花了太多時間訴說自己內心最深處的祕密，潔西卡臉頰微微泛紅，用有些愧疚的語氣說。

「沒關係，反正很有趣。」

「瞧你那像是在聽人唱戲似的模樣……可惡，我都說了那麼多，該換你講你的故事了。」潔西卡嘟著嘴對我表示抗議，看起來可愛極了。

「這樣露骨的想侵犯客人的隱私權，妳身為一個鎮店紅牌的職業道德在哪？」

「我們這行從來沒有那種正派精神，少在那邊跟老娘說鬼話！我問你，你說是個棒球選手，那你的守備位置在哪？是內野手、外野手還是捕手？」

「你是故意的嗎？整個棒球隊就那個最重要的位置沒提到。」

「所以是投手？看不出來耶，因為你身材那麼結實，我還以為會是個每天都要出場打幾支全壘打出去的野手。」

「正好完全相反，我不但是個投手，還是個出賽機會不多的牛棚中繼，專門在比數落後上去提油救火的敗戰處理投手。」

「聽起來怪可憐的，你當初怎麼會想當投手呢？當一個打者多好，至少可以每天上場帥氣的揮棒。」似乎不太懂棒球的潔西卡停下手邊的按摩工作，淘氣地用雙手做出揮棒打擊的動作。

「其實我當初在國中的時候還是隊上的先發第四棒中外野手，改練投手是從高中才開始的。」

「好端端的怎麼突然從打者變投手？」

「棒球是很講求天分的運動，埋頭苦練的精神總是比不上天生具備的身體優勢。我高中讀的是台灣有名的棒球名校，以嚴格的紀律和堅強的板凳深度這兩項武器屢屢在比賽中獲得佳績。為了能在第一年就拚進先發陣容，急於表現的我在入隊測試時就展現了我從右外野快速回傳本壘的絕活，以為這樣能給教練一個好印象。」輪到我開始分享還在台灣時的故事，潔西卡心理醫生粉墨登場。

「結果不傳還好，一傳就被教練發現，強迫我改練投手，還說什麼『當投手才能完全激發你的潛能，你當右外野手只是在浪費你的天賦』之類的漂亮話，害我只能待在投手丘苟延殘喘到現在，一想到明天還得專程去浦項投球給大家取笑，我的頭就開始暈了。」看來潔西卡醫生的指壓不但消除了手臂的疲勞，也讓我把長期以來悶在心裡的話一起推擠出來。

「看來你也被迫向現實妥協了無數次呢。乖，辛苦了，姐姐現在就讓你舒服。」

聽完我的抱怨後，潔西卡露出妖媚的一抹微笑。她靈巧的雙手不知何時開始慢慢的游移到胯下，用令人感到安心的規律熟捻地套弄著。

「是說你剛剛有提到明天要去浦項對吧？我男朋友的老家剛好也在那附近呢！我還記得第一次約會的時候是去浦項玩，我們的初吻地點還是在夕陽西下的迎日灣面前，很浪漫對吧……」

冰涼的潤滑液與潔西卡白皙的右手掌將我完全包覆住，拜此所賜，我開始漸漸聽不見潔西卡說話的聲音，只感覺到下體的感官神經不斷刺激著大腦並且肆意的產生快感，意識流浪到遙遠天際。

有別於按摩手臂肌肉那種追求令人鬆一口氣的舒適；此時的我只是純粹遵循著本能，期待著白色絲線大量噴發的成果產生。

巨繭

時間：二〇一九年十月八號(二)13時11分

地點：KT巫師二軍球隊巴士，益山浦項高速公路，浦項市附近

對於我那驚人的自制力，我感到相當的自豪。

雖然一路上的蜿蜒盤旋、巴士的搖晃顛簸以及車上令人難以忍受的難聞氣味讓我的三規半管漸漸崩解，開始不知平衡為何物、太陽穴周圍的血管也處於隨時要爆裂的狀態，不過至少我沒被因為暈動症產生的噁心感擊倒。

胃酸三番兩次的像是革命起義般的想逆流而上，幸虧我還僅存著無謂的好勝心和卑微的羞恥心，姑且能合力防堵他們隨著食物傾瀉而出。

不過我唯獨忍受不了車上天寒地凍般的的極地氣候，雖然我已經穿了兩件外套及一件長袖上衣，身體還是猛打哆嗦、牙依舊顫個沒完。

醒來之後我曾去找過老姜，他和沈載敏及柳熙雲的Go-stop牌局在我過去的同時分出了勝

負，柳熙雲對於沈載敏大獲全勝感到不可思議的表情堪稱經典。

我也順道去找了正赫，他戴著全罩式紅藍配色的Beats耳機聽音樂，隨著旋律擺動身體、嘴中還唸唸有詞的他活像是個把北韓國旗掛在身上的狂熱分子。

我跟他們兩個借了球隊外套，他們也因為有自備保暖衣物而大方出借，從狹隘通道走回原位的途中我迫不及待的將兩件外套輪流穿上。

現在一共有五件衣物套在我身上，圓滾滾的模樣十分可笑。

上半身突兀的鼓起，使得我的兩隻手臂無法正常擺動，現在的我外表看起來像是個初出茅廬的相撲力士，以厚實的身形當作資本四處征戰。

或者說，是一顆巨大的厚繭。

全身被包覆的動彈不得，安逸的躲在厚厚的繭中，以為這就是世界的真理，卻渾然不知自己接下來會被丟入滾燙沸水中，被強行抽絲剝繭。

再過大約半小時巴士就會到達終點。

我們的目的地浦項市是位於慶尚北道、以鋼鐵和日出聞名的大城市，也是南韓最大煉鋼廠「浦項製鋼（POSCO）」的所在地。

最重要的，是我們將在浦項棒球場與南韓三星獅二軍進行三場客場比賽，這也是為什麼我們要舟車勞頓舉隊西進的原因。

雖然穿了五件外套，但露出來的皮膚還是遭到無情冷空氣的刮傷，早知道就帶手套出來了。

當然不是沒帶棒球手套，吃飯的傢伙我還是會隨身攜帶的，這是我的職業道德。

再睡一下吧，醒來就差不多可以下車吃午餐了。

繭衣完成之後接下來就剩下結繭層。

吐絲方式也開始由S形改變成∞形。

繭到這個時候大致上已經成形了。

已經沒有任何傢伙可以突破這層厚繭。

我沉浸在這自己一手打造的舒適圈中。

此時繭外卻傳來一道嚴厲無比的指控。

是誰准你吐絲結繭的。

只有蠶才有資格吐絲結繭。

我跟他解釋。
我沒辦法做出擬態。
為了活下來。
我必須學會吐絲。
我必須努力結繭。
但他似乎不聽我的解釋。
還對我下了最後通牒。
怎麼辦？
我該繼續躲在繭中苟且求生？
抑或是破繭而出擁抱危機？

球場生態觀察家

時間：二〇一九年十月九號（三）21時25分
地點：客場牛棚熱身區

比賽實況：八局下，二人出局，一壘有人，比數：十二比四

KT巫師隊更換投手申泰順，由姜珉晟上場投球（0-3, ERA5.23）

雖然只是平日的二軍比賽，但浦項球場今天的座位大約有六成滿，因為今天是當地的國定假日。

十月九日是南韓的韓文節，為了紀念在十五世紀發明的韓文而訂定的法定假日，因此觀眾人數比平日還要多了些（三星獅在本地的高人氣也有關係）。

小孩的喧鬧聲與女人的嘻笑聲此起彼落，看台上幾個小家庭一起悠閒的看著這場鬧劇，這種二軍的賽事因為不收門票費，所以常常吸引攜家帶眷的觀眾前來，相較於一軍比賽劍拔弩張般的兩邊對峙，二軍賽事看台上的氣氛是較為悠閒溫馨的，也不會出現太過狂熱的死忠球迷。

距離上次看到那麼多球迷在看台上是什麼時候？

是在中職當王牌投手的時候嗎？還是在加盟韓職後第一次在KT巫師的一軍球隊先發投球的比賽？

牛棚休息區此時只剩下兩個絕對不會在今天登板投球的投手，分別是在昨天的比賽投了四局的沈載敏，以及只會在球隊領先時出場的救援投手李俊珩。

還有整場比賽在牛棚熱身三次的我。

老姜在登板後雖然順利解決了左打死敵，但下一個左打打席隨即因為右外野手發生的接球失誤而白白奉送兩分，雖然這兩分是非自責分，但足以證明他這次的投球任務是失敗的。下個半局還是老姜上場投球，被對方的洋將打了支陽春全壘打，被打一支安打失一分後結束投球工作。老姜投完這局後開始冰敷肩膀，看來不會繼續再投下去了，總計他投了一點二局失掉三分（二分非自責分），KT巫師目前以十二比四大幅落後三星獅。

雖然沒有來事先來通知，但我很確定待會第九局的投球工作會由我來擔任。就跟李俊珩會在球隊第九局微幅領先的比賽自行前往牛棚熱身一樣，我的任務就是在球隊大幅落後的情況上去收拾殘局，幫助球隊消化咀嚼苦澀的失敗，並負責為這慘烈的鬧劇劃下敵我都能接受的句點。

接下來只要等球場上這幫人要完猴戲，我的工作就可以開始了。

現在坐在我旁邊的是主宰者沈載敏，兩人之間空了好幾個座位，李俊珩不知什麼時候溜去廁所，到現在還沒回來，整個牛棚休息區變的空空蕩蕩。

這個半局輪到我們進攻，雖然這場比賽繼續打下去也沒有任何意義。

在第四棒的正赫被三球三振之後，輪到第五棒的那個黑人洋將提著球棒進場，用看起來散漫慵懶的步伐走進打擊區，看起來不像是個打者，倒比較像個失魂落魄的倫巴舞者。

「搞什麼鬼，要打不打的。」像是吃到老牛仔的炸藥似的，我莫名的開始抱怨起一個素昧平生的洋將。

「Alex Perez，來自古巴的右外野手，KT巫師這個球季聘請的洋將，雖然長打火力不錯，但由於守備問題被下放二軍。」沈載敏看著黑人洋將進入打擊區後，開始用他那招牌的平淡語氣跟我熱心介紹這位新隊友。

「守備問題？我還是第一次聽到有人因為這樣被下放二軍，通常打擊狀況不好才會被下放不是嗎？」我好奇的追問著，像這樣跟沈載敏在牛棚單獨聊天的情況似乎是第一次。

此時Alex Perez打了支一壘安打。

「一個追求卓越的野手除了要擅長打擊，守備技巧也要下足功夫，但由於Alex Perez他只對打擊有興趣，所以註定會是一位無法成為菁英的棒球浪人。比起追逐外野飛球，他寧願將他的快腿用在盜取壘包上面。」

今天的沈載敏有別於以往的沉默，突然變得多話，我像是看到百年難得一見的珍奇異獸般，將眼耳口的所有注意力與功能完全放在他身上。

「為何他不想守備？這不是身為一名野手應盡的義務嗎？」

我腦中開始回想起前面幾場比賽他的守備狀況，Alex Perez 姑且還是會接能夠輕鬆處理的飛球，但似乎只要將球打到右外野深處的位置就很容易形成安打，今天這場比賽他就因為發生了一次接球失誤，讓老姜掉了分數。

「我也曾問過他這個問題。他給我的理由很有趣，他說：『右外野是棒球九個守位中最不重要、守備機會最少的區域，我沒有必要為了這個可有可無的位置拚盡全力。』」

「居然敢去問不認識的外籍選手這種問題，真不愧是主宰者。」我說。

不知為何，雖然這個理論聽起來荒謬透頂，我卻可以理解他為何會這麼想。

國小打棒球第一次守右外野的時候就發現，一場比賽中球打向這裡的次數寥寥無幾，右外野就像是整個球場的邊疆地帶。

事實上，會造成這樣違背或然率公式的理由很可笑，不過是因為球場上的左撇子稀少、球很難被打到右外野罷了。

「遠離核心，負擔著既重要又不重要的矛盾守備關係，在球場上最能感受到無聊的球場自然生態觀察家。」曾經有人這麼形容過右外野手，一路從國小五年級守到高一的我對於這個想法感同身受。

要是被 Alex Perez 知道了，他應該會對這番話拍手叫好表示認同吧。

「對了，Alex Perez還有一個地方很有趣。」今天應該是我聽過沈載敏講最多話的一次，大約有一年分加起來那麼多。

「他很喜歡看投手的投球動作並給予意見。」

「投球動作？」

「嗯，他小時候曾經當過一段時間的投手，因此對投球很有興趣的樣子，他看完我的投球動作後給了一些很實用的建議，他觀察到的一些細節就連投手教練也不曾發現過。」

說完後主宰者突然將頭轉向我說：「你和他，也許很合得來。」

「算了吧！和那個南美洲黑人。」我立刻否定這可能性。

第六棒尹勇鉉大棒一揮，打成了二游之間的滾地球。

任憑Alex Perez腳程再快，也只能在二壘前被觸殺出局，接著尹勇鉉也被擋在一壘，這個半局隨著絕望的Double play出現宣告結束，來自地獄的牛棚熱線也悄然響起。

「換他上嗎？我知道了……我想應該沒問題。」

愉悅的聊天時間結束，接下來輪到我上場了。

我站起身來準備離開休息室。

「Chen！你要幹什麼？比賽還沒結束！給我回去坐好！」掛斷電話的眼鏡蛇見我離開座位

後，突然對我大聲斥喝。

「我就是要上去把比賽結束啊！教練！」不知為何被訓斥的我情緒也有點被挑起，對眼鏡蛇的回應有些激動。

「你給我聽好，總教練把第九局的投球工作交給金正赫了，你今天已經不用上去投球了！回去你的座位上坐好等比賽結束！」

「咦？」錯愕之情溢於言表。

「為何不是今天熱身三次的我登板投球？為何是中外野手金正赫代替我上場投球？為何教練會這樣胡亂調度？是不是搞錯了什麼？」腦中產生這些疑惑讓我的頭開始暈眩起來。

還有——

我突然覺得噁心想吐。

Final

KT巫師二軍VS三星獅二軍

13：12

勝利投手：金正赫（1-0, ERA0.00）
敗戰投手：全燮宇（4-3, ERA4.26）
全壘打：牟相基（4）、車亨俊（13）、孫正勳（7）、Alex Perez（17）、金正赫（9）

羽化

時間：二〇一九年十月十號（三）14時17分
地點：浦項球場客隊教練辦公室

我擠在一個狹窄的空間裡，四周環繞著憂心的面容，現在的我並不是在偵訊室中，而是在浦項球場客隊教練辦公室的沙發上，面對著總教練「釜山轟炸機」朴承燁、投手教練安志煥、牛棚教練「眼鏡蛇」田炳賢，整個辦公室蘢罩在低氣壓中。

昨天那場瘋狂的比賽結束後，全隊止不住欣喜若狂的情緒，去餐廳、酒吧大肆慶祝了一番。畢竟能在落後如此多分的情況下逆轉勝，實在是千載難逢，一切都多虧了金正赫的投打俱佳。在第九局登板讓對方三上三下成為比賽中唯一沒失分的投手後，隨即在下個半局率先敲出三分全壘打鼓舞全隊士氣，最後在連得九分的情況下硬是將三星獅即將到手的勝利奪走。

我卻是唯一一位高興不起來的選手。

比起球隊的勝利，我更關心的是我那逐漸攀升的防禦率和被全壘打數等投球成績，我急需出賽美化這些該死的數據，卻被昨天的「野手客串投球」的調度打壞了我的如意算盤。

距離我以「史上第一位加盟韓職的台灣好手」之姿加盟韓職後，已經過了整整三個球季。一開始我以備受矚目的先發投手的身分登板投球，繳出來的成績卻不如外界期待，在整季防禦率徘徊在五到六之間的狀態下，被下放到二軍，從帶領大家勝利的先發投手墮落成為上場準備輸球的敗戰處理投手，成為球團成立以來最賠錢的投資。

「他們是不是已經受夠了我，準備棄我而去了呢？」在今天一早接到來球場辦公室集合的通知後，這個想法在我心中油然而生。

有著紅潤圓臉的安志煥首先打破辦公室內的沉默，他字正腔圓的開口說：「我們就直接切入主題吧！Chen，昨天在比賽結束之後Alex Perez跑來找我聊天，他說你昨天在牛棚練投的時候投了幾顆蝴蝶球，有這回事嗎？」

「是的，第三次牛棚熱身的時候確實偷偷投了二、三顆。」意料之外的問題讓我摸不著頭緒，但我只能誠實的據實以對，說謊對我來說沒有任何好處。

「我在聽到這個消息後有些懷疑，因為你從來沒有跟我們說過你會投蝴蝶球，我們的球探當初在寫選手報告的時候也沒提到。」

「之後我打了通電話去台灣，跟你之前在中職待的球隊的總教練聯絡，他跟我說你的確會投，偶爾在練習時也會投個一兩球。網路上還有你投蝴蝶球的熱身影片，老實說，我看過之後覺得挺不賴的。」

「總之，也就是說……」轟炸機接著安志煥的話說下去，問了一個我到南韓以來最最讓我吃驚的問題。

「你有沒有興趣轉換跑道，從現在開始學習做一位全職的蝴蝶球投手？」

「我們一致認為這是你鹹魚翻身的最佳途徑，也覺得這是對球隊來說最好的選擇。當然，這次我們不會逼你，畢竟這對你的選手生涯來說是件大事，結果是好是壞我們也不知道。」轟炸機以嚴肅的語氣說著，像是父親對兒子的諄諄教誨。

我沒有立即回應，身體陷在沙發之中開始不自在的蠕動，並以懷疑的眼神輪番看他們三人。然後硬擠出些句子回應他們說：「我的蝴蝶球是在高中的時候跟教練學的，那時候只是覺得好玩才想投，直到現在也是一樣，我不認為這樣半吊子的球可以在實戰中派上用場。」

「關於你那顆神祕的蝴蝶球到底派不派的上用場，我必須跟你說，那是由我們來決定，並不是你。就算你說是個垃圾，我們也不會放棄他可能是黃金的可能性。」

轟炸機以君臨天下的姿態直接駁回我的抗辯。

見我無言以對，他又接著說：「南韓職棒早期曾經出過幾位蝴蝶球投手，但近年來有意願學蝴蝶球的選手卻越來越少，如果能掌握這個失傳已久的武器的話，一定可以宰制這個聯盟，而你的確是有那個天分，只是欠缺時間和機會好好栽培。」

接下來是眼鏡蛇的開導時間，他很誠實的對我說，依他這幾個月以來在牛棚對我的觀察來看，如果我再繼續走傳統球路的話，就永遠沒辦法升上一軍了；我得靠蝴蝶球力挽狂瀾，否則合約到期就得將巫師帽摘下，離開這個魔法軍團。

我曾經以時速一五〇公里的快速球，搭配變化幅度極大的曲球和可以讓打者敲出滾地球的二縫線球的各項武器，成功在中職取得極快的成功。

現在的我卻在辦公室的沙發上如坐針氈，想像自己結束舊有球路，改用蝴蝶球當主要武器的樣子。

雷達測速槍不會騙人，如今的我只能投出一三六公里的快速球，我的手臂沒有受傷，投球感覺也沒問題，但是呢？種種投打數據顯示快速球不再像以前那樣犀利，投出來的球更是缺乏力道。到底為什麼會這樣，實際上我是最了解真相的，只是我不斷的逃避。

我的手臂從高中到中職、再到韓職的過程中已經日操夜操，操到耗損過度了。如果就這麼繼續投下去，鐵定會像老姜那樣，在投手生命還沒結束的時候被迫中斷。

雖然三名教練都各自以牢不可破的説詞打擊著我那碩果僅存的信心，但我卻不覺得被以寡暴眾，反而覺得他們跟我站在同一陣線，從他們這次沒有強硬逼迫我接受他們自行選擇的標準答案就能看出來，他們尊重我的個人意見。

他們對我抛出了一條友善的救命繩。

我決定這次要穩穩接住。

答案已經很明顯了，只是我卻愚蠢到無法本能地做出決定。

並不是喜歡投，而是不得不投；並不是突然想投；而是情勢所逼必須投。

我還記得握法，我還記得訣竅。

我還記得手臂擺動的角度，我還記得該如何運用臀部。

我只是缺乏投出蝴蝶球的勇氣，我對它的不安定和不完美感到恐懼。

説什麼只把蝴蝶球當好玩在投不過是在自欺欺人，我只是深怕自己用盡全力投出來的蝴蝶球會被打者狠狠擊中罷了。

但如果我存在的價值只剩下這顆蝴蝶球；只剩下這隻沉浸在繭中的安逸，自顧自的吐著絲、完全違反自然法則的蝴蝶的話……

那為何不試試看破繭而出呢？

「我願意轉型成專職的蝴蝶球投手，我保證我會全力以赴。」我跟他們說。

「但我不知道我的蝴蝶球到底能不能解決打者，我從來沒在正式比賽的投手丘上投過。」我必須強調這一點，過度美好的想像對所有人都沒好處。

「關於這點你大可以放心，我們已經安排好相關措施了，你只管用力去證明就是了。」轟炸機說，臉上露出難得一見的微笑。

九局下半

時間：二〇一九年十月十號（三）15時33分

地點：浦項球場投手丘

我的蝴蝶球投打測試相當簡單，就是與發現我會投蝴蝶球的Alex Perez進行一個打席的對決。

他打出安打或是獲得保送就算勝利，我只要能三振或讓被接殺出局就是我贏。

最簡單卻也最殘酷勝負。

聽說教練跟Alex Perez說過了，這次的對決是攸關他能否回到一軍的關鍵，因此他應該會用盡全力打擊。

另一方面，只要我贏了就代表我的蝴蝶球能派的上用場，之後將以一個蝴蝶球投手的身分投下去，雖然安志煥教練跟我說就算不小心被擊出安打也無所謂，他們只是想看看我的蝴蝶球實戰效果，但我還是決定以獲勝為目標來投球。

我已經輸得夠多了，不想再輸了。

再過幾小時這個球場就會展開KT巫師對決三星獅的最後一戰，全隊都在這裡進行賽前練習，今天的先發守備陣容目前都在場上，成為我們的投打對決不可或缺的一部分。

Alex Perez拎著黑色球棒出現，用奇怪的滑步溜進打擊區域。

他的體型高大如山，身上的肌肉均勻分布，雖然守備偷懶但打擊可絕對不含糊，是個長打火力驚人的傢伙。雖然蝴蝶球通常是強力打者的剋星，但他那全方位的細膩打擊技巧和驚人的跑壘速度完全彌補了劣勢。

Alex Perez擺好姿勢，示意我投出第一顆球。

在投球出去之前，我在心中默念著高中教練在第一次提到蝴蝶球時對我說的核心理念，蝴蝶球最強大也最糟糕的地方就是：每一顆球都擁有自己的意志，你無法預測他最後會飄往何處，你只能盡量控制別讓他旋轉，蝴蝶球並不難投，難的是你必須花上一輩子的時間學會如何投出好球。

默念結束後我便開始我的投球動作。

投蝴蝶球好比進行一場神聖的儀式，每一個步驟都絲毫不能馬虎怠慢。

首先是握球，我將食指和中指指甲扣在球的馬蹄型縫線下方後彈出，這樣可以防止球過度旋轉。

接下來想像自己的身體周遭有個「門框」，將投球的所有動作及四肢的擺動侷限在這「門框」內，確保自己的每一顆蝴蝶球的出手位置。

出手前讓右腳同時離開投手丘，藉由臀部前壓的動作，使球的尾勁大幅增加。

最後就是將一切交給熱力學、空氣動力學去盡情發揮作用。

我投出了第一顆球，第一顆為了解決打者而投出的、充滿信念的蝴蝶球。

球的縫線從指甲離開的那一刻，我的眼球便開始烙印下那細緻且華麗的視覺暫留，在每秒二十四幀的連續畫面中，白球緩緩地以一種絕美的奇葩角度晃晃悠悠地揚出一道微小氣流，但在飛翔的同時球表面上的縫線與紋路卻沒有絲毫的位移與偏差。

「碰——」的一聲，牆爸急忙的將我投出的第一顆球用力接住。為了接蝴蝶球牆爸還特地換了壘球比賽用的大型手套，但還是差點來不及接住這顆直到進手套前都還飄忽不定的蝴蝶球。

Alex Perez用力一揮，揮了個大空棒，身體平衡被完全破壞。

「Strike！」

球進手套後，充當主審的投手教練安志煥舉起手，動作誇張的將手指指向右方後大聲喊道，那聲音貫穿了整個浦項球場。

我站在投手丘激動的握拳叫好，Alex Perez則是站在打擊區，死命的瞪著我，我見狀也不甘示弱的瞪回去，還露出不屑的笑容。

偶爾當當討厭的愛現鬼也不錯呢。

我默默的凝視著。

凝視著你那顆破了個洞的蟲繭。

吶，這些不是你千辛萬苦吐出的絲嗎？

難道就這麼輕易地捨棄？

我問。

那段結繭的日子的確不賴。
偷偷吐出來的絲也又白又長。
只不過繭居的生活實在舒適得可怕。
我害怕自己一旦對這種感覺上癮就會快樂到無法自拔。
你說。

這才發現。
原來自己始終都不是擅長吐絲的飛蛾。
我不過是隻妄想自己奮力撲火的醜陋蝴蝶罷了。

試問。
是你夢中的蝴蝶變成我？
或是。
是我夢中的你變成蝴蝶？

怎樣都好。

總之先飛去亞馬遜河。

試著搧動幾下翅膀吧。

浦項之旅

時間：二〇一九年十月十一號（四）10時53分

地點：慶尚北道浦項市北區竹島市場

我和正赫還有老姜在昨天與三星獅三連戰的最後一場比賽結束後，並沒有跟著球隊一起搭巴士回水原。

反正接下來有兩天休兵日嘛，不如待在這邊散散心、以旅客的身分好好觀光一下，我這個當地人給你們好好帶個路。老姜是這麼說的。

職業棒球隊為了比賽，經常都要跋山涉水四處奔波到不同城市，匆忙打完比賽後就馬不停蹄的趕去下一座城市備戰，再加上二軍的移動方式是最緩慢的球隊巴士，常常得提早為客場作戰做準備，根本沒有時間停留在同一個地方那麼久。

所以當老姜對我跟正赫提出邀約的時候，我很爽快的就答應了。反正就算拒絕了，老姜還是會把我們兩個強行拖走，就跟上次Wanderers Massage那次一樣。

順便一提，我們三連戰的最後一場被三星獅以九比二擊敗，雖然正赫在這場比賽首局就打了支二分砲，但最終還是無力回天，系列戰以一勝二敗告終，前天全隊的神勇表現像是沒發生過似的，馬上被打回原形。

我們一行人在飯店睡到自然醒後，便在老姜的帶領下搭乘200號公車前往竹島市場。

竹島市場位於浦項市北區的竹島洞，在一開始這裡還只是由一些當地商家聚集在浦項內港的沼澤地帶，搭建簡單的露天攤販組成的零售市集；不過之後因為交通運輸的發展，這邊漸漸成為慶尚北道東海岸及江原道一帶的農水產重要流通地，現在這裡搖身一變成為高人氣的觀光傳統市場，現在這裡有一千二百多間店家在此開業，並提供水產、服飾、蔬菜、水果……等奇珍異貨。

我們相當隨性地在結構如迷宮般複雜的室內市場裡走走停停，叫不出名字的海魚傳來的腥味和採收後馬上送來販賣的蔬菜散發的泥土味，各種氣味在這個不太通風的空間中激烈碰撞著，再加上攤販老闆們此起彼落的叫賣聲，更是讓人產生此地不宜久留的念頭。

不過這裡的環境卻也讓我想起台灣鄉下的傳統市場，雖然他們同樣的吵雜、同樣的衛生髒亂，但總能提供最新鮮道地的食材，讓南韓和台灣家庭的主婦們就算被搞得灰頭土臉、還是心甘情願的天天準時報到。

我們三個身材壯碩的棒球選手肩並肩走在人聲鼎沸的狹隘通道之中，畫面看來十分顯眼。雖然南韓打棒球的風氣一直以來都居高不下，職棒球員走在街上被球迷認出來以至於無法脱身的事件也時有所聞，但今天卻沒有任何球迷跑來干擾我們逛市場的興致，大概是因為我們只是不重要的二軍球員的關係。不過我認為以正赫的實力和身世背景來看，他遲早會成為KT巫師隊備受歡迎的明星球員吧！到時走在水原市說不定會被各方球迷追殺到天涯海角。

老姜來這裡的目的是為了買一種叫「Guamegi」（把青魚或秋刀魚在海風中進行反覆的冷凍和解凍後，製成的魚乾）的當地土產，以及購買午餐所需的食材，在全數採購完畢之後，他對提著大包小包的我和正赫說：「走吧！我們去下一個景點吃午餐！」

我問他為何不在這附近把午餐解決，把剛剛買的食材拿給這裡隨便一家料理店烹煮，只見老姜神祕兮兮的說：「跟著我走準沒錯。」

又一次的搭上200號公車之後，不知道經過了多少站牌，才抵達我們的目的地——虎尾串站。

下車後的老姜立刻慌忙的拿出手機，神色緊張的與他人通話，似乎是要請這個人派車來載我們，那個平常十分外向健談的老姜，此時說話的語氣竟是如此結巴、笨拙，實在是百年難得一見。

在他掛斷電話後我和正赫兩人便不懷好意的問老姜剛剛與他通話的那個人是誰，老姜只是跟我們打馬虎眼，不斷的害羞傻笑著。

「待會你們就知道啦，他會開車來載我們。」老姜說。

過了約五分鐘左右，一台Kia Sportage五門休旅車停在我們三個人面前，駕駛打開車門後下車。

「嗨！你們就是老姜常提到的Chen和正赫對吧？你們好，我的名字叫權妍利，我是老姜的未婚妻，我們兩個在這個球季結束之後就要結婚了。」美豔動人、笑容可掬的權小姐在自我介紹過後，隨即說出了讓我跟正赫意想不到的話。

「妍利你太直接了，你看他們都被你嚇到啦！對了，這是你要我買的Guamegi，還有新鮮的石斑魚跟鰈魚，今天我們來開個水拌生魚片派對！」老姜既尷尬又得意的談笑風生，臉頰浮上一層看起來十分幸福的紅暈。

恭喜你啊，老姜。沒想到居然是個憑空出現的未婚妻，你這幸福的臭混蛋。

相生之手

時間：二〇一九年十月十一號（四）17時26分

地點：慶尚北道浦項市南區，虎尾串迎日廣場

在權妍利小姐家中吃完道地的水拌生魚片和各種不知名海產煮成的海鮮部隊鍋後（我還順便吃了些泡菜，權妍利小姐家的泡菜不會過於嗆辣，很好入口），我們四人便開始嗑牙聊天，我和正赫毫不留情的對老姜和權妍利小姐不斷提問。

以下是我們在這段長達三小時的圓桌會議中所獲得的資訊：

權妍利小姐今年三十三歲（完全看不出來，正赫說她長得很像Neptune 8中的YuRa），浦項市當地人，目前擔任《首爾體育報》的採訪記者。

她是老姜高中時期的同班同學，同時也是當初老姜待的棒球校隊中的球隊經理，見證了韓國浦項製鐵工業高等學校在王牌投手姜珉晟的獨自帶領之下，成為一支全國高校野球大會的常勝軍。

也許是因為吃飯時喝了些小酒的關係，權妍利小姐聊到一半便開始興高采烈的說著她和老

姜那曲折離奇、宛如戀愛韓劇情節的羅曼史。

「我們高中時曾經短暫交往過一陣子喔！不過後來還是分手了，誰叫他是個花心風流的多情公子呢？後來他去了美國之後，我們更是一點交流都沒有了。」

「我從其他朋友那裡再次聽到關於他的事情，已經是他參加高陽驚奇隊測試的時候了。那時聽到他在美國的種種遭遇令我感到不可思議，我還以為當時韓國最強高中生就算去大聯盟也能夠生存下來，但他卻滿身是傷的落魄回鄉，也讓我再次將注意力放到這位舊情人身上。」

「《首爾體育報》在高陽驚奇隊成軍之後為了寫一篇大篇幅的球員介紹報導，特地派了我去當隨隊記者。雖然我自認外表與高中時期比起來已經差了很多，但這傢伙還是在採訪的時候馬上認出我是誰，就是在那個時候開始我和他又產生了交集。」

「這傢伙居然在高陽驚奇隊宣布解散過後跟我告白喔！一派胡言的說什麼都是因為你來採訪寫報導的關係害驚奇隊解散，大聲嚷嚷要我負責……更蠢的是我就這麼莫名地被說服、跟他舊情復燃了！」

「之後的事你們應該也都知道，我鼓勵他去參加ＫＴ巫師隊測試會之類的、在二軍還是投的跌跌撞撞之類的、遍體鱗傷的他決定在這一季退役轉行當球探之類的、在一切都塵埃落定後跑來跟我求婚之類的……」最後那項應該誰都不知道吧，我心想。

「我和老姜雖然在這之前各自擁有一段失敗的婚姻，不過也許就是因為這個原因我才會答應他那魯莽的求婚吧！還真是俗不可耐呢！球隊小助理跟昔日王牌投手的老掉牙愛情故事……」權妍利小姐說著這些陳年往事的同時，老姜也在一旁聆聽，並時而無奈、時而安心的笑著。

「居然可以聽這些乏味的故事那麼久，你們不膩我都膩啦！」權妍利小姐講完這段故事之後，老姜隨即又從沙發上站起身來說：

「算算時間也差不多了。走！我們去虎尾串看夕陽！」

由於今天是非假日的關係，虎尾串的人群並不多，只剩下一些零散的觀光客和當地人擺設的小吃攤販，以及散步四人組還待在這遼闊之地，有著上百年歷史的虎尾串燈塔看起來是那麼的孤寂，昂然挺拔地佇立在迎日廣場旁。

「為何這裡叫做虎尾串呢？我完全沒看到跟老虎有關係的景點啊。」正赫如小學生般發問，像是對任何知識都有興趣的書呆子。

在老姜轉過頭來露出一副「你應該也不知道吧」的表情後，開始回答：「朝鮮半島，也就是南韓官方稱為韓半島的這塊土地，外觀曾被古人形容成像一隻潛伏在林中的猛虎，當然一定要將南北韓的兩邊的領土合起來看才像。而我們現在待的這個地方是在岬灣突出的部分，看起來就像是老虎的尾巴。」

「是說除了老虎之外，你們還認為像哪種動物呢？」

「我覺得像隻兔子，一隻被人拎起來的兔子。」權妍回答。

「你是兔子派啊，一點都不意外呢！那正赫和Chen你們呢？」

「整隻雞腿。」

「蟲繭。」

老姜在聽完我們天馬行空的答案之後，只說了一句：「很有你們風格的答案！」

我和正赫、老姜和權妍利小姐，此時正一前一後的漫步在遼闊的迎日廣場。

一行人走到了廣場的正中央，那裡擺放著一座偌大的裝置藝術品。

「這是……一隻手？」正赫說出了感覺會是每個人首次見到這座龐然大物後，心中的浮現的第一感想。

「準確來說的話，它是一隻以青銅和花崗石打造而成的左手造型雕像。我們再過去看大海那邊的另外一隻右手吧！」

在離開前我又回頭看了看廣場正中央的擺設，除了那座顯眼的左手雕像之外，它的正前方還有個奇怪的圓環裝置，我好奇地詢問權妍利小姐那些裝置有什麼用途。

「那是用來點燃火焰的燭台，每逢國際大會舉辦，就會在那座聖火台上點燃聖火，不過我覺得它比較像是一枚俗氣的鑽戒呢！跟老姜送我的那個還挺像的……」

「喂！權妍利小妹妹，我都聽到囉！你居然這樣拐彎抹角的罵我！」

「的確，我都忘記家醜不可外揚了，我感到相當抱歉！」

兩個人你一言我一語的、像是老夫老妻似的互相鬥嘴的同時，我們一行人也走到了廣場的盡頭。

時間為傍晚，萬里無雲的天空只剩緩緩落下的太陽正看顧著我們。

日落前的最後一波潮汐，伴隨著規律的海浪聲姍姍來遲。

「啊，好厲害！看起來好厲害！」一旁的正赫在看到虎尾串沿海岸邊之後單純地讚歎著，我可以理解為何他無法說出其他讚美詞彙來形容此景。

潮水像是蠶食般一點一滴的回歸岬灣，浪花除了拍打著沒在海中的礁石外，還輕輕撫過擺放在岸邊的那座外觀有些腐蝕生鏽的造型雕像。

那是隻像是從地底中突然冒出的、充滿生命力的巨手。

「那個就是另一隻造型雕像了，看起來比較厲害對吧？剛剛看到的左手掌雕像和有著手腕的右手雕像，兩隻手合起來就是當地最知名的招牌景點——『相生之手』了。這兩隻手是當初為了迎接千禧年時所建造的，放置在陸地上的左手和擺放在海洋裡的右手，除了有『希望大海與陸地之間能夠和諧共處』的意思之外，還有『全體韓國國民互助互生』的團結象徵。」權妍利小姐以知性的口吻解說著。

「每到跨年的時候這邊還會舉辦熱鬧的迎日慶典喔！人們會在夜晚結束前在這裡一邊享用著秋刀魚干與馬格利酒，一邊欣賞瘋狂的煙火大會、傳統的民俗技藝表演，為的就是等待虎尾串新年的第一道曙光。當你看到太陽慢慢地從右手縫隙間的位置探頭而出、射出美麗光芒的時候，只要是人都會感到內心澎湃激動的！可惜我們現在是在日落的時候才來的……真抱歉，沒辦法讓你們看到相生之手最美麗的時刻。」

「才不會呢！這樣已經很厲害了！多虧老姜，我才能看到這麼漂亮的景色！」

正赫激動的對老姜表達感激之情。

「你喜歡的話那就太好啦！是說我們每次看完日出後的第一件事，就是去……」

我並沒有加入他們的當地風土民情的考據回憶的話題，只是痴痴的等待著這平凡卻動人的黃昏時刻結束。

晚霞將海洋染成一片橘紅色，此時不再刺眼的薄暮微光與泛著青銅光輝的右手造型雕像互相輝映。

海鳥們成群的翱翔在逐漸變暗的天際之中，卻有一隻不合群的海鷗在右手的食指上駐足休憩，落日餘暉將牠的身體化為一道看不清的黑影，像是提醒我們離別的黃昏時刻即將來臨。

紅色火球從原本還是湛藍的高空中投下，以緩慢的、毫無旋轉的、飄忽不定的狀態下從右手虎口的位置悄悄沒入，直到完全消失不見。

像是一顆幸運地被捕手接到的完美蝴蝶球。

原載二〇一五年五月《靜宜大學台灣文學系第九屆畢業製作作品集》

角鴉

陳柏煜

台北人。現正就讀於政大英文系。木樓合唱團歌者與鋼琴排練，並受委託創作〈島嶼與喉結〉組曲作詞，二〇一四年於中山堂首演。曾獲得紅樓文學獎散文、短篇小說雙首獎、道南文學獎新詩、散文、短篇小說三首獎、教育部文藝創作獎、林榮三文學獎等。

前頭的光束忽然靜止了，我的眼睛順著它往上爬，它搭在電線桿上頭，多出來的部分被折斷。在高處，電線桿突出的邊緣，一尊泥塑的小神像被放在上頭，五官模糊，漆色凋零，在陰影裡躲著。一對油黃色的眼睛打開，直直看了過來。

那是今天的第一隻角鴞。在夜裡，或者是在手電筒外的黑暗中，牠不斷地縮小身體，一會兒變成線團，一會兒變成夾帶羽毛的髒鳥巢。然後牠一動也不動，成一尊木木的神像。我想起布朗的家鄉。那裡平原大，路長而且寂寞，十字路口常有神像獨立，電線桿貼南無阿彌陀佛佛號。或許是因為沒有信仰，夜裡騎車，車燈猝然照到神像，我心裡總感到恐懼。布朗說，這些路車速快，常有事故發生，鄉里的人才在交叉口安了神像。往前騎去，我忍不住回頭確認祂是否還在原地，帶著微笑沒入罕有人煙的荒野。我們毫無防備，牠張開翅膀，向山裡飛去。

張大哥對我們說，近幾年要早些去看了。夜還不深的時候，牠們會躲在平地的樹裡面叫；再晚，遊客全跑出來了——叫醒手電筒，要它們睜大獨眼，嗅聞角鴞的氣味。牠們於是往山裡飛，找一棵樹停下來，等到被找到，再往更深的山裡飛。

張大哥和阿鐵騎一台破舊機車，布朗和我跟在後面。張大哥一手拿手電筒，一手控制方向，慢慢地在環島的小路上漂移。老機車則不斷發出鬆脱零件的碰撞聲。阿鐵拿著LED手電筒向路旁照著，像是下了某個決心，非得要贏的小孩。我對阿鐵感到一絲歉疚。張大哥與阿鐵有時交談，但大部分時刻，他們各自向道路兩旁來回巡視。

布朗把他的手電筒給我，要我舉在與視線平行的地方：這樣我也有了會發光的眼睛，只要山裡有動物的眼睛反光，我馬上能察覺。我們把我分配到的手電筒收起來，它又舊又笨重，像支大鐵棍，照出來的光渙散黃濁如老人的視線，遠不如LED的白光銳利。張大哥說，當年這可是日本進口最流行的款式，他們把它用塑膠袋包起來，在夜裡潛下海抓龍蝦。（那在還沒有手電筒時，他們怎麼抓龍蝦？）

很快我就放棄了。布朗的眼睛很利，幾乎同山裡夜行的動物一般，透過我手點筒邊緣暈開的光線，他總是搶先一步發現目標。每有新發現時，布朗都保持著謙遜，因為看出自己的不凡所以更加刻意隱藏它。儘管如此，我還是關掉了手電筒，預防自己受傷。答地一聲，只剩車頭的燈，我因好勝而僵硬的表情就被完好的隱藏起來了。就算是布朗——或許正因為是他——我們之間存在著無形的競爭關係。和阿鐵反而不是這樣。我們安靜的相處，像兩棵樹各自生長，不互相打擾，卻也走不開。至少在布朗對阿鐵生疑之前是這樣的。

布朗專心騎車暫時沒有理會我。在機車的速度裡，海風同海水清澈冰涼，卻不感覺冷。我仰著頭。星星形狀清晰，連邊緣也不沾染夜空的色彩。但星光卻是液態的，順著冰涼的空氣澆灌我的全身，四肢都起了雞皮疙瘩。看這樣的星空，幾乎使人失去重心，跌進深不見底的宇宙。恐懼和孤獨到底就是幸福了。遊進深水，茫茫地懸浮在無聲的世界，有類似的感覺。我看到遠方阿鐵機車上小小的身形也在做同樣的動作。這次到島上來，我還沒跟他單獨說過話。

張大哥要我們停車。馬路邊樹林有個缺口，似乎有踩踏的痕跡。他要帶我們看棋盤腳。我們順著路徑往黑暗的樹林裡走，很快就看到一小片空地，濃密的枝葉幾乎把天空遮蔽住了。幾棵只能仰視的大棋盤腳樹圍繞我們。張大哥做了些介紹，最後裝作不經意地跟我們說，他們（族人）不喜歡來這裡。這裡是他們埋葬因病死去的親友的地方。布朗不說話。阿鐵在小泥巴空地繞了一圈。他在找墳塚特徵的土堆。什麼都沒有，也沒有人的痕跡。張大哥站定在一旁，幫我們舉手電筒照明，說，棋盤腳只在夜裡開花，是惡靈的樹。我們抬頭看棋盤腳的花。在黑暗的恐懼中，死亡竟然是白色的。海葵般的花穗張開，柔軟地在夜間顫巍巍地探觸，彷彿有自己的呼吸。那些迅速長長的脆弱手指變化著難解的手勢。在我們的頭上，竟開了一樹的白花。一個一個在樹葉間安坐，算不準何時會落下來。我們沿原路離開。

（他們明明都知道，為什麼還能若無其事的帶領遊客，在入夜的島嶼遊走，提燈索尋那些故意遺失在樹林裡的東西？）

由張大哥在前頭領路，我們不斷地往夜的深處挖掘。聽到微微冒汗的手裡，虛弱的光的鑿子敲在岩壁上所引發的回音，一下心底一個震顫。我們再度停下，魚貫鑽入盤根錯節的紅樹林。梳子般的、分不清的根與枝幹，搭構起數不清或虛或實的洞穴。張大哥不說，連阿鐵與布朗都消失不見了，他們都分頭四處搜索某個他們還不知道甚至沒有預期的東西。我只聽得到一些時遠時近、腐葉般的腳步聲，看到一些手電筒的光穿越枝葉的細縫，疏密不一。

阿鐵說，看。我找到他，然後是布朗。樹根上有一枚花紋細緻貝殼。我瞧不出端倪，正要伸手拾起，貝殼長出兩排細小的腳。牠迅速爬向我，神經質地煞住，然後順著樹根溜進黑暗中。是寄居蟹。另外又有兩三隻，有一整列的寄居蟹在爬。突然間，我們這才發現，四周地上樹上都掛滿爬滿了寄居蟹。背著不同種類的殼，牠們像截然不同的生物，像即將登上方舟、沒有相關聯的野獸，更像化妝舞會的賓客——私下串通扮演任何不是自我的模樣，卻不小心露出同樣發白的腳。我不喜歡寄居蟹，牠們讓我想到避債蛾——那偽裝成灰塵棉絮的生物。躲在衣櫥不見天日的角落，突然間伸出頭來；就像玩捉迷藏時，人們猶豫著，好不容易認定安全的轉角，就在正要移開視線時，冷不防地探出一張鬼臉。

但張大哥不只要給我們看寄居蟹爬樹，他要找更赤裸坦白的事件。阿鐵好奇發問，並自告奮勇要一起幫忙尋找。大哥說，要找的是揹養樂多罐的寄居蟹啊。之前也曾有過瓶蓋、其他更小的塑膠碎屑的例子。我想著我們的目標物——那個流動馬戲團具有意想不到肢體的畸形藝人——想著牠們本身的悲劇與觀賞者們同時經驗的刺激與悲哀：乳白色半透的塑膠瓶，上頭印有紅色綠色的文字；牠正躲在裡面，躲在已經寫好的、不為了牠設計卻強迫收下的命裡面。我們找得並不起勁，就連想衝第一的阿鐵也意興闌珊。但整片寄居蟹的爬行卻沒有停止，起落如不遠的潮聲。那些花紋、大小、年代近遠不一的墓碑，都在夜裡移動，每一個底下都有一具化成白骨的骷髏，背著自己的墓碑，盲目、重複地尋找容身之處。大哥大多時候是木然的，但談論起那些奇特的死亡，他忽然狡黠的像個盜墓賊。我們沒有找到那揹養樂多瓶的寄居蟹。

布朗反常地笑起來，失控興奮地抱著我要鬧，一開始我覺得好玩，但漸漸玩得有點累，邊笑邊喘著說：「你……你是人來瘋嗎？」

「你說什麼？」

布朗突然靜了下來，轉過身背對我，一動也不動。然後我也意識到自己說錯話。我們兩人待在剛剛搬進來的房子裡，房間內散著大小紙箱，地板上高高低低堆滿雜物。安全帽被扔在床角，時鐘平躺著還沒掛上。布朗在樓下停車時，我打開房門，草草擦一下床墊上的灰塵。街上起霧後變得很冷。

我伸手想環抱他，布朗發出很小、彷彿從身體深處傳來的聲音：「先不要動我。」於是我們並排側躺在床上，不說話，像兩隻側身沉在魚缸底的蝦子。

我想起很久以前布朗租過的房子。上百戶的社區式大樓建築，每棟都是一個模樣。據說這裡有不少住戶，但就連白天，社區也是靜悄悄的，少有人氣，就算遇到了也是陌生的面孔。中庭花園裡水量微弱的噴水池，馬賽克磚髒兮兮的，有個小孩想去玩水，被母親拉走了。旁邊半圓型的玻璃罩子，附著了黃綠的苔蘚，我擦掉一些望進去，底下有一座沒放水的廢棄游泳池。照理來說，社區裡是充滿監視錄影器的，它們像一隻一隻的貓頭鷹，無聲息地站在高處。但究竟是誰，真的有人在看這些錄影畫面？布朗熟悉某些監視器的位置，某些時刻他就消失了。讓人最不安的是地下室。布朗的車位在地下三樓。布朗在裡面彎來拐去，停進屬於他小小的數字格子中。他第一次自己騎時差點迷路。布朗從沒騎過別的路線，所以也不知道地下室究竟有多大。地下瀰漫著刺鼻惡臭，到處都是一模一樣卻沒有編號的電梯與逃生門。數不清作用不明的梁柱，讓人無法看出前方的深度。

房裡牆邊高高的那扇半透明玻璃，讓我想到那些柱子。那柱子或玻璃後不完全的黑暗，讓人心裡發毛。我下床拆箱子，灰塵讓布朗打了好大的噴嚏。我把紙箱用刀片裁出一塊剛好可以擋住窗子的紙板。這時布朗已經好多了，他抱住我並且把頭埋在我的胸口。

我知道布朗不想讓我擔心，所以沒對我說什麼。我知道他的狀況，而且我注意到他把銀戒指戴起來了。我問他剛剛一個人躺著時在想什麼。布朗說：「希望我能保護你。」過了一陣子，他說：「明天我們去拜拜好嗎？」我說好。我抱他躺著卻睡不著，我們聊起島上的夜晚，聊起他的天鐵。天鐵放在租屋處沒帶在身上。我們聊起他平埔族巫師的曾外祖母。我們也提到阿鐵，但布朗說話已經開始含糊了，我躺到天亮時才入睡。

張大哥走遠了。我前面是阿鐵，布朗殿後。或許是因為他的敏感，布朗表面堅強，心底是最最膽小的。一點點的風吹草動都使他焦慮。但他堅持要走在最後頭。我們開始往山裡走，兩旁都是芋頭田。我看到阿鐵分心了，不斷檢查自己的手機訊息。其實我知道他在找什麼。我假裝沒看到。我追上去問他還好嗎，他說有些睏了。布朗讓我們在前頭並排説話，沒有跟上來加入。直到星空都被樹冠掩蔽，我們知道我們離最後的目標近了。

大家都為了角鴞來。當我們走進山裡，整座山高高低低站了一隊又一隊的遊客——搜索的光柱標出他們山裡的位置。張大哥與別的領隊路上相遇時用母語高談今天的斬獲。各種表情的談話聲，焦急的等待，驚喜的歡呼，在我們的四面八方竄動，像是一場瘋狂的慶典將要展開。

然後，一隻角鴞醒來了，再來是第二隻，所有的角鴞用被日光石化的羽毛呼吸，感覺四周的變化。牠們帶著惡靈一起醒來，一起在山裡發出鳴叫，唱死亡的調子，被唱到名字的人就要倒楣。牠們盤桓在棋盤腳樹梢，在榕樹的枝枒間，惡靈的小孩盪在氣根造的搖籃中。我的眼力差，常常找不到布朗所指出的角鴞，只在一堆朦朧的樹影之間來回移動。布朗移開手電筒，我卻看到一隻角鴞，離我遠遠的，彷彿知道只有我能看得到牠。牠低低看下來，我感到莫名慚愧。

光打擾了清醒的黑暗遊樂場，把角鴞逼回白色的夢境中。牠們夜夜要受這樣的審判與質問嗎？那些無數來了又去的遊客，快速輪替著，好像沒有誰有選擇權，而且只能在夜深時出場，怕被看見。我腦中閃過阿鐵被發現時一瞬間慌張的神色。又淺又薄黑紫色的山，滿是疼痛的光的小傷口，被劃開的同時，一些蚊蟲與鳥像血似的溢出來。我感到哀傷。在我黑暗的夢境裡，我和布朗，也會這樣被手電筒一吋一吋的檢視嗎？被那些在強光後看不見的臉，檢視我們的四肢，我們被照射而睜不開的雙眼，因興奮而發紅發燙的胸口？這時阿鐵會站在哪裡？不知道為什麼，我特別想知道答案。從他開始心不在焉，鬼鬼祟祟的守著手機，我們之間不曾擁有的祕密就開始長成了一顆果實。

是什麼讓我們覺得自己邪惡？我沮喪了起來，也為那些鳥兒以及他們弱小的惡靈感到難過。於是我們與其他遊人悄悄脫隊，離開這殘忍的慶典。當我們挫敗的踏上歸途時，不自覺時周遭一點人聲光線都沒有了。阿鐵和布朗一前一後的走著，我看著阿鐵的腳步，時時注意布朗是否有跟上來。布朗透過我知道前面的情況。我知道他對阿鐵還是有些偏見。他並不能理解阿鐵和我對於彼此的重要性。阿鐵刻意疏遠我，讓布朗安心，卻荒腔走板被自己的孤獨感占領了。布朗知道自己占了上風，對阿鐵也就柔軟起來。就要回去了，這該是最後一次夜遊。路程上的所有的小細節，蕨類的複葉，藤蔓的纏繞，都顯得深刻起來。我看到阿鐵拿著手電筒四處搜索。阿鐵這時不會回頭照應我的。我常覺得我們平時也是用這樣的隊形走著。我知道布朗，也知道阿鐵的傷口在哪裡。

整條被枯葉覆蓋的瘦長小道彎彎曲曲，我們一行四人移動著，安靜地像一隻害羞的蛇。突然，碰地一聲，有東西掉落在後頭。我們停下來聽周遭的動靜。什麼徵兆都沒有。大概是棋盤腳的落果。這時我和布朗離阿鐵和張大哥有些距離，我隱約聽見阿鐵問，山裡最大的動物是什麼？張大哥回答說，白鼻心，惡靈的豬。我回頭對布朗說，是惡靈的豬。「不要重複。」布朗顯得很焦慮。後方再次有東西重重的摔落，距離更近了。我要布朗走在我前頭，他被嚇壞了。但他拒絕我的提議。他果斷的堅持讓我更害怕，就怕一回頭，發現他被後方的黑暗拉住腳吃掉了。我給他比較亮的手電筒，這次他沒有拒絕。我們兩人一同朝阿鐵的方向去，一路上，後方不斷傳出摔落的聲音，越來越近，越來越密集。但我們沒有停下回頭。我可以看到阿鐵手電筒的光，卻似乎永遠追不上。一瞬間，我覺得世界上只剩下我和布朗在黑夜裡遊蕩，並試圖找出出路。布朗在我身後踩著乾樹枝的聲音，讓我感到明確而踏實。在我們不注意的時候，滿山的角鴞叫聲已經完全消失了。

原載二〇一五年八月十六至十七日《自由時報》副刊

影子情人

李芙萱

土生土長的台北人。以文字維生。著有《旋轉摩天輪》（印刻）、《畸零人》（聯合文學）等書。

電梯門在B3開啟，他箭步跨了進去。三面包夾的玻璃鏡裡，彷彿有許多個自己紛紛自不同空間走出，與他併立，一同俯首斂息，凝佇。過於寬敞的十五人用豪華客梯，反倒膨脹了那股擠迫感，他直視鞋尖，迴避鏡中壅塞的身影。左前方監視鷹眼鳥瞰著自己，他反射性舉起手，扣低鴨舌帽。此時他已脫下西裝，換上一身輕便的運動衫褲。鋪著大紅絨布地毯的電梯緩緩攀升，樓層跳閃著，他想像自己正貫穿這龐然巨物邃黑的肚腸，那宛如宇宙蟲洞般，一條從地底通天的捷徑。

他站在隔音鋼木門前，習慣性探了探左右。一如往常，此時整個樓面空闃無人，封閉不透光的ㄇ形走道默默折入牆角，兩端黑魆魆，像吸鐵由淺而深搜集了密匝匝的沉靜。他輕咳一聲，摁下電鈴，感覺有人躡腳自貓眼窺覷著。好一會，門開啟。

他站在坡道出入口，打著手勢，陽光傾盆而下。上班時間，一台台轎車自地底深處吐出，揚起陣陣塵煙，他左顧右盼，高舉指揮棒，吹哨，以肉身擋下直行車，對其後隆隆的砲火充耳不聞。這是他一天中最繁忙的時刻。身為大樓保全，尤其豪宅物業管理體系，對憲兵退役又木訥寡言的他來說，再適任不過——每天值班十二小時，穿著合身黑西裝，別著無線電耳麥，畢挺地佇候建物大門與車道口，核驗賓客，送往迎來。黑頭車進進出出，也因此他必須認得所有住戶，像敏銳的車牌辨識系統，迅速比對每一組車號。

當然除了門禁和接待，還得打點許多瑣碎雜務。比方午間收發包裹信件，傍晚照明與空調管控，大夜每鐘點巡邏維安，監看監視畫面，撰寫工作日誌……此外，代客採買、傳真、叫車，住戶疑難與糾紛排解，皆屬服務範疇。他是個盡職的雇員，做事恭謹，待人謙和，像她每回進出，計程車一停靠大門口，便箭步趨前接應，開車門，以手遮擋門沿，若遇下雨則幫忙打傘，出國時協助提放行李。她經常一身淺駝風衣，戴著墨鏡，踩著大紅高跟鞋，行事低調，出入神祕，至於他，細心周到卻從不多話、不干涉，彷彿自己是她的貼身保鑣。

他也的確是善於觀察、觸覺敏銳的人。大約先天語言機制閉塞，從小在師長同學眼中老實過頭近乎有自閉傾向的他，其餘感官格外奔放，一如海葵纖軟的觸手在蔚藍海洋中搖豔。比方他擅長繪畫和攝影，精細素描尤為傳神、寫真，那種真，並非形象精緻度的揣摩而已，而是能確切掌握對事物的整體觀感與認知。他喜歡退居角落靜靜勘察周遭，在暗房裡反覆沖印底片細節，以及潛伏鏡頭後監看住戶的一舉一動。那就像一顆長鏡頭底下無聲流動的黑白電影，但只要夠機伶纖細，便能在看似無謂的畫面，沉冗的日常凡俗中，讀出許多饒富趣味的對照與伏筆，甚或摩斯密碼般，不可告人的祕密情事。

比方男人總在雨夜出現，每個月兩次。他們從不曾打照面。男人以感應器開啟車庫門，駕著黑色賓利緩緩滑入坡道，在地下室停好車，泰然自若地走進電梯，兩腿八字站開，等候間，伸手撣了撣西裝上的水漬，福態的肚腩將上等手工訂製衫與金屬皮帶釦撐得緊繃。他向後貼坐著椅背，昂起下巴，雙臂叉抱胸前。俯角下，男人的雄性禿格外入眼，畫面中看不清臉上表情，卻能隱約捕捉到那倨傲的神色。他一瞬不瞬盯著，直到電梯門開啟，男人走出鏡頭。

隨後，送外賣的餐館小弟便上門。通常是附近著名的川湘料理或廣東燒臘。三、四個鐘頭左右，雨停了，男人再次走進電梯，瞥了眼手腕上的金錶，掌心腆著肚皮，張嘴呵欠，短暫閉目養神起來。男人無聲地反芻幾個飽嗝，他幾乎嗅覺到充塞密閉空間裡那股鹹膩、油餿的氣味，下意識屏住氣，微皺眉。

他臨窗而立，端著烤花骨瓷杯喝茶。高樓層視野遼闊，風也強勁，颼颼地呼嘯而過，白色蕾絲窗簾海波樣款款滾動。他第一次站在這角度，發現原來從她家臥房的窗戶往外眺，底下便是警衛哨。她曾這樣靠在窗邊椅上看著執勤中的自己嗎？他揣想。她雙手捧著茶杯，蹺起腳，安靜地斜倚沙發上，露在綢緞睡衣外的細白足踝像兩顆雪螺貝輕輕挲挲，發出極神祕幽微的鳴響。他總感覺，她身上散發著某種獨特氛圍——慵懶，不經心，從容中帶有傲嬌，那氣質是與生俱有，模仿不來，令他莫名聯想起虱目魚肚裹著密而軟的細刺。

樓下幾顆人頭晃動，豔陽底，學童們揹著書包、拖著短促的影子蹦跳而過。他眼前驀地浮起兒時的某些畫面。那時他經常同弟弟妹妹與鄰居玩伴，頂著日頭，在中山堂的廣場上揮汗奔逐，玩著一種叫「踩影子」的遊戲。遊戲其實很簡陋，即互踩或比賽誰收集最多影子，卻教他著迷好一陣子，連放學也和要好的同學較勁，一路上偷襲他人的影子，累積得分。直到夥伴散去，獨剩自己百無聊賴走在巷弄間，仍繼續低頭尋覓，跟蹤前方晃動的黑影，打發寂寞似，有一搭沒一搭地踩踏著……。

陽光落在窗外，一層薄紗似的暗影罩在她臉上。她的臉皎淨如雪。那種白，並非天生白皙，而是缺少光熱血色的黲白。微笑時，眼角皺起的魚尾輕輕拍浮著，雖然看得出有了年紀，依舊丰韻。他們似乎不曾交換過隱私，多半時候便這麼靜靜待著，喫茶，各懷心事。那一夜，計程車將她送抵門口，斜倚後座的她渾身酒氣，已近不省人事，他幾乎是半扛著那泥軟熱燙的身軀走進電梯，接過鑰匙開門，恭謹地將她安置床上，脫鞋，遞上一杯熱茶。她迷茫地瞅望他，旋即一股腦嘔了出來。收拾完畢，他欲起身離去，她卻乍坐起，緊緊環住他的腰。兩星期後，某天臨下班前，她忽地打對講機抱怨玄關燈泡壞了，請求協助。爾後他到來，總是陽光明媚的清晨，帶著兩副熱酥酥的燒餅夾蛋和豆漿。

他想起從前自己也曾在下課時，尾隨暗戀的隔壁班女生，亦步亦趨跟著她，一路從教室走到福利社，一副若無其事又眼巴巴盯著拖在她身後的長影子。女孩十分秀氣，影子也格外秀氣，輕嬝嬝斜迆磨石子走廊上，像一尾靈巧的魚，他心湖款款波動起漣漪。走廊灑滿了日光。直到畢業，他連話也不敢跟女孩說。如今想來，或許在他們幼稚的心裡，彷彿只要踩了誰的影子，便感覺占有了、觸及了那人。而當時他幾度快步跟上前，衝動地伸長了腳，卻始終不曾踏出那一步。

近日陰雨綿綿，濕答答的天氣讓他顯得有些煩躁。他無聊地待在警衛室，從各個角度切看畫面，或讀報，咬著筆桿演算上頭的數獨遊戲，推敲起箇中邏輯。偶爾滑滑手機。相簿裡存放著兩張偷拍來的照片，一張是她家客廳落地窗與跑步機一角，另一張則是散落浴室洗手檯上粉嫩的瓶瓶罐罐。他點開照片，格放，仔細檢視每個角落——書櫃上的小說、跑步機面板、竹簍裡的衣物、瓶罐上的標籤圖樣……（沒有一絲可疑的線索），慢慢回想、描摹出她屋裡的空間配置與擺設，以及那整體氛圍。自己已多年不曾提筆構圖，他想，除了徒具無謂的感受力，會畫畫這件事，對人生似乎並未帶來任何助益。

他甚至想像起，或許此刻的她正凝佇窗前，眺望飄雨的天空，眉宇間流露的會是怎樣的神情？用過午餐，橡皮筋束起裝有虱目魚骨的便當盒，收拾好桌面，他抱著熱騰騰的信件，走至各大樓投遞。寧靜的梯廳裡，他舉起信封袋，就著日光前後翻看。那信箱裡出現的多半是些廣告印刷品——紅酒型錄、百貨週年慶DM、名錶或服裝秀邀請函，以及旅遊雜誌、小說書刊、股東會開會通知……沒什麼繳費單，大約都辦理了自動扣款。藉由這些線索，他得以勾勒她的生活畫面與細節，好讓自己能抓握些許現實感。

雨暫時停了。但他知道這雨還會再下，只是料不準何時。一隻癩痢小黃啪遝啪遝甩著濕黏黏的尾巴踅至門口，他走上前，提腳一踏，小黃狗便嚇得夾緊臀一溜煙遁入前方花圃。這無關悲憫，職責罷了，他也經常這樣驅趕一些逗留大樓外圍的可疑人士或流浪漢。時間會教人習以為常，心漸如止水。一如自己就像個影子情人，看守了十幾年豪宅，看上去或許還算體面，煞有介事，彷彿也適得其所，實際上不過是只空殼。他甚至沒有名字，雖然胸前別著小小的燙金名牌。保全，住戶都這麼叫喚他，開門、跑腿、代客泊車。她也習慣這樣稱呼他，不曾一次問起自己的名。

時間也教人恍惚。才晃眼，便就年過四十，他向來安守本分，無怨尤默默撐起一個家，十數年如一日。但保全的工作雖得心應手，再做也沒幾年，若無法內部遷調，勢必轉換跑道。這些年過於一陳不變的生活，把他的五官搓得模糊，彷彿連雙手指紋都快給磨平，不知為何，兒時那些無所事事浪擲的時光，反倒令人感覺無比充實，一如盛夏飽滿的太陽，而現在則像顆燃盡的煤球徒剩虛耗。他向來覺得自己日子過得平遂，無所冀求，但偶爾，極偶爾，心底仍會隱隱泛起像「是否人生就這樣了」的惶惶之感。也或許又渾渾噩噩來到五十，一日忽地丟了飯碗，那麼自己真只能繼續窩坐窄仄的櫃檯後，一把老藤椅上，做一輩子的大廈管理員了。

現在他才知道，踏出那一步其實不難。他便是這麼自然而然地走進那電梯，走往那扇門，進入她的身體。

他的手像又活過來似，富有各種情感，溫熱地熨過她身體，彷佛無數柔軟的觸手捋拂每一處。從她肌膚如電顫慄與泛起的疙瘩，他得以洞悉，她欲求不滿的不只是性，還有愛。從前總感覺她遙遠神祕，高不可攀，可如今不同了，他已經踩了她的影子。倒不是因為侵占了身體，而是目睹過對方最難堪、脆弱的一面。即便事實上，他不曾一次見過她的影子。

行走陽光底下的人，才有影子。他倒是見識過最令人震慄的黑暗。那日夜哨，他如常巡行各大樓，一層一層、每個角落仔細查探。手電筒搖晃著一線微光，他聽見自己的腳步聲在長廊響起，寂靜夜裡，一切尋常。當他走至B棟大廳，發現電梯停靠十六樓，便下意識伸手按下鍵鈕。電梯緩緩降落，幾乎沒發出半點聲響，一會後，門敞開，就在他踏出腳時，驀地瞥見腳下一片黑。梯廂並未到位。他幾近反射性煞住身體，抓緊電梯門縫，才拉回重心。那是一條看似極邃深的甬道，宛如暗不見日的天井，或者更正確說，它趨近於洞，一個測不出深淺，彷彿可穿越不同時空、瞬間移動的神祕的洞。一股冷風捲起，而方才自己險些就一腳踩空，跌落那無底深淵。回過神後，他如夢乍醒，背脊一片冰涼。

踩別人的影子時，經常就踩上了癮，一路追逐，卻忘了留心自己的影子，忘了自己也有影子，最後因此變成失去影子的人，或者說，變成了影子，像漂流的海葵寄居宿主身上。

作為一個窺視者，他以為自己是安全無虞、小心謹慎的，像戴著副太陽眼鏡，躲在鏡頭的保護傘後，追蹤他人行跡，直到一回，他如常坐在螢幕前監看畫面，監看著男人在電梯裡的一舉一動，整衫、順髮、看錶，連連呵欠……卻在下一秒，他看見男人忽地抬起眼睇向鏡頭，半晌一動不動，彷彿與他對覷。

男人走出電梯。數分鐘後，黑色賓利的身影掃過地下室鏡頭。車道門捲起，車緩緩駛了出來，稍停，沒往路口去，反倒打過方向盤，迴轉，朝門口警衛室開來。男人搖落黑漆漆的車窗，招他過來。他略吃驚，旋即小跑步上前，心中雖忐忑，仍故作鎮定。

「咳嗯，」男人略探頭，壓低嗓，第一次同他開口說話。「你幫我留心五十八號十六樓，注意那裡平常有誰出入。」

「是……」他額頭滲出汗，貼手屈腰，目光落在濕黑的路面上，畢恭畢敬地點頭承應。

「如果表現好，將來可以安排你到我公司上班。」男人遞出名片，瞇起小到幾乎不見眼白的三角眼，瞅了瞅他。

雨季終於過去。好一段時日闃悄悄，不見黑色賓利蹤影——至少在他視線範圍底。男人究竟想些什麼？察覺多少？又為何交辦自己這件事……？他上班得閒時，胡思著。但畢竟是開著一棟房子在街上跑的人，其心思凡俗自然難以揣度。

陽光細細灑落，她也好一段日子沒出門，僅到對街便利商店幾次，靠外賣度日。他不曾提起那天的事。或許發生過什麼，說不定男人再不會出現。清晨下崗哨，偶爾他仍踅去她那兒，為小心起見，往往待上半個鐘頭便離開，有時做愛，有時只是佇立窗前，靜靜喝完一杯熱茶。他眺著底下一對情侶（或夫妻）各自拖著一窟黑沉沉的影子穿過中庭，忽忽體會，其實影子是一口無底洞，在踩別人影子的同時，便也跌進了那裡。原來從前的那個自己，與其說總是站在一步之遙守望著某人，不如說是小心翼翼想保全著某些東西吧……。

而對她來說自己又算什麼？他思緒紛紛。在那一盞茶的時刻，有時他感覺彼此非常親暱，時而又莫名生疏。昨日輪休，上午他在家補眠，睡了場許久不曾有過的飽足的覺，頓覺脫胎換骨，下午實踐對兒子的承諾，一家人晃著捷運到動物園遊逛。他十分享受這樣的時光，所有愧惶不安暫且拋諸腦後，日子好似扭上發條的鐘隨時得以重新開始。如果能過著像動物園的水獺一樣，在太陽下專心地捕魚、泅水、打盹的人生就好了，他想，那看來或許還自由些。太陽露臉的日子裡，她則一如往常慵懶、從容、傲嬌，行止低調像踮腳走路的貓，彷彿活著，也彷彿不存在於這時空，縱使不再高不可攀，依舊深不可測。

午後，陪同電梯維修員做完例行安檢，他汗著身軀，走回警衛室與同事交班。大熱天底，脖子上拘謹的領帶結讓他有些喘不過氣，合身的西服近日也略緊縮，有種縛手綑腳、令人不耐之感。那日夜哨，故障的電梯闔上後，他又再按了一次。好一會，門開啟，鋪著紅毯的梯廂到位，內裡敞亮如昔，幾經測試皆安好無恙，隔日通報檢修亦無發現異常。他始終未敢查證這事，只不過往後坐電梯，心底總殘有不踏實感，在電梯門霍地打開瞬間，腦海便一抹暗影閃過。

室內冷氣舒適多了。他坐下喝杯茶，歇口氣。眼前數十幕監視影像空放著，偶爾一、兩格閃現人影，好似多重宇宙各自運行。這世界有許多事同時發生，彼此彷彿不相干礙。一切是如此斷絕，並且微不足道。偶爾他也會升起朦朧感，對於所身處的現世，甚至過往人生。一個抉擇究竟多重要？既成的事實是否真發生過？就像那電梯，在日復一日呆板的開闔中偶然走眼的一次岔錯，他想，或許自己並不曾走進那扇門……。突然間，警衛室的門給推開，他抬頭，驀地覷見男人迎面走來，尚不及反應，衣領便給一把揪起。

他瞥見她亦快步跟了進來。男人橫眉豎目，威而不怒，將他押扣辦公桌上，桌上物品歪倒散落。

「原來是你。」男人較他矮半顆頭，揪緊他衣領，勾起下巴說。

「許總……您是不是誤會……」

「我調過監視器了。你上個月十九號早上七點曾進出我家，給拍得一清二處，還想賴？」

他看了眼同事。對方略驚惶，退踞一旁，沉默著。

「我想您真的誤會了……」他腦海的攝錄機快速回放、暫停，拉短鏡距。條整思緒後，業業兢兢地辯解道：

「我只是送東西過去。」幸好那天他的確隨手帶上一盒網購包裹。「楊小姐好意請我喝了杯茶。」

「別這樣，」見男人稍遲疑，始終靜佇一旁的她便順水推舟，輕描淡寫道：「他只是個保全。」窄仄的警衛室，緊脹的氣團略鬆搖，像給戳了個洞緩緩洩了風。僵持一會後，男人鬆開拳頭，瞟了眼他胸前的名牌，恫嚇說：

「李俊樟……我記住你了，給我小心點。」

「回家吧。」她輕輕拉過男人的手。

「啐，看門狗。」臨去前，男人往他西裝唾了一口。

桌上一團混亂，明淨的窗玻璃外，高懸天際的豔陽螫疼了眼。宛如讓一根虱目魚刺鯁在喉頭，許久他張愣嘴，辣著臉，吐不出半句話。他虛弱地伸出手，扯了扯衣領，扶正椅子坐下。確實，男人說得一點沒錯，無論自己再如何佯裝，人模人樣地過日子，都不過是隻打了領帶、訓練有術的狗，人前虛張聲勢，人後搖尾乞憐。

從此後，一切彷彿不曾發生過。電梯依舊升降，但再不會穿越那神祕銀河。他保全了飯碗，繼續穿著西裝，別著無線電耳麥，開門、跑腿、代客泊車，日復一日。就像十根被磨得平滑的指頭。但偶爾，極偶爾，他仍會懷念起從前，那投射在廣場上一圈圈琉璃環似的陽光，以及陽光下那些紛紛沓沓、自由奔逐的影子。

原載二〇一五年十一月十六至十七日《中國時報》人間副刊

第三十八屆時報文學獎短篇小說組評審獎

人間
書訊

當代大陸新銳作家系列

01 在雲落　張楚著　二〇一四年十二月出版

二〇一四年魯迅文學獎得主張楚第一本台灣版小說集

河北作家張楚的《在雲落》以現代主義筆緻，書寫北方小縣城裡面貌模糊、生存堪慮的人們面對生活中種種困阨與苦難時的現實選擇與精神狀態。無論是〈曲別針〉裡既是殘暴凶手也是慈愛父親的宗國，或是〈七根孔雀羽毛〉裡吃軟飯的宗建明，甚者是〈細嗓門〉裡因不堪長期家暴殺了丈夫後，被捕前到了閨蜜所在的城市，想幫閨蜜挽救婚姻的女屠夫林紅；張楚既逼近他們的生命創傷又滿含悲憫，寫出他們絕望的黑暗與卑微的精神追求，介乎黑暗與明亮間蒼茫的生存景觀。

02 愛情到處流傳　付秀瑩著　二〇一四年十二月出版

被譽為具有沈從文之風的七〇後女作家

在《愛情到處流傳》中，北京作家付秀瑩以沉靜的目光靜看「芳村」，遙念「舊院」，不管是「芳村」系列中農村大家庭裡夫妻、母女、贅婿們之間的愛情與競爭，或者是〈小米開花〉裡，小米的性啟蒙與看待身體的方式，無一不精準的抓到鄉村人們特有的、微妙的人際關係、獨特的處世方式與世界觀。另一部分作品則是書寫都市人們精神與情感的隱密曖昧：〈出走〉裡男性小職員亟欲逃離瑣碎平庸日常生活的衝動；〈醉太平〉中學術圈裡浮沉男女的利益交換、欲望追逐；〈那雪〉則寫出了都市女性的情感缺憾。付秀瑩以傳統溫柔敦厚的溫暖剔透筆法，書寫了這人世間的岑寂荒涼。

03 一個人張燈結彩　田耳著　二〇一四年十二月出版

當魯蛇（loser）同在一起！

《一個人張燈結彩》具有鮮明的通俗色彩，來自湘西鳳凰的田耳筆下的人物都是現實世界中的失敗者、邊緣人、被損害者，他們在陰鬱、沒有出口的情境中，群聚在一起，以欲望反抗現實困厄的生存法則，以動物感官吹響魯蛇之歌。他們欲以魯蛇之姿，奮力開出一朵花。

04 **愛情詩**　金仁順著　二〇一四年十二月出版

與衛慧、棉棉、陳染齊名的七〇後女作家

二〇〇二年的〈水邊的阿狄麗雅〉造就了二〇〇三年張元、姜文和趙薇的電影《綠茶》。

二〇〇九年的〈春香〉又開啟了朝鮮民間傳說的故事新編。

不管是朝鮮族的金仁順、女作家的金仁順，或是編劇的金仁順，她總面對著愛情，描繪著孔雀開屏時的美好與幸福，以及華麗開屏背後的殘酷與幽微。

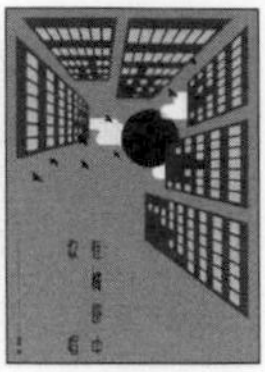

05 **在樓群中歌唱**　東紫著　二〇一四年十二月出版

山東作家東紫擅長日常生活化敘事，在《在樓群中歌唱》一書中，她敏銳細膩地觀察人情百態，寫出各階層人物在近乎無事日常生活中的情感空虛與心靈創傷。〈白貓〉藉由一隻白貓介入初老失婚男性與闊別十年的十八歲兒子重聚的生活，帶出父親對兒子期待又戒慎恐懼的情感、初老失婚男性枯寂冷漠的生活與對生命的回顧與甦醒。〈在樓群中歌唱〉中，透過喜歡唱著「我在馬路邊撿到一分錢，把它交到警察叔叔手裡邊」的清潔工李守志無意間撿到十萬元所引發的波瀾，寫出消失中的德性與安於本分的快樂。東紫的作品看似庸常，卻宛若「顯微鏡」般總能於瑣碎中見深刻。

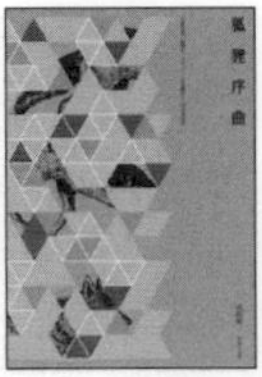

06 **狐狸序曲**　甫躍輝著　二〇一四年十二月出版

剛滿三十歲的甫躍輝來自中國南方邊陲保山，大學考上了上海復旦大學，從此開始了一個鄉村青年的都市震撼教育，也開啟了他的創作之路。身為作家王安憶的學生，也為現在大陸最受注目的八〇後青年作家之一，他的小說主人公多數和他自身一樣，是外地移居上海的異鄉人，他們孤寂，他們飄零，他們邊緣，他們是大城市中的一點浮塵微粒，他們存在，但並不擁有這個世界。然而，這群浮塵微粒也有過去，因此，他也喜寫老家保山，這個孕育他想像力的故鄉。在這些鄉村書寫中，可以察覺出他對幼年時代農村生活的懷念。然而，懷念亦表示這群浮塵微粒再也回不去了，他們注定在這個世界中繼續飄零。

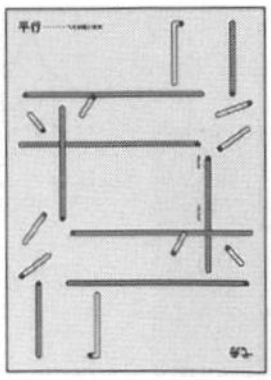

07 **平行**　弋舟著　二〇一五年十一月出版

蘭州作家弋舟寫作題材多元，他描寫愛情、親情、友情，他勇於直面社會的不公、時代的不義、人身肉體的老朽、愛情的逝去、親情的消融、友情的善變。弋舟用他充滿愛情的眼光，深情的注視著這些生活中的起承轉合、陰晴圓缺，然後執筆，將這一切化作一句句重情又深刻的文字。

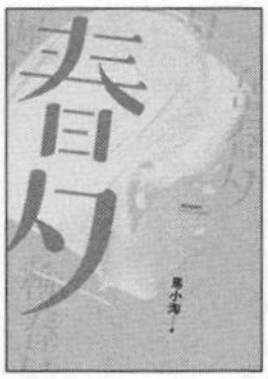
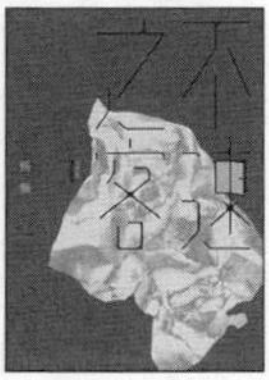

08 走甜　黃咏梅著　二〇一五年十二月出版

杭州七〇後女作家黃咏梅擅長從日常出發，透過一點一滴、細水長流般的生活細節，描繪出單身大齡女性的複雜心理和細緻的情感流動。她筆下的女人們，多數生活在狹小的南方騎樓。她們煲湯，她們喝粥；她們有情有義，有哀有怨；她們不死去活來，不驚天動地；她們放下浪漫，立地成佛；她們在平凡的日常中，過得有苦有甜，有滋有味。

09 北京一夜　王威廉著　二〇一五年十二月出版

定居廣州的八〇後作家王威廉喜從哲學思辨出發，透過他筆下的一個一個人物、一篇一篇故事，討論人的存在意義，並對虛無和絕望進行巨大的反抗。如此，王威廉的作品成為在思想與藝術張力之中，又隱含著深奧迷思的詭祕綜合。

10 春夕　馬小淘著　二〇一五年十二月出版

北京女作家馬小淘小說中的角色幾乎都是伶牙俐齒的新世代少女，她們多數從事廣播工作，透過作者幽默犀利的對話和明快聰慧的筆調，表現出這批新世代年輕人的機靈、俏皮與刁鑽，字裡行間充盈著八〇後的生猛活力。然而，她們並非不解世事。在一些世故卻又淡然的細節和收束中，我們又可以看出這些新世代少女直面低工資、無情愛、蟻族困境等日常生活壓力時的韌性和勁道。

11 不速之客　孫頻著　二〇一五年十二月出版

太原八〇後女作家孫頻迥異於一般女作家溫柔婉約的陰柔寫作特質，以極具力道和痛覺的陽剛式寫作方式，創作出一篇篇討論底層人們生存與死亡、尊嚴與卑微、幸福與苦難的作品。透過這些懷有強烈敘述美學和文字魅力的作品，孫頻展現出在人間煉獄中，人們用殘破的肉身於黑暗與光明中穿梭、抗爭的力度、堅韌與尊嚴。

12 某某人　哲貴著　二〇一五年十二月出版

溫州作家哲貴運用他曾經擔任過經濟記者的經驗，創造出「住酒店的人」、「責任人」、「空心人」、「賣酒人」、「討債人」這五種類型的人物，並透過這些人物描繪出中國改革開放之後的巨大社會困境，以及由此帶來的人心的徬徨與荒涼。這群人在被他命名為「信河街」的經濟特區中，在各大高檔會所、高爾夫球場、高級餐廳中進行巨大的資金、商業交易和利益交換，然而經濟危機讓他們無法從中脫身，他們躁動不安、騷動無助，他們漸漸的迷失於商業數字中。最後，在大環境一步一步的侵逼之下，人心只能深陷於迷惘、浮動、空心和荒蕪中，無法自拔。

國家圖書館出版品預行編目（CIP）資料

聽說臺灣：臺灣小說. 2015 / 藍建春編選. -- 初版. -- 臺北市：人間, 2016.09
356面；14.8 x 21 公分
ISBN 978-986-93423-3-9（平裝）

857.61　　　　105015821

聽說台灣——台灣小說２０１５

策畫　呂正惠
編選　藍建春
執行編輯　曾苭筑、蔡鈺淩
封面設計　蔡佳豪
內文版型設計　黃瑪琍
排版　仲雅筠
校對　蔡鈺淩、曾苭筑、高怡蘋、邱月亭

發行人　呂正惠
社長　林怡君
出版　人間出版社
台北市長泰街五十九巷七號
電話　（０２）２３３７０５６６
傳真　（０２）２３３７７４４７
郵政劃撥　11746473・人間出版社
電郵　renjianpublic@gmail.com

定價　三八〇元
初版一刷　二〇一六年九月
ISBN　978-986-93423-3-9

印刷　崎威彩藝有限公司
總經銷　聯合發行股份有限公司
新北市新店區寶橋路二三五巷六弄六號二樓
電話　（０２）２９１７８０２２
傳真　（０２）２９１５６２７５